In der Ferne tuten die kleinen Signalhörner und warnen, daß eine Sprengung bevorsteht.

Botho Strauß
Die Expedition zu den Wächtern und Sprengmeistern

Kritische Prosa

ROWOHLT

Alle Texte sind für diese Ausgabe vom Autor durchgesehen worden.

Originalausgabe
Veröffentlicht im Rowohlt Verlag, Hamburg, Oktober 2020

Einbandgestaltung Frank Ortmann, Potsdam
Innentypographie Daniel Sauthoff
Satz Newzald bei Pinkuin Satz und Datentechnik, Berlin
Druck und Bindung CPI books GmbH, Leck, Germany
ISBN 978-3-498-06554-6

Die Rowohlt Verlage haben sich zu einer nachhaltigen Buchproduktion verpflichtet. Gemeinsam mit unseren Partnern und Lieferanten setzen wir uns für eine klimaneutrale Buchproduktion ein, die den Erwerb von Klimazertifikaten zur Kompensation des CO_2-Ausstoßes einschließt.
www.klimaneutralerverlag.de

FSC www.fsc.org MIX Papier aus verantwortungsvollen Quellen FSC® C083411

Die Expedition zu den Wächtern und Sprengmeistern

INHALT

Erster Teil LITERATUR

Der Aufstand gegen die sekundäre Welt
Bemerkungen zu einer Ästhetik der Anwesenheit
15

Die Distanz ertragen
Über Rudolf Borchardt
31

Die Erde – ein Kopf
Dankrede zum Georg-Büchner-Preis
49

Spengler persönlich
61

Die Entgegenkommende
Zu ‹Die Löwin› von Konrad Weiss
71

‹Gedachtes› von Heidegger
77

Der Bibliothekar in der weiblichen Hauptrolle
Rede zum Lessing-Preis
89

Zweiter Teil THEATER

Das Maß der Wörtlichkeit
Über Peter Stein
105

Der Geheime
Über Dieter Sturm
117

Für ein Theater der Schauspieler
Über Luc Bondy
129

Warten auf ein Klopfen der Wiederkunft
Über Bruno Ganz, Otto Sander, Karl Ernst Herrmann und Ingmar Bergman
137

Was macht ihr denn da?
Über Jutta Lampe und unser Theater
149

Die Wiederholbarkeit des Lebens
Erinnerung an Peter Lühr
161

Rudolf Noelte – ein bürgerlicher Fundamentalist
169

Dritter Teil BILDER

Descent
Christopher Orr, schottischer Maler, geboren 1967
183

Übermalte Fotos
Über Gerhard Richter
185

Kritik der Zweitrangigkeit
Govaert Flincks Gemälde ‹Susanna und die beiden Alten›
191

Vor der Sprache
Odd Nerdrum oder Der Paniklauf der Paare
197

Non-finito, Ausgespartes, leere Stellen
Matisse-Reflexionen
203

Vierter Teil ZEITGESCHEHEN

Anschwellender Bocksgesang

225

Postscriptum

245

Der Konflikt

247

Herrschen und nicht beherrschen

Zur Rhetorik der Krise

251

Abschied vom Außenseiter

Von den meisten und den wenigen

259

Reform der Intelligenz

271

Fünfter Teil SPRENGSEL
279

Anhang

Drucknachweise
317

Erster Teil LITERATUR

Der Aufstand gegen die sekundäre Welt
Bemerkungen zu einer Ästhetik der Anwesenheit

1991

The prologues are over. It is a question, now,
Of final belief.
WALLACE STEVENS, ‹Asides on the Oboe›

Wir haben Reiche stürzen sehen binnen weniger Wochen. Menschen, Orte, Gesinnungen und Doktrinen, von einem Tag auf den anderen aufgegeben, gewandelt, widerrufen. Das Unvorhersehbare hatte sich sein Recht verschafft und zerschnitt das scheinbar undurchdringliche Geflecht von Programmen und Prognosen, Gewöhnungen und Folgerichtigkeiten. Es belehrte alle, daß es der Geschichte sehr wohl beliebt, Sprünge zu machen, ebenso wie der Natur. Obgleich in diesem Zusammenhang keine Partikel häufiger verwendet wurde als das Präfix «wieder», ging es doch am allerwenigsten um Wiederherstellung oder Wiederkehr. Was geschah, besaß vielmehr etwas von jener Ereigniskraft, die man in den biologischen Wissenschaften mit dem Ausdruck «Emergenz» bezeichnet: etwas Neues, etwas, das sich aus bisheriger Erfahrung nicht ableiten ließ, trat *plötzlich* in Erscheinung und veränderte das «Systemganze», in diesem Fall: die Welt.

Die Revolution, die stattfand, oder eben: die *emergence*, die Summe von vielerlei Zerfalls-, Druck- und Widerstandsformen, mußte von Anfang an als ein Aufbruch ins Bestehende, in den Westen, gelten, und seine Dynamik wird sich in der Regulierung von Synchronisationen und Nachholbedarf erschöpfen. Doch über das Bewußtsein vieler Betroffener kam der letzte Herbst als ein Trugbrecher und beendete mit bitteren Einsichten einen langen, mehr oder weniger dornigen Dornröschenschlaf. Die letzte Rache des gestürzten totalitären Regimes war denn auch die *totale* Entlarvung, die *negative* Offenbarung einer verfehlten, weltlichen Soteriologie: *Alles* falsch von Anbeginn!

Die westliche Welt hatte vermutlich im Osten seit langem keine überzeugten Gegner mehr. Die uneingeschränkte Konkurrenzlosigkeit ihrer inneren und äußeren Lebensformen könnte sich in Zukunft gegen ihr eigenes Prinzip, ihre antagonistischen Bedürfnisse wenden und dazu führen, daß man die nötige Ersatzspannung zwischen anderen Polen schafft, oder aber, daß Polarität überhaupt nur in metapolitischen Dimensionen neue Bedeutung gewinnt.

Soziale Demokratien brauchen keinen Heilshorizont. Viel eher der einzelne Freie, das aufgerichtete Bewußtsein, wird seiner bedürfen. Viele werden erst lernen müssen, daß vom Reichtum an aufwärts die Not beginnt. Die Not, überzeugt zu sein, ohne Praxis und Lehre einer machtvollen Diesseits-Religion und vor allem: ohne die moralischen Sondervergütungen eines gläubigen Ketzertums. Schließlich erscheint es nicht mehr unmöglich, daß der Zusammenbruch von *Weltanschauung* auch die Entmischung der weltlichen von den verweltlichten heiligen Dingen vorantreibt und daß aus dieser Scheidung die endliche Säkularisierung des Säkularen einerseits und ein «geläutertes» Erwarten andererseits hervorgehen.

«Was würde geschehen, wenn wir unsere Schulden gegenüber der Theologie und der Metaphysik ... bezahlen müßten? Was wäre, wenn die dem Glauben entnommenen Anleihen an Transzendenz, die wir seit Platon und Augustinus hinsichtlich bedeutungserfüllter Formen erhalten haben, fällig würden? Was wäre, wenn wir die Annahme explizit machten und konkretisieren müßten, daß alle ernstzunehmende Kunst und Literatur, und nicht nur die Musik, auf die Nietzsche diesen Begriff anwendet, ein *opus metaphysicum* ist?»

Die Lektion, die das Unerwartete als geschichtliche «Ankunft» dem skeptisch-verschlafenen Dahinwursteln erteilt hat, ist eine gute Voraussetzung, um sich auf George Steiners Versuch über das Unmittelbare einzulassen, den er in seinem Buch ‹Von realer Gegenwart› (‹Real Presences›) wagt. Ein Wagnis, ja, jetzt noch, ist diese Schrift, da der Autor fast allem, was auf dem Gebiet der ästhetischen Theorie gegenwärtig tonangebend ist, den Rücken kehrt. Es geht um nicht mehr und nicht weniger als um die Befreiung des Kunstwerks von der Diktatur der sekundären Diskurse, es geht um die Wiederentdeckung nicht seiner Selbst-, sondern seiner theophanen Herrlichkeit, seiner transzendentalen Nachbarschaft.

Nach gutem Brauch stellt die Abhandlung gleich auf der ersten Seite ihre klare Absicht und ihre einzige These vor: Überall, wo in den schönen Künsten die Erfahrung von Sinn gemacht wird, handelt es sich zuletzt um einen zweifellosen und rational nicht erschließbaren Sinn, der von realer Gegenwart, von der Gegenwart des Logos-Gottes zeugt.

Das Unbeweisbare in der Krone jenes Erkenntnisbaums, der durch den Roman, die Skulptur, die Fuge emporwächst, ist Zeugnis Seiner Anwesenheit. Wo kein Arkanum, dort kein Zeugnis, keine Realpräsenz.

In der Feier der Eucharistie wird die Begrenzung, das Ende des Zeichens (und seines Bedeutens) genau festgelegt: der geweihte Priester wandelt Weizenbrot und Rebenwein in die Substanz des Leibs und des Bluts Christi. Damit hört die Substanz der beiden Nahrungselemente auf, und nur ihre äußeren Formen bleiben. Im Gegensatz zur rationalen Sprachtheorie ersetzt das eine (das Zeichen, das Brot) nicht das fehlende andere (den realen Leib), sondern übernimmt seine Andersheit. Dementsprechend müßte es in einer sakralen Poetik heißen: Das Wort Baum ist der Baum, da jedes Wort wesensmäßig Gottes Wort ist und es mithin keinen pneumatischen Unterschied zwischen dem Schöpfer des Worts und dem Schöpfer des Dings geben kann.

Gegenwärtig beim Abendmahl ist der reale Leib des Christus passus (d. i. im Zustand seines Todesopfers) *unter der Gestalt* des Brots. Das Gedenken im Sinne des Stiftungsbefehls («Solches tuet aber zu meinem Gedächtnis») wird dann zur Feier der Gleichzeitigkeit, es ist nicht gemeint ein Sich-erinnern-an-Etwas.

Pascal wunderte sich, daß jemand nachts schlafen könne, wenn ihm einfiele, daß Christus für ihn am Kreuz gestorben sei. Für Kierkegaard war Christus so gegenwärtig, daß die 2000 Jahre seit seinem Tod wie ungültig daneben schienen. In der hebräischen Tradition führt der rituelle Nachvollzug eines einmaligen historischen Geschehens (die «Wachenacht») den Gläubigen in die Zeitraumvergessenheit: «In jedem Zeitalter ist jeder verpflichtet, sich so anzusehen, als sei er selbst aus Ägypten ausgezogen.»

Der englische Malerdichter David Jones, wie Pound und Eliot Schöpfer eines der großen epischen Gedichte des Jahrhunderts, der ‹Anathémata›, erlebte in jeder Messe Golgatha. Für ihn ist der Mensch ein sakramentales Wesen, ein Zeichensetzer in allen seinen Werken, gleich, ob es sich um die Kunst des Schiffsbaus oder eines walisischen Feenmärchens handelt. Alles, was er schafft, ist Darbringung, Opfergabe. Zuerst geben wir etwas ab, dann einander, dann weiter. Die erste Richtung des Werks ist die vertikale, seine Menhirgestalt. Die ‹Anathémata› sammeln und erbringen in tausend Benennungen und Anrufen Votive einer abendländischen Poiesis. Und der heutige Leser wiederum sammelt diese Benennungen selbst als kostbare Gedächtnisstücke (deren Bedeutung ihm oft nur des Dichters Kommentar erschlüsseln kann). Jedes Opus ist Opfer, alle Dichtkunst die Magd der *anámnesis*, im ursprünglichen Wortsinn des Alten und Neuen Testaments: «sich vor Gott ein Ereignis der Vergangenheit so in Erinnerung zu bringen oder zu *repräsentieren*, daß es hier und jetzt wirksam wird». Hierin feiern Gedicht und Eucharistie dasselbe; im Versklang tönt noch der «Brotbrechlaut» (Jones). Die Kunstlehre von der realen Gegenwart oder: die um die Kunst erweiterte Sakramentenlehre ist davon überzeugt, daß das Bildnis des Mädchens nicht ein Mädchen zeigt, sondern daß es das Mädchen ist unter der Gestalt von Farbe und Leinwand.

Diese Auffassung vertrat niemand inständiger und unerbittlicher als der russische Naturwissenschaftler, Philosoph und Priester Pavel Florenskij. In den frühen zwanziger Jahren (während er im übrigen als Elektrotechniker im Dienst der Leninschen Revolution arbeitete, ohne je sein Popengewand abzulegen) verfaßte er seine (damals unveröffentlichten) Betrachtungen zur Kunst der Ikonenmalerei und verteidigte sie gegen jede Idee der bloß abbildlichen oder bedeutungtragenden Darstellung. Die Ikone mit der Gottesmutter ist nicht einmal ein Bild, sondern vielmehr ein Fenster, durch das wir sie selbst erblicken. Der Maler wendet seine ganze Kunst an, um einen Vorhang zu öffnen, die Vision zu ermöglichen. Die Ikone wird mit Licht gemalt, und Licht meint keine Form der Beleuchtung und nicht das Eigenleuchten der Dinge: das Licht gründet überhaupt erst die Dinge, es ist ihre Ursache. (In Steiners Untersuchung entspräche dem die Logos-Quelle der Sprache und aller Kunst.) Die Ikone ist der Ort, wo das Antlitz, das Urlicht hervortritt, es bildet die Grenze zwischen sichtbarer und unsichtbarer Welt. Schaffen ist hier, wie bei jeder Ästhetik der Anwesenheit, nichts anderes als ein kunstvolles Enthüllen. Es ist daher nicht geistreich, sondern ein Ausdruck von Überwältigtsein und Demut, wenn diese Auffassung ihren lakonischen Schluß in einem ästhetischen Gottesbeweis findet: «Es gibt die Dreifaltigkeit Rublevs, folglich gibt es Gott.»

Obschon Steiner sie nicht erwähnt, gehören Pavel Florenskij und David Jones zu den wichtigsten Bekennern und praktizierenden Gläubigen der Realpräsenz. Ihre Werke entstanden freilich während der ersten Hälfte des 20. Jahrhunderts, in einem für Kunst und Wissenschaft ungewöhnlich fruchtbaren Zeitalter, das gerade auch den Typus des Anachronisten oder Widersachers der Moderne mitbeflügelte und mit gesteigerter Schärfe begabte. Der Sprach- und Literaturwissenschaftler George Steiner hingegen erlebt und reflektiert wie wir alle den Rest, die zweite, die wahrhaft sekundäre Hälfte: die Epoche «nach dem Wort», den Epilog, wie er es nennt. Dieser setzte zwar mit Nietzsches Todesurteil für den Logos-Gott schon früher ein, aber das Imperium der Abschwörung und der Leugnung mit seinen unzähligen radikalen Provinzen und subversiven Satyrspielen des Intellekts konnte sich erst nach Zweitem Weltkrieg und Nazikult, als häßliche Aufklärung des Hassenswerten unbegrenzt entfalten. Das kritisch-soziale Zeitalter war geboren und ließ auf ein schöpferisches zurückblicken. Sein Genius ist laut Steiner der Journalismus. Der Journalismus als die letztlich einzige, die höchststehende kulturelle Leistung der Nachkriegsdemokratie; längst nicht mehr nur als Institution zur Verbreitung von Nachricht und Meinung, sondern als eine umfassende Mentalität des Sekundären, die tief eingedrungen ist in die Literatur, in die Gelehrsamkeit, die Philosophie und nicht zuletzt in den Glauben und seine Ämter.

Um dem Dickicht der Vermittlungen, Moderationen und Interpretationen wenigstens in einem Gedankenspiel zu entfliehen, ruft Steiner zu Beginn seines Buchs eine kleine antiakademische Republik aus, eine erträumte Stadt der Künste, in der es nur Werke und Empfänger, nur Künstler und Amateure geben soll und wo jedes Gerede «über», jeder Kommentar (mit Ausnahme des rein philologischen) verboten ist. In diesen Mauern wird es nun unumgänglich, daß der Leser, Hörer, Betrachter einberufen steht in die Verantwortung gegenüber dem Kunstwerk und seiner unmittelbaren Wirkung, seinem Mysterium. Es bleibt ihm nichts übrig, als ein «aktives Verstehen», eine Antwort zu versuchen. Und das bedeutet zum Beispiel: selber zu musizieren; und es bedeutet: sich einzuverleiben (statt bloß zu konsumieren), was geschrieben steht, etwa durch Auswendiglernen, savoir par cœur.

Muß eigens betont werden, daß Steiners Argumentation nirgends die verkitschte Naivität rechtfertigt und daß sie sich kaum eignet, um irgendwelchen Befindlichkeits- und Betroffenheits-Verifikationen im Umgang mit Kunst Vorschub zu leisten? Sie mißbilligt Selbstherrlichkeit überall, einschließlich der demokratischen Vereinnahmung des Herrlichen. Sie läßt auch keinen Zweifel, daß das Wort (wie auch das Kunstwerk) an sich auslegungsbedürftig ist; nur gelte es, die Rede so zu führen, daß sie, wie es talmudischer Überlieferung entspricht, ursprünglich aus der Scheu vor der tabuverletzenden Benennung hervorgeht. Die unergründliche Schrift bedarf der tagtäglichen Glossierung. Diese aber schützt das Wort, umwebt die Wahrheit mit Antwort. Das war ihr Text. Der uns beherrschende Text, die tagtägliche Zeitung, entlarvt indessen überall das scheinhafte Wort, er macht das Gewebe der Welt fadenscheinig. Nichts anderes ist freilich ihre Aufgabe, und man brauchte kein Wort darüber zu verlieren, wären die Dienstleistungen des Durchschauens und des Mißtrauens nicht beinahe das alleingültige, konkurrenzlose Angebot, das heute allem öffentlichen und privaten Verstehen der Welt aufgenötigt wird, in und vermittels der Sprache.

Andererseits ist die Auslegung und Deutung von Kunstwerken bei uns in die Obhut kleiner akademischer Zirkel gestellt, von denen vor allem die späten Schulen der Hermeneutik, die poststrukturalistischen und dekonstruktivistischen, von Steiner mit respektvollem Unbehagen gewürdigt werden. In ihren Diskursen ist jede Begrenzung des Kommentars durch die Scheu vor dem Schöpfungsakt, dem Werk, längst gefallen. Die Schutzhülle des Textes ist zur Flechte des Parasiten geworden, der seinen Wirt zersetzt und überwuchert. Diese Poetik hat den esoterischen Poetisten hervorgebracht, dessen familiäres Mitreden am Werk den Poeten von seiner Poesie trennt und in minutiösen Schnitten Zeit, Ort, Sinn, Autorschaft vom Werk abspaltet, um es zu einer autonomen Textualität zu verarbeiten. Die Metapher vom Parasiten ist altgedient, und sie wiegt nicht mehr als ein umwelt-, ein «logos-bewußter» Protest gegen die Übermacht der sekundären, medialen, indirekten Sprechweisen, die die atmende Sprache ebenso erstickend bedecken wie die Flächenversiegelung den fruchtbaren Boden.

Vieles in den Gedankengängen dieses Buches (die streckenweise an der Seite Heideggers zurückgelegt werden) erinnert daran, daß nicht nur das natürliche, biologische Haus der Erde, sondern ebenso das geistige beschädigt und bedroht ist und nicht minder dringend der Erhaltungs- und Schutzmaßnahmen bedürfte.

Gegen die herrenlose Erlaubnis des Sagbaren und Besprechbaren rät Steiner «eine Ziemlichkeit des Verstehens» an. Das Kunstwerk, um ihm neu zu begegnen, sei zu behandeln als ein Gast, ein Fremder, der plötzlich erscheint in unserem gewöhnlichen Alltag, dessen Ankunft Freude und leise Furcht begleiten. Dem Verstehen der Andersheit sind Grenzen gesetzt; mehr als Annäherung, als ein Umgang der «kardinalen Diskretionen» ist nicht möglich. Wichtiger ist, wie sich der Empfangende verhält: ob seine Begabung ausreicht, sich überwältigen zu lassen; ob er stark genug und widerstandslos zugleich sein wird für das singuläre Zustoßen eines Gedichts, einer Musik, einer Plastik, und bedacht genug, um das Fremde nicht dem Vielen einzumischen, es nicht zu verbrauchen und mit allem übrigen durcheinanderzubringen.

‹Von realer Gegenwart› ist ein Schneisenschlag, ein rigoroser Entwurf gegen die philosophischen Journalisten, die Mitverfertiger einer Weltworld, die Realisten der Entropie und der überfüllten Leere, die Rhetoriker der Simulationen und des unendlichen *ludibriums*. Der Autor weiß selbstverständlich, daß ihm gegenwärtig noch die Seminare und Redaktionen in Reih und Glied entgegenstehen. Er weiß aber ebenso sicher, daß die ideelle Macht der Abwesenheit und der Leugnung verbraucht ist, so wie die große Subversion und Selbstherrlichkeit Nietzsches ihr Jahrhundert gehabt hat und nur einen zerstreuten Haufen «kraftloser Empörer» (Dostojewski) übrigließ. Diese werden sich zweifellos noch lange und je bedeutungsloser, um so verbissener als die Bewahrer jener Thersites-Kultur ansehen, für deren Verbreitung die deutsche Intelligenz nach dem Krieg ihr Bestes gab, Zug um Zug häßlicher und liebloser werdend. Doch all dies enthält keinen Funken Aussicht, keine Kraft zur Erneuerung und Veränderung mehr.

Steiners Buch ist geschrieben in der deutlichen Wahrnehmung, daß die Mitternacht der Abwesenheit überschritten ist.

Ohne den Autor in eine Nachbarschaft zu rücken, die ihm vielleicht nicht behagt, gibt es doch einige Aspekte seiner Theologie des Textes, die ihn mit bedeutenden Autoren der «Remythologisierung» verbinden, insoweit sie in der «Revolte gegen die moderne Welt» ein Gemeinsames finden: Julius Evola, Eliade, Nicolás Gómez Dávila.

Wenn es in den Maximen und Reflexionen des letzteren heißt: «Die moderne Geschichte ist der Dialog zwischen zwei Männern: einer, der an Gott glaubt, ein anderer, der Gott zu sein glaubt» – so läßt sich hieran die Blickwende bestimmen, die Steiners Essay vornimmt von Nietzsches Gottmenschen ab und jenem anderen zu, der bereit ist, sein eigenes Gesicht zu verlieren und zurück in die Begegnung zu treten, die Verantwortung. Dávila ist Kolumbianer, überzeugter Hierarchist und Katholik, Moralist in der Folge Montaignes, Rivarols, de Maistres; einer der großen spirituellen Reaktionäre – und das ist gleichbedeutend mit: einer der großen Stilisten unserer Zeit, und dies wiederum ist gleichbedeutend mit: ein unbeirrter Zeitfremdling, voll scharfsinniger Frommheit. Sein Rat und seine eigene Regel: «Klarsichtig ein schlichtes, verschwiegenes, diskretes Leben führen, zwischen klugen Büchern, einigen wenigen Geschöpfen in Liebe zugetan.» An seinem Werk – fünf große Bände sollen es sein, auf deutsch ist davon nur eine schmale Auswahl erhältlich –, an seinen Provokationen und Unduldsamkeiten ließe sich beispielhaft darlegen, wie sehr heute die Faszination des Rebellen gerade von demjenigen ausgeht, der den Weg der Rechtgläubigkeit verteidigt; ihm wächst unter dem Anspruch einer diffusen häretischen Konvention jene gesteigerte Klugheit zu, die früher der gesellschaftliche Außenseiter, der kritische Nonkonformist besaß oder besitzen mußte.

«Die Freiheit des Demokraten besteht nicht darin, alles sagen zu können, was er denkt, sondern nicht alles denken zu müssen, was er sagt.»

«Die Dekadenz einer Literatur beginnt, wenn ihre Leser nicht schreiben können.»

«Der Abstand zwischen Gott und dem menschlichen Verstand ist so gewaltig, daß nur eine kindliche Theologie nicht kindisch ist.»

«Glauben heißt in die Eingeweide dessen eindringen, was wir bloß wußten.»

«Die Welt verändern: Beschäftigung für einen Zuchthäusler, der sich abfand mit seiner Verurteilung.»

«Die Fanatiker der Freiheit enden als Theoretiker der Polizei. Die Doktrin Fichtes zum Beispiel gipfelt in einer Theorie des Reisepasses.»

«Ungeachtet seiner Wut auf das Christentum ist der Stamm baum Nietzsches ungewiß. Nietzsche ist ein Saulus, der auf dem Wege nach Damaskus in Ohnmacht fällt.»

«Der Reaktionär wird nur in den Epochen ein Konservativer, die etwas bewahren, das es wert ist, erhalten zu werden.»

Der Reaktionär ist eben nicht der Aufhalter oder unverbesserliche Rückschrittler, zu dem ihn die politische Denunziation macht – er schreitet im Gegenteil voran, wenn es darum geht, etwas Vergessenes wieder in die Erinnerung zu bringen. Er hat jetzt und hier *vor* sich die dichten Schleier des technischen Scheins und der Bedeutungsleere, und er will sie teilen, zumindest für lichte Augenblicke, in denen Anwesenheit, Sinn, Logos offenbar werden. Nichts anderes verfolgt nach Steiner jedes große Kunstwerk und ist demnach auf eine zeitlose Weise «reaktionär»; es kämpft gegen Vergeßlichkeit in jeder Epoche.

Für den Eintritt von Modernität in unser Sprach-Bewußtsein gibt Steiner ein präzises Datum an. Es geschah, als Mallarmé sagte: das Wort Rose bedeutet nichts anderes als die vollkommene Abwesenheit des so bezeichneten Gegenstands. Das Wort duftet nicht noch sticht es. Bis dahin mochte man an Gott und der Welt zweifeln, mochte fromm oder aufgeklärt sein, jede Geisteshaltung verblieb dennoch im Vertrauen auf die Logos-Stiftung der Sprache. Nun aber war es zum Kontraktbruch zwischen Welt und Wort gekommen. Fortan sprach sich die Sprache selbst, und die Welt, Gottes Schöpfung, war ihr: die reale Abwesenheit: nicht da, wo Worte. Von der Aufkündigung der semantischen Verbindlichkeit (bei gleichzeitiger Emanzipation des Gottmenschen) bis zur reinen Selbstreferenz der Diskurse, dem nihilistischen Vertexten von Texten, verging ein Jahrhundert, das die großen «Zeichensetzer» der Moderne mit heroischen Bedeutungsschöpfungen bestritten. Aber sie alle, ob Marx, Freud, Wittgenstein, ob rational oder irrational, gingen hervor aus dem Verlust des tautologischen Urvertrauens in die Sprache: Ich bin, der Ich bin.

Die Unangemessenheit der sprachlichen Explikation, die Armut der «Antwort», die wir auf die Fülle des Empfangs geben, wenn wir zum Beispiel aufmerksam Musik hören, ist eine erste Erfahrung des Unmittelbaren und der Andersheit, die im Kunstwerk

Asyl genießen. Das unerklärlich Schöne verbleibt in der *complicatio*, in der Eingefaßtheit aller Bedeutungen, es wird unverletzt, unenthüllt erlebt. Es bringt uns in Berührung «mit dem Stoff, der *unerträumt* ist in unserer Stofflichkeit». Weder ist es ein utopisches Humanum noch ein höherer ästhetischer Gemütsreflex, noch überhaupt etwas vom Menschen Vermochtes, das sich in der Schönheit verbirgt. Vielmehr klingt in ihr an oder schimmert durch: Realpräsenz, Anwesenheit, und zwar unabhängig davon, welchen historischen oder biographischen Interessen sich die Entstehung eines Romans oder eines Gemäldes verdankt. Ob man einem Kunstwerk begegnet sei, meinte der metaphysisch nicht leicht erregbare Paul Valéry, erkenne man daran, ob es einen im Zustand der Inspiriertheit zurückläßt.

Wir antworten mit Widerschein.

Die Kunstwerke sind da. Ihre Heterophanie ist unabweislich, unwandelbar. Verborgen, verhindert, verlegen ist allein der Empfänger, der Beschenkte, der Angesprochene. Er hat sich aus der Ver-antwortung gestohlen und in ein methodisches Drumherumreden geflüchtet. Nichts ist unmittelbarer mit dem Schicksal der Erde verbunden als die Sprache. Verläßt sie uns oder lösen wir uns von ihr, dann braucht man sich auch nicht weiter um den (inzwischen als politische Floskel dienenden) «Schöpfungsauftrag» zu kümmern. Die Sprache verläßt uns nicht im Schweigen, sondern nur im A-Logos, in der Entbundenheit von Form, Sinn, *auctoritas* der Bedeutung.

Die Lage der Kunst ist seit jeher eine unschlüssige; es ist die Samstagslage, wie es am Ende des Buchs in Gleichnisform heißt, zwischen dem Freitag mit Kreuzestod und grausamen Schmerzen und dem Sonntag der Auferstehung und der reinen Hoffnung. Weder am Tag des Grauens noch am Tag der Freude wird große Kunst geschaffen. Wohl aber am Samstag, wenn das Warten sich teilt in Erinnerung und Erwartung. So oder so ist die Unschlüssigkeit in Gefahr. Für unsere Epoche könnte dies bedeuten: Entweder wird sie beendet vom Ausbruch des vollkommenen Vergessens, nach Art einer technologischen Mutation unserer gesamten Kultur. Oder aber, was der Autor für das Bedrohlichste hält, durch den Ausbruch eines religiösen Fundamentalismus.

Setzte nicht aber die Wiederbegegnung mit dem Primären, für die hier so unerschrocken plädiert wird, zuerst voraus, daß eine revelatische Befreiung des Menschen stattfände, ein Zerreißen all der Texte und Texturen, in die er sein Herz und sein Antlitz gehüllt hat? Es wäre sehr die Frage, ob dies nicht notwendig einem Akt von fundamentalistischer Gewalt gleichkäme: Der liberale Kritiker (der nihilistische Versucher) hätte mit seiner Antwort ohnehin leichtes Spiel. In der Dichte des Möglichen, würde er sagen, in der komplexen Vielfalt ist der Eintritt der Andersheit mehr oder minder eine Angelegenheit der metaphysischen Bedürfnisse des einzelnen. Was bedeutet es schon, woran *ich* glaube, wenn nicht *alle* (oder doch zumindest sehr viele) daran glauben? Nichts. Jeder Glaube, der mich wirklich beherrschte, bedürfte der kollektiven Glaubensstärke. Wir sind indes zu lange mit allen Wassern gewaschen, als daß es je wieder das einzige geben könnte, das allein die endliche Reinheit bringt.

Darauf wird nun derjenige entgegnen, den man den Fulguristen nennen könnte, also jemand, der, wie eingangs erwähnt, von den Göttern und der modernen Wissenschaft gelernt hat, daß ein geringer abrupter Wechsel innerhalb eines «Systemganzen» zuweilen genügt, um die Heraufkunft von etwas völlig Unvorhergesehenem und Neuem zu bewirken. Kein noch so komplexes, hochentwickeltes, gleichgültiges, liberales und strapazierfähiges Gemeinsames vermag sich gegen den Blitz zu schützen, der es umordnet. Wenn der Schein wild wird nach Gestalt, wird er den Spiegel zum Bersten bringen.

Der liberale Skeptiker würde weiterhin darauf bestehen, daß sakrales Empfinden in sakraler Gemeinschaft gründen müsse, daß beider Erneuerung oder beider Wiedererstehen einen Akt der Stiftung zur Voraussetzung habe. Kein noch so rigoroser Wille zum Irrationalen, kein noch so tiefes metaphysisches Ekelgefühl vor Weltverdorbenheit könnte aber einen Einfluß auf Eintritt oder Ausbleiben einer solchen Stiftung haben. «Ich bin ein Mensch mit den unterschiedlichsten Begierden», würde er noch hinzufügen, «für mich gibt es im Grunde nur eine Sorte von Lastern, und das sind die Laster jedweder Gewißheit. Die Sünde der zu frühen Befriedigung unserer Wachheit. Ich frage mich ernstlich: Was *ist* und wozu braucht der Mensch Glaubenseifer und Durchdrungenheit? Gibt es dafür irgendeine biochemische Vorbedingung in seinem Genom?»

Darauf wiederum der Fulgurist: «Jetzt, natürlich – wie leicht ist es! –, man gibt sich weltklug abgeklärt, verblendungsfrei, ernüchtert. Aber der menschliche Geist wird sich nicht für alle Zeiten mit schwerentflammbarem Stoff zufriedengeben. Er ist geschaffen *auch* für die Begeisterung, den festlichen Irrtum, ja sogar für die Manie, die große Menschenmassen alle gleich befällt. ‹Tief ist nur die Überzeugung, die ihre eigene Unvernunft kennt› (Dávila). Man muß darauf gefaßt sein, dem Enthusiasmus wieder zu begegnen. Und man muß die nötige Vorsorge treffen, daß er nicht in die Fänge weltlicher Interessen gerät …»

So könnten sie einander ewig widersprechen, der Erwartungsvolle und der Abwartende, und würden sich doch niemals verständigen. Schließlich aber würde vielleicht der Skeptiker als erster müde und schlösse nach einem Seufzer mit der Bemerkung: «Sehen Sie, dort, die Mücken tanzen im Abendlicht. Sie klopfen mit ihren Flügeln die Luft so weich, daß die Schallwellen eines schrillen Pfiffs genügten, um den ganzen Schwarm beiseite zucken zu lassen. Aber dann nebenan tanzen sie munter weiter, sie stieben niemals auseinander.»

Die Distanz ertragen
Über Rudolf Borchardt

1987

Proust bot ihm eine widerwärtige Schriftstellerei, Rilke zeigte hysterische Weichlichkeit, Hauptmann war Barbarei, Wedekind eine schnöde Spottgeburt, Büchner ein catilinarischer Hetzer und Problemwühler, Thomas Mann gehörte auf den Weihnachtstisch bürgerlicher Genügsamkeit, Heine: ein bourgeoiser Lyriker mit den Wut- und Rachezischlauten des gekränkten und übergangenen Parisers, und auch die Lektüre von Robert Walser bereitete ihm peinliche Stunden. Ein Mann stürzt Tempelsäulen wie Samson und jagt wie dieser die Füchse mit brennendem Schweif ins literarische Philisterland. Die moderne Literatur: «eine in ihrer Masse totgeborene Produktion», Allotria, Epigonentum oder dilettantische Frechheit, jedenfalls null und windig. Nein, es ist kein Phrasendrescher, der so urteilt, kein zynischer Rebell, sondern im Gegenteil eine hochaufgerichtete Gestalt, ein Heros, der schuftet und schützt – einer der sprachmächtigsten Deutschen, mit Luther, Herder, Hölderlin, wenn Macht in der Sprache sich davon herleitet, daß jemand souverän über ihre berufbare Geschichte verfügt und doch die wahren Reichtümer aus legendärer Tiefe, aus ruhloser Noch-nicht-Sprache gewinnt. Im Besitz solcher Kräfte, der forschenden und der beschwörenden, will dieser Rudolf Borchardt nicht etwa sein Jahrhundert in die Schranken fordern, dazu findet er's viel zu schwach, er will es verjagen und ein neues ausrufen.

Ebenso heftig, wie er schmäht, bewundert er auch. Da sind es unter den Zeitgenossen vor allem George und Hofmannsthal, zu denen er sich bekennt. Zum einen unterhält er zeitlebens ein gespanntes, nervöses Konkurrenzverhältnis. Mit dem anderen verbindet ihn die persönliche Freundschaft, wenn auch eine wechselvolle. Beide gelten ihm als die großen Erneuerer der Form, die Erschütterer und Widerrufer der Modernität. Mit ihnen sieht er um 1898 die Epoche der «Schöpferischen Restauration» heraufziehen, vor der Historismus und Naturalismus, epigonaler Klassizismus und Philistertum abzudanken haben. Der Erste Weltkrieg, für das erschreckte Europa der Zusammenbruch der alten Welt, offenbart umgekehrt dem metapolitischen Poeten gerade das unwiderrufliche Ende der neuen, der modernen Welt, der Ära des Unternehmertums und des Sozialismus, des Mammons überhaupt, «des ungeheueren Fehlschlusses der Technik, der Weltkatastrophe der Industrie».

«Die Welt wird reißend konservativ», diktiert er seinem Publikum in flammender Rede über ‹Führung› noch 1931. Sie wurde es nicht. Im Gegenteil, solchen Schlagworten folgten die Schlagetots auf dem Fuß, Führung wurde zu Terror und Geist zu Ungeist. Bevor er als Jude Deutschland hätte verlassen müssen, residierte der Dichter seit Jahren in einer Villa nahe Lucca.

Borchardts schönste, zarteste Dichtung wie seine schroffe, überspannte Gebärde als Kulturheros verdanken sich gemeinsam ein und demselben Irrtum, dem schutzspendenden, dem geschichtlichen Tiefenirrtum, daß irgendwo keine Geschichte sei, sondern nur und wiederbringlich der reine *Anfang*. Tief, weil er an den unvergänglichen Teil des Daseins schließt; zweifelhaft trotzdem, weil ihm die bedingungsvollen Wirklichkeiten wie auf Geheiß revidierbar erscheinen müssen.

Um das Erbe, das keiner mehr im Blut trägt, schaffend zu erwerben, um große Literaturtraditionen des Abendlands, die verkannt oder verfälscht wurden, wiederzuentdecken und fortzuführen, dazu bedarf es des wissensfrohen Dichters, nicht des Gelehrten oder Philosophen, die nur ihr Forscher-Material und -Gerät anliefern; des Dichters also mit herakleischer Stärke, der zu einen und nicht zu sondern gekommen ist, der's zusammenfügen muß über die Jahrhunderte hin, der ganze Epochen säubert, bis er auf den Kern ihrer Frühe stößt und ihn bloßlegt. Wo er ihn berührt, wird er selbst mit Ursprung begabt, gelingt es ihm, in Zungen der Frühe gleich mit den Frühen zu sprechen, dort kann er nun übersetzen, das ist: sein Deutsch schaffen, es erneuern. Erneuern, ja, nicht kunststopfen; keine Verwandlungstricks, keine Maskenspiele des Stils – niemand war ärger feind allem Späten und Unechten als ebendieser Übersetzer, der nicht den geringsten sentimentalen Sinn besaß für gute alte Zeiten. Dem an Wiederherstellung früherer Verhältnisse gar nichts, an der Wiederkehr der Frühe alles gelegen war. Deshalb klingen Richtworte wie konservativ und Restauration, die schon für alle möglichen politischen Possen herhalten mußten, so unwürdig im Zusammenhang mit seiner Person, so lächerlich seitenverkehrt auch, da vor unserem Ohr inzwischen der Fortschrittseiferer sich konservativ nennt und das «Zurück zu» ein Kampfsignal der Weltverbesserer wurde.

Borchardts Restauration aber, zu welchen gesinnungspraktischen Konsequenzen sie ihn auch geführt haben mag, ist von den Wurzeln her universalpoetisch im Geist Herders und Friedrich Schlegels, als die zeitenspaltende Sehnsucht nach dem Ersten und Ganzen.

Es ist ein zutiefst religiöses Programm. Es will Ursprung zu Ursprung fügen, über alle Vergänglichkeit hinweg. Aber da es nun fraglos inmitten der Geschichte mit mythischer Entgegnung auftritt, gerät es auch notwendig in den Stand des geweihten Irrtums. Da aber zum anderen Borchardt der umfängliche Apparat der philologischen und historischen Wissenschaft des 19. Jahrhunderts zur Verfügung stand und er ihn mühelos beherrschte, handelt es sich gewissermaßen auch um einen gesunden und kompetenten Irrtum, der ihn vorm Irrsinn bewahrt; darin ungleich dem anderen großen Wiederbringer, der, mit Ursprung beladen, unter seiner Last in die Knie brach, dem ihm nicht nur pindarisch verwandten Hölderlin.

In den Kontinuitäten stehen, so schreibt er einmal an Hofmannsthal, wer das nicht könne, der sterbe an Selbstgift wie Nietzsche und Hölderlin, Kleist und Keats. Borchardt zerbricht nicht; aus Selbstzucht, aus Visionen der Gesundheit, aus tiefgeordnetem Geschichtsgefühl. Seine Entscheidung – unpassivisch wie der ganze Mann – ist eindeutig, hart und tatenfroh: Wiederherstellung, nichts anderes.

Sein Schutz, der Schutz eines fast dämonisch erwartungsgespannten, zu höchster Führung bereiten Menschen, liegt in seiner stranggläubigen Auffassung von den Heil-Zeiten als einem gleichsam durch die Geschichte wandernden Goldenen Urzeitalter, das aus geschichtschemischen eher denn aus historischen Prozessen auf- und abtaucht. An seiner Zeit, an irgendeiner Zeit zu leiden, das ist noch kein Talent, noch weniger ein Schicksal, denn «die Epochen waren immer fürchterlich». Folglich ist sein Lebens- und Schaffenswille von Anfang an darauf gerichtet, «mich im Bereiche meiner Kräfte der Geschichte des menschlichen Geistes unbedingt einzuheilen».

Der Zusammenbruch seines Geistes erfolgt dann nach Ablauf von Borchardts Lebenszeit, als seine Wirkung überhaupt erst hätte beginnen müssen, um so jammervoller, nämlich in Form des wohl einzigartigen Überlieferungsbruchs, der die öffentliche Nachwelt von seinem gewaltigen und anspruchsstolzen Werk bis heute trennt.

Brauchen wir etwa jetzt schon das Borchardtsche Genie der Überlieferungskunst, um uns dem Dichter selbst zu nähern – ihn überzusetzen über das stehende Wasser der Verkennung, Mißachtung, des Vergessens und, sagen wir es deutlich: der mangelnden Bildung und Empfangsqualität unseres Bewußtseins?

In dem frühen ‹Gespräch über Formen›, das den verdeutschten ‹Lysis› des Platon einführt, dem Werk des kaum Fünfundzwanzigjährigen, finden sich bereits die wichtigsten Operationen angeführt, die den Dichter als den Überbringer mit den «schicklichen Händen» (Hölderlin) darstellen. Ja, das zwiegestalte Stück ist mit seinen heiteren, mehrfachen Symmetrien selbst der lebendigste Beweis für die gelungene Technik der Wiedergewinnung: der Frühdialog Platons, in dem sich eine neue literarische Form erst bildet, nämlich das Gespräch, das er der Welt dann als «sein schönstes Geschenk übergeben wird», besitzt die fortzeugende Kraft des Anfänglichen und stiftet auch das ‹Gespräch über Formen›. Denn auch in ihm geht es um nichts anderes als um das Programm eines Wiederanfangs: um die Ankündigung einer neuen Zeit, einer neuen, traditionalen Kunst, als deren oberste Gattung eben die Übersetzung des literarischen Meisterwerks angesehen wird. Attische Wechselrede und moderne kritische Unterhaltung gehen darüber noch feinere Entsprechungen ein. Wie dort Sokrates mit dem schönen Lysis, dem neugierigen und geduldigen Knaben, das Wesen von Freundschaft und Liebe erkundet, so erschließen hier die beiden Kunstfreunde – nach allerlei philologischen Streifzügen und Seitenhieben – zuletzt allein den Liebenden, den Enthusiasten als den wahren, den originalen Übersetzer. Es ist derjenige, der sich mit aller Sehnsucht nach seinem Gegenstand verzehrt und doch zugleich in der Lage ist, «Distanz zu ertragen», der nicht versucht, das Alte uns modern, das Unverständliche daran uns verständlicher zu machen. Denn die Griechen «tout comme chez nous», das ist beinahe wie: die Geliebte, von der man sich noch alles verspricht, plötzlich, ohne Übergang, auf seinem Sofa sitzen zu haben, noch am Mittag im Morgenrock und unfrisiert, in Frotteepumps, mit der Nagelfeile die erträumten Fingerspitzen scheuernd.

Schwärmerisch wird dagegen vom neuen Dichter gefordert: Er habe vor die Formen hinzutreten, das Herrliche niedergeworfen zu erleben, ja sich zu opfern im Schattenreich der Werke, «ich bin nichts» zu stammeln und schließlich doch alles dafür zu tun, daß er «eine größere Manier, dazusein» erlange.

«Wer Formen fühlt, ist ein Liebender und darf den großen Liebenden aller Zeiten an den Saum des Mantels rühren.» Formen sind freilich nicht die Container des Kulturtransports, sie sind die Substanz der Sehnsucht selbst, das Plasma der Überlieferung. Formen schützen wohl die Gattung, die Spezies der Kunstwerke, nicht aber das künstlerische Individuum, das ihnen vielmehr innestehen, sich ihnen einheilen muß, um zu werden und zu überleben.

Jedoch, wie wir nicht erst heute sehen, sterben vor den Formen die Konventionen aus, durch die das Verstehen und die Verständigen möglich werden.

Die klassische Altertumswissenschaft im 19. Jahrhundert brauchte zu ihren Glanzzeiten ganz einfach den Typus des stillen Homer-Lesers im Volk, den im Original lesenden bürgerlichen Humanisten. Allein seine Existenz, sein passives Bedürfnis, stand in einem förderlichen Verhältnis zu ihrer Leistung und öffentlichen Bedeutung. Ebenso geht etwa Wielands «Sermonen»-Übersetzung geradezu aus den Ansprüchen eines gebildeten Publikums hervor, in dem jeder seinen Horaz auswendig kannte, und entstand wie eine höchste und reife Laune aus dieser Konvention und zeitgenössischen Kennerschaft.

Daß er mit Vergleichbarem nicht mehr zu rechnen habe, sieht denn auch der junge Dichter-Übersetzer im ‹Gespräch›. Ja, der trotzig-stolze Enthusiasmus Borchardts scheint gerade aus dem Wirbelsog der Verständnisverluste, der ihn erfaßt, erst recht zu erstarken. Was also, wenn um Dichtung und Überlieferung keine schützende, mitliebende, mitschaffende Gemeinschaft sich mehr hält? Dann muß ein jeder die Antike aus sich selber neu erschaffen – «nur durch dein eigenes Blut bringst du den uralten Mund zum Sprechen». So laute die soldatisch-lyrische Weisung; und so verfahre denn die durch ebensoviel Mannesmut wie Beschwörkraft beschlossene Opfer-Kunst der Kunst. Obgleich ihm Pathos nie ausgeht und Erregung, schroffe Schwärmerei stets zu seinen schönsten Einsichten führen – denn: «ich glaube nicht, daß die Wahrheit ... nüchtern an den Tag gebracht werden kann» –, wandelt sich schon bald die Leidenschaft, und das hochgestimmte Subjektive nimmt gegen die spirituelle Pflicht des Übersetzer-Dichters ab.

Zehn Jahre nach dem ‹Gespräch›, das er 1902 Hofmannsthal vorlas, schreibt er an den Freund: «Ich bekam vor drei oder vier Jahren ein Gefühl der Inanition, eines innerlichen Ausblassens und Erfrierens in Kunstformen, deren letzter Trieb nicht zur Gestaltung strebte sondern zur Dekoration, das zu einer wahren Krise führte ... Ich habe in ihr die Reste des ‹Cant› meiner Generation abgelegt, den falschen Flitter, die falsche Vornehmheit, den falschen Snobism, den falschen Aristocratism –»

Mit der vollendeten Pindar-Übersetzung packt ihn dann ein unbeschreibliches Gefühl des Stolzes und des Glücks, nun hat er der «deutschen Sprachgemeinschaft», und nicht nur dem erlesenen Kenner, dem Freund, eine ganz neue Materie eröffnet, nachdem es ihn über Jahre ängstigte, «denken zu müssen daß ich alleine und gewissermaßen verstohlen auf dem vergrabenen Schatze hockte wie Reptilien in den Märchen. Ich wußte das es nicht zehn Menschen in unserer gesamten Kulturwelt gab die diese unglaubliche, unvergleichliche Poesie unmittelbar genossen und sich assimilierten ...» Nicht den einsamen Verständigen kann die allzu große Gabe, sie muß dem ganzen Volk gehören, und der Überbringer hat das instinktive Ziel, «durch die Gesamtheit meiner Arbeit die Gesamtheit meines Volkes in seiner weltbestimmenden Funktion zu repräsentieren». Der Dichter tritt in den modernsten Tagen nicht anders als in den frühesten in sein Sänger-Amt, wird zum «Zeugen des Volkes» (Hölderlin) berufen. Er, aus der Mitte aller stammend, hat nun für alle zu sprechen. Als das «lebendige und wandelnde Gedächtnis der Welt» begegnet er seinem Volk, und es muß sich nun weisen, ob es «durch das Medium des Dichterischen sich seiner Erregungen oder seiner Erinnerungen ... seiner Hoffnungen und seiner Satzungen bewußt wird».

Dies Volk ist gewiß ein sagenhaftes und nicht unter der Bevölkerung zu finden, auf Straßen und Sportplätzen nicht, die die beschäftigte Menge füllt; es ist vielmehr mit seinen Königen tief in den Berg gesunken und schlummert dort, bis seine Stunde kommt. Von dort, aus einmütiger Gemeinschaft steigen Heilkräfte zum alleinstehenden Dichter, von dort empfing er seine poetische Legitimität, und man muß annehmen, daß der Mythos, die fromme Fiktion ihm tatsächlich die nötige Stärke und Zuversicht verlieh, um dieses fast unbeachtete Gigantenwerk an Dichtung, Rede und Sprachschöpfung zustande zu bringen. Denn die Vorteile, die Rechte und die Stellung eines gelobten Dichters in seinem Volk wurden ihm weniger als jedem anderen zuteil.

Scharf und unduldsam werden die tatsächlichen Verluste markiert, bitterlich wird mit Schillers ‹Nänie› das vergehende Schöne, das Vollkommene, das stirbt, beklagt – aber unverzüglich wird darauf zu Wiedereroberung, zu Ausgleich und Wiedergutmachung geschritten. Kein Konzept kann ihm daher verwerflicher erscheinen als das vom ‹Untergang des Abendlands›. Mit Inbrunst beruft er gegen dergleichen Ideen-Stümperei die «Ewigkeit der Abendländer». Der poetische Fundamentalist kehrt gegen Geschichte und Vergehendes die gedenkende Macht der Dichtung, dem Zeitenwandel enthoben wie Religion. «Denn Denken ist ein heimliches Gedenken, und wir sind nicht was wir sind, sondern was wir wieder werden können.» Und dies Werden geschieht im Gegensinn zur Evolutionsgeschichte, «denn dem Einen zu, das alle Abwandlung wieder erbt, geht der ewig nach Integration, nie nach Differenzierung strebende Weg der Menschheit ...»

Das Prozeßschema, das Linien von Fortschritt oder Verfall entwirft, kann nicht das letztgründliche der Geschichte sein. Sie vollzieht sich vielmehr – für den Fundamentalisten – im langwierigen Wechsel von gottnahen und gottfernen Zeiten. Das Heilige geht in ihr sowenig verloren wie Energie im Weltraum. Sein Kommen und Schwinden, Mythennähe und Profanität unterscheidet die Epochen. Auf das altionische priesterliche Griechenland folgt die entgötterte Hybris der attischen Demokratie – «der Abgrund von Revolution und Zerstörung, in der während des siebenten und sechsten Jahrhunderts das altgriechische Gestaltenerbe Seele und Sphäre und Sinn eingebüßt hat» (und als nur einer Retter der Geheimnisse, Retter der Frühe war: Pindar, der große antike Restaurator, der Bruder-Poet). Umgekehrt folgt etwa auf die frivole Aufklärung des 18. Jahrhunderts die fromme Reformation der Romantik. Gegen die «grinsende Puppenhaftigkeit» der degenerierten Vernunft beginnt mit Herder, mit der Entdeckung der Poesie als der «Muttersprache des Menschengeschlechts», die Verjüngung der europäischen Völkergemeinde, entsteht aus der Wiederberührung mit ihrer lyrischen Urzeit der neue Epochengeist.

Gleichwohl bleibt das 19. Jahrhundert eines der größten schismatischen der Weltgeschichte. Schuld daran ist allein der ihm «und nur ihm angehörende Begriff der Emanzipation», die ursprüngliche Quelle aller unserer fortzeugenden Irrtümer, da soziale Emanzipation stets nur Freigelassene und niemals Freie schaffen kann und da – nach der Dialektik der Borchardtschen Kulturgeschichte – auf den Gräbern aller geschichtlichen Kulturen steht, «daß Epochen der Freigelassenenherrschaft nicht der Beginn der Freiheit sind, sondern das Ende der Freiheit». Der Grundsatz der Emanzipation ist nämlich die unendliche Emanzipation, sie muß immer «neue Quanten von Emanzipierbarem finden». Dem Fortschrittsradikalismus – der Herrschaft des Kronos, der seine Kinder verschlingt – fallen nicht nur Religion und Brauchtum, sondern fällt unvermeidlich auch die Erinnerungskraft der Dichtung zum Opfer. Sie wird zur Literatur, zur politisierten – «eine ausschließliche Schöpfung des Ottocento» –, wird die Hörige des Primats der Politik, statt wie bis dahin «der Politik den Gehalt zu geben, wie von Dante und Petrarca zu Macchiavelli, über Milton und Voltaire zu Schiller, über die deutsche Romantik zu Hegel ...»

Das singende Bewußtsein, das nur Arché und Hierarchie belobt, hätte sich im Zeitalter der Revolutionen kaum aufrechterhalten, wäre da nicht das goldene Interregnum, das nahe und wirkliche, das auch dem modernen Menschen bewiesen hat, daß Wiederanknüpfen und Innehalten in der Geschichte möglich sind: die deutsche Romantik nämlich, die große Pause zwischen 1789 und 1848, in der sie ihre Kolonien in ganz Europa errichtete.

Für Borchardt ist es allen anderen voran Herder, dem er die Zuversicht verdankt: daß der historische Blick ein erneuernder ist: daß nicht heilloses Vergessen die Geschichte regiert, und wenn sie noch so tolle Sprünge macht – daß immer wieder die mächtigen Propheten der Erinnerung auftreten, um die Risse zu heilen, die Kontinuitäten zu gewährleisten. Herder, «vor diesem Talisman in meiner Hand sprangen die Riegel aller Zeitgefängnisse auf».

Auf diesem freien Weg gelangt der Frühesucher tief hinein ins europäische Mittelalter, entdeckt seine reichentfaltete Kultur, die der Ruhm der Renaissance zu Unrecht in den Schatten stellte und die von der Aufklärung dazu noch künstlich verfinstert wurde. Mit den Mitteln des inspirierten Gelehrten und mit dem Stilwillen des Dichters hebt er die Schätze des 13. Jahrhunderts aus Verschüttung und Verkennung, kehrt er ein in die Sprache Hartmanns und Wolframs und wird selbst darin Epiker, als wär's noch eine lebendige fortdauernde Mundart. Und ebenfalls auf diesem Weg, dem großen romantischen Erbgang, der Gedächtnis-Befreiung, gelingt ihm das höchstgewagte seiner Werke, der ‹Dante deutsch›, an dem er mehr als zwanzig Jahre arbeitet. Die ‹Comedia›, nicht übersetzt, nicht nachgedichtet noch etwa in eine moderne zeitgemäße Version gefaßt, sondern gleichsam von Grund auf miterzeugt in einem nie gesprochenen, wohl aber möglichen, historisch versäumten Idiom, das sich dem ebenfalls zu Dantes Zeit nicht gesprochenen Toskanisch geschwisterlich verbindet. Ein schwebendes fiktives Kontinuum über einem tatsächlichen historischen Bruch: dem zwischen der alten oberdeutschen Dichtersprache und der sehr viel jüngeren, blasseren ostdeutschen Gemeinsprache, der Schreibstuben- und Flachlandprosa, die allein Goethes Genie so veredelte, daß sie neuhochdeutsche Dichtersprache wurde.

Borchardts ‹Dante›, das ist in Wahrheit eine Dichtung, die den Zufall einer sprachgeschichtlichen Entwicklung unter ihrem Zauberbann ungeschehen macht, ihre Notwendigkeit außer Kraft setzt, widerruft. Im Dichter bleibt der ganze Stammbaum seiner Muttersprache lebendig und strebt auch an jenen Zweigen weiter, die in historischer Umgebung ihr Wachstum längst beendet haben.

«Geschichte ist, was gewesen ist; Poesie ist, was hätte sein können; das Mittlere zwischen beiden, wofür ich keinen Namen habe, ist, was hätte sein sollen, ja was hätte sein müssen.»

Den Namen für nachträgliche Geschichte liefert die anachrone Schöpfung des ‹Dante deutsch›. Auch einem sehr großen Dichter gelingt so etwas nicht aus reiner Dichterfreude; er muß einen größeren Vorsatz fassen, um derart den Ida auf den Ossa zu wälzen. Eine Ära muß er stiften wollen und ein Jahrhundert – und wenn es auch ein früher vergangenes ist – neu in Bewegung setzen. Der «Durchbruch durch Goethe» (so der Titel eines geplanten Aufsatzes) sollte geschafft, Glück und Ende der neuhochdeutschen Dichtersprache ein für allemal bestimmt werden, dieser «Kolonistensprache emporgearbeiteter Stände», die das Volk aus sich verbannt hatte. Seine Dichtung indessen sollte verlauten «im Namen der deutschen Millionen, die alemannisch fränkisch bairisch heut wie immer sprechen». In seinem Deutsch also konnte er das geheilte Reich vorzeigen, dort das Hohe dem Grund wiedervereinen, den Priester dem Volk, den Fürsten dem Dichter. Vernichtung des falsch Bestehenden nicht durch Kritik, wie es unsere moderne Kampfart geworden ist, sondern durch Schöpfung. So galt schon der Spruch, als er daranging, das klassische Antiken-Bild, jeden Klassizismus überhaupt, durch die Wiedergabe der ‹Altionischen Götterlieder› zu zerstören. Und so geschah es erst recht, als er mit seinem Gedicht die Kruste der Verfremdungen vom Mittelalter sprengte, fast entschlossen, «meiner ersten großen verschollenen Nationalliteratur ihren Tod nicht hingehen zu lassen», und also vor die Deutschen trat, um ihnen das Geschenk eines archaisch-reformierten Altertums zu machen.

Sie haben sich nicht viel daraus gemacht. Wir sehen heute dies Geschenk, das Gesamtwerk Borchardts, an derselben Stelle achtlos liegengelassen, an der es übergeben wurde. Gemessen an seinem Rang blieb keiner der großen Autoren des 20. Jahrhunderts gemiedener als er. Wenn seine Lyrik (wie die Georges) und seine erzählerische Prosa (wie die Hofmannsthals) gegenwärtig kaum gelesen werden, so mag das unter anderem unsere ganz ans Subjektive gebannte Kunstgeschichte der Nachkriegszeit verhindert haben, die Konvention der großen Erlaubnis, wo der Impuls alles, der Formaffekt wenig bedeutet, wo kein ferner Ursprung mehr erlebbar ist als das eigene Sich-Befinden. Daß aber die ganze ideelle Gestalt dieses Mannes, sein Halbgötter-Kampf zur Überwindung von Modernität, übersehen bliebe bei all den unruhigen Versuchen jetzt, sich neue Begriffe von Herkunft und Überlieferung zu machen, wäre denn doch sehr verwunderlich. Sollte es seine fabelhafte Überlegenheit sein, die kaltläßt, seine Wissens- und Wortgewalt, die durchaus abschreckend blenden kann und die nichts unausgesprochen läßt, was man selber über ihn zu sagen wünschte? Oder ist es sein politisches Bekenntnis – «selbstverständlich Monarchist damals, intransigenter, absoluter und schweigsamer Legitimist heute»: 1927 –, das den Blick von seiner Meisterschaft als Autor immer noch ablenkt oder von der ganzen Person fernhält? Er hat für die Entstehung von Vergangenheit nichts Geringeres geleistet als Musil für die Entstehung von moderner Zeitgenossenschaft. Und es fällt doch nicht mehr so leicht, hier eindeutig die wichtigere, folgenschwerere Hervorbringung zu bestimmen, da wir nun auf beide Erbtümer gleichmäßig und gleichzeitig angewiesen sind.

Seltsam beobachtende und anempfindende Wesen, die wir geworden sind, prüfen wir einen solchen Mann nach seiner Haltung, prüfen ihn mit unseren Sammleraugen, ein kostbares, höchst ausgefallenes Gesinnungsexemplar. Vor uns unter Glassturz Geschichte, ein Präparat. Wo die Wiederberührung mit der unbarmherzigen Frühe nicht mehr erlangt oder gewagt wird, dort verweilt um so lüsterner der Laborblick. Doch dann, beinah abrupt, so scheint es uns, wird zu *einer* Zeit die ganze Spanne, der große Transfer von Pindar zu Borchardt. Und zu einer anderen die unsere. Die Distanz ertragen. Von einem Gegenwartsautor zu Borchardt ist der Weg unter Umständen sehr viel weiter als der, den Borchardt zu Pindar zurücklegte. Und wenn im ‹Gespräch über Formen› die beiden Jünglinge über den mangelhaften Griechischunterricht auf wilhelminischen Gymnasien herziehen, dann blicken wir uns schüchtern um – an wie vielen unserer Schulen wird überhaupt noch Griechisch unterrichtet? Längst ist es zu einem abgeschiedenen Sonderfach geworden, das Medium, durch das Entstehen verstanden wird.

Wir nehmen die Verluste hin, einen nach dem anderen, und sind allesamt ernsthaft überzeugt, daß Rationalität uns besser tut als jenes schöne Wissen und daß jede Methode der Anpassung an Gegenwart wertvoller ist als die Lehre der Erinnerung. Gäbe es einen Borchardt unserer Tage, der noch einmal eine *restitutio in integrum* heraufführen wollte, er würde nicht einmal mehr als der großartige Don Quichote angesehen, wäre nicht mehr der Mittebildner auf verlorenem Posten, sondern von vornherein «auch nur ein Exot», der seinen ausgefallenen Tic unter tausend anderen Ticverkäufern anböte. Das Allgemeine drängt zu nichts Allgemeinem mehr. Es geht über in ein offenes Schema von Sektionen und Disjunktionen. Und das Viele, je «vernetzter» es geschieht, um so unvermittelter zueinander. Denn es gibt keine Vermittlung zwischen Geheimnis und Meinung. «Dichter wissen das Viele aus sich» (Pindar). Borchardt war vermutlich der letzte, der das Innestehen im Ganzen – dem ganzen Sprachraum, Volk, Reich, Abendland – erlebte, das hochintegrierte Dichter-Wissen. Und es gelang ihm schließlich auch ohne Volk und Reich: allein in seinem *ganzen* Deutsch.

Die Jugendszene um die letzte Jahrhundertwende, sofern sie sich der englischen Mode ergab, wie wir an den beiden Ästheten des ‹Gesprächs› studieren können, muß ein stilvolles Gegenbild zu der unseren gezeigt haben, die im Zeichen der Rebellion begann und eigentlich darin ihre letzte Traditionsverbundenheit bewies. Seither bewegt sich das große monotone *recycling* des Neuen und der Neuigkeiten, an das Jugend wie selbstverständlich angeschlossen scheint. Damals hingegen trug man sich antibourgeois von oben herab, auch als Kaufmannssohn wie Borchardt, war älter als die Eltern, vergangenheitshörig, und wiederaufbereitet wurde eben das Gedenken selbst. Alles, was gerade dabei war verlorenzugehen oder schon als verloren galt, trat nun als Ideal oder Leitbild auf. (Nicht zufällig waren es in der bildenden Kunst die englischen Präraffaeliten, die Borchardts stärkstes Interesse auf sich zogen, die hohe Bruderschaft der Altertumserneuerung, deren Stil und Programm ihm vorbildlich wurden.)

Es ist nicht weiter danach zu fragen, weshalb in der jugendlichen Periode unserer Nachkriegszeit ein «Konservativer» keine Leitbildfunktion übernehmen konnte. Es war so nötig wie richtig, andere Entscheidungen zu treffen. Dennoch mag es – «im Spiel der geschichtlichen Möglichkeiten» – erlaubt sein, sich vorzustellen, daß an der Pforte unserer Demokratie nicht allein der Engel mit dem kritischen Schwert gestanden hätte, der Wächter über Aufklärung und fortschrittliches Bewußtsein, sondern eben auch jener eines wissenden, schaffenden Bewahrens; daß also neben einem Benjamin auch ein Borchardt gestanden hätte. So wie auf Odins Schultern doch beide Raben saßen, die hießen «Gedächtnis» und «Gedanke». Nun blieb aber Borchardt bis heute unvereinbar mit jeglichem Typus, den unsere neuere Literatur herausgebildet oder wiederentdeckt hat – mit dem sozialverpflichteten Schriftsteller ebenso wie mit dem Anarcho-Radikalen oder dem empfindsamen Empörten; oder schließlich gar – er, der durch und durch Ausgesprochene! – mit der Kultgröße des hermetisch-fragmentarischen Poeten, lauter Außenseiter, die sich zuletzt alle miteinander im *juste milieu* des Subversiven gut vertragen. Wir haben überhaupt nur den Anti-Helden erfassen und anstrahlen können – Borchardt aber stammt nun eben aus dem Heraklesgeschlecht. Ein harter Edler, kein Sonderling, kein *poète maudit*, den die Moderne so bereitwillig in ihr Herz schloß. Für den Typus des Wiederbringers waren wir bislang nicht disponiert. Es muß ja immer gleich ein Schemawechsel, Leitbildwandel zu Hilfe kommen, damit wir dann auch im einzelnen besser sehen und etwa einen verpönten oder verkannten Dichter neu entdecken. Um das abgetrennte Singuläre genau zu bestimmen, fehlt uns das Organ und die Methode.

Wie auch immer – als erstes gilt es jetzt, dies Werk zu lesen, seine Schätze zu heben, weiterzugeben, und sei es nur, um mit diesem leidenschaftlichen Antipoden neue Spannungen in die deutsche Literatur der Moderne zu tragen.

Natürlich, es wird sie in genügender Zahl geben, denen, selbst wenn sie mit dem Finger unter der Zeile läsen, Borchardt unverständlich bleibt wie eine Fremdsprache, die sie nicht erlernt haben. Andere wiederum, indem sie langsam lesen, werden die excitierende Wirkung spüren und selber in einen Zustand von *viel Sprache* versetzt; es regt sich etwas in ihrem Deutsch. Viel Sprache ist kein Mengen-, sondern ein Dichtewert. Auch unter den Großen haben sie nur diejenigen, die an die Quellen rühren; äußerlich spröde, zerbrechlich gar, sind sie die wahren Überträger. Drei Stunden Hölderlin oder Borchardt gelesen, besehen, erkundet, und es füllt sich das Gedächtnis aus allen seinen Höhlen, es läuft der Traum im Bewußtsein zusammen, der Appetit auf Gestalt und Form wird unbezwinglich. Man will die überraschenden Gesetze, die belebenden, genau erfahren: wie richtig bezogen gefügt geschlossen ist das geschrieben, was ich so nie zuvor ausgedrückt fand! Was ich nicht einmal kenne und sogar bezweifeln könnte, wenn es nicht so regelrecht und rechtmäßig ausgesprochen wäre. Viel Sprache haben (oder daran teilhaben) heißt in ein uner-hörtes Geregelt-

und Geordnetsein vorstoßen. Nichts bleibt Vokabular, alles wird Förderung und Fügung. Es bleibt kein unproduktives Wort, kein Wort übrig. Dies Deutsch wirkt deutschzeugend in jedem, dem es eingeht. Es ist im Wortsinn des Anspruchs voll, insofern es von der Silbe her auf Resonanz gestimmt ist und ruft, wachruft, was an verborgener Sprachgemeinschaft unter dem Kürzel-Regime der Kommunikation schlummert. Es ist ein wirksames Tonikum gegen die mangelnde Durchblutung von Vergangenheit in unserem Befinden. Im Grunde eine einzige Auflehnung – und wohl auch die einzige, zu der Borchardt sich bekannt hätte – gegen den Mythos der Jetztlebigkeit.

Die Erde – ein Kopf
Dankrede zum Georg-Büchner-Preis

1989

Ausgiebig hat man Büchner, den Dichter des Vormärz, im Spiegel der Gegenwart betrachtet und für die Jugendlichkeit der eigenen Epoche in Anspruch genommen. Ein Seminar-Idol ist er geworden, Held einer beispiellosen Editionsgeschichte, Heiliger des kritischen Literaturunterrichts, es fällt nicht leicht, ihm selbst zu begegnen.

Betrachten wir abweichend einmal unsere Gegenwart im Spiegel des Leonce und entrücken sie ins Reich Popo, so zeigt sich bald, das künstliche Lustspiel hat auch für unsere Daseinsbeschwerden noch Platz, wir passen aktuell dazu, es schließt uns ein. Das Leonce-Prinzip: vertieftes Leer-Empfinden bei allgemein erhöhter Irrealität – hat sich bloß technisch ausgeweitet, gigantische Labors sind in Betrieb zur Erzeugung von Unsinn und Schein und um uns die Welt vor den Augen zu zerstreuen. Es bleibt unsicher nach wie vor, ob diese Welt, wie Valerio behauptet, ein «ungeheuer weitläufiges Gebäude» oder ob sie vielmehr, wie Leonce entgegnet, nur ein enges Spiegelzimmer ist, in dem man kaum wagt, die Hände auszustrecken, aus Furcht, überall anzustoßen, so daß «die schönen Figuren in Scherben auf dem Boden lägen und ich vor der kahlen, nackten Wand stünde».

Was ist Glashaus, was ist Welt? Was innen, was außen? Was

Automat und was Organ? Nicht mehr zu unterscheiden. Wir fühlen unseren Kopf Globus werden und gehen auf einer Erde, die sich anschickt, ein einziger Kopf zu werden. Die verschaltete Welt ist das komplette *artificium*, die künstliche Kunst nur ihr oberster Verdichtungsgrad. Das hermetische Lustspiel ist kein satirisches Gleichnis mehr, sondern inzwischen ein Gestaltteil, Modul einer radikal erfundenen Wirklichkeit. Wir haben im Höchstkünstlichen noch einmal die ganze Welt. Kein Einlaß, kein Auslaß: nach Schließung des Kunstwerks.

«Gesellschaft» heißt jetzt der etwas unübersichtliche Hofstaat, «Freizeit» ist, was Leonce den «entsetzlichen Müßiggang» nannte, und statt durch günstige Heirat vermehrt man sein Vermögen heute auf freien Märkten. Bunte Welt der Demokratie, wahrer Materialismus, Blütezeit der Dinge. Harte Rhythmen, schnelle Schnitte. Daneben Todesängste wie vordem, Unheils-Witterung, Degouts und überdüngte Träume, Gelüsteschwund, auch Überdruß und Langeweile sind gründlich demokratisiert. «Die letzten Tänzer haben die Masken abgenommen und sehen mit todmüden Augen einander an.»

Sprayssprüche auf restauriertem Jugendstil: «Science = Death», «Isolationshaft ist Folter». Verstehen wir es richtig herum: Isolationen sind die Zellbausteine des Gemeinwesens. Aus Isolationen erhält es sich rätselhaft. Millionen Eingeschlossene lassen sich eine Welt der Kommunikation vorspielen. Das versperrte Nebenan der armen, grauen Woyzecks mit Übergewicht und der blutjungen Models mit der edlen Apathie. Die Schweißfahne des Joggers im Park und das *Eau sauvage* des Kranführers vor seinem Kontrollschirm.

Wir hören: Auch die Erbgänge in Kreisen mit kleinen oder mittleren Einkommen nehmen zu nach vierzig Wohlstandsjahren. Das Geld drängt auf den Kapitalmarkt. Lebensversicherungen werden zu schwindelnder Höhe aufgestockt, der Status steigt wie Hochwasser nach der Schneeschmelze – und hinterläßt mancherorts ein Bild der Verwüstung. «Dies ist ein Land wie eine Zwiebel», findet Valerio, «nichts als Schalen, oder wie ineinandergesteckte Schachteln, und in der kleinsten ist gar nichts.»

Ist es das, was der junge Darmstädter Konspirant erträumte? Freiheit von Tyrannenwillkür und Polizeistaat, Freiheit von Zensur und Bespitzelung, Überwindung des sozialen und kulturellen Elends der Massen: haben wir nicht alles erreicht? Besteht nicht der Irrtum späterer, ideologischer Revolutionäre darin, daß für etwas *nach* der bürgerlichen Demokratie keine politischen Wünsche mehr frei sind? Gab es nicht sogar eine Revolution zuviel in Europa? Die rote Sonne des Jahrhunderts schmilzt in den blauen Westen ab – und das war einmal unser Morgen! Gerechter soll es unter Menschen nicht werden, freier nicht als hier. Doch was immer bleibt und immer wieder anschwillt, ist das Gefühl: das ist es noch nicht; irgend etwas war da noch, das fehlt. «Frei und glücklich war Germanien» heißt der (vom Co-Autor Weidig, nicht von Büchner angestimmte) schwärmerische Unterton des Hessischen Landboten. Was eigentlich fehlt, steht in der Retro-Utopie des revolutionären Programms, in seinem Märchengrund. Frei und glücklich war Germanien nie. Irgend etwas fehlte immer. Der Mangel an Wohlsein – Wohlergehen, Platons Gruß – wird niemals allein von Politik oder sozialen Verbesserungen beseitigt.

Aus Australien wird eine neue Sportart gemeldet, das Zwergewerfen. Die internationalen Liliputanerverbände haben schärfsten Protest erhoben. In Amerika ist jeder dritte unter den Jungen ein Analphabet. Wir sind aus Tabellen und werden zu Tabellen. Im Smog von Mexico City fallen die toten Rotkehlchen vom Himmel. Die Japanerinnen lassen sich Haut aus den Augenlidern schneiden, das Kinn anstücken, damit sie europäischer aussehen und einen guten

Bürojob bekommen. In den Augenkammern erwachsener Mäuse werden Hühnerzehen gezüchtet. Einskommazwei Milliarden Chinesen wollen Amerikaner werden. Selbst in den strengen Vereinigten Emiraten ist das Video bis hinter den Schleier gedrungen.

Alles ist jetzt und das Ganze ein Moratorium. Das geschäftige Treiben eines längeren Aufenthalts. Nichts scheint veralteter, als keine Zeit zu haben. Quer durch den Basar führt der Laufsteg der Erlösungsmoden, ruft man die neuesten Überzeugungen aus, werden Erweckungen und Bewegungen feilgeboten wie auf den Glaubensmärkten der Spätantike. Ach, ohne Hand und Fuß ist doch der Kopf bloß ein augenrollendes Monstrum! Da treibt es hin, ein überfülltes Bewußtsein, allein in der Kälte der Sphären ...

Wenn machtvolle Ordnungen ein Übermaß an Neuem hervorbringen, dann müssen sie mit dem Widerstand, mit den geheimen Einflüssen der Dichter rechnen, die, wie David Jones sagt, «an etwas Geliebtes erinnern». Anamnesis, nichts sonst, ist ihre Kunst und ihre Pflicht. Sie suchen die Asyle da und dort, suchen Unverletzliches. Unverletzliches Einst, das auf der langen Wanderung, auf der Suche nach Wohlsein verloren und vergessen wurde: Dichtung, Land, das nie faßlich, aber doch da ist, bewohnbar, fruchtbar, unverseucht, lebenschützend, lebenspendend. Ziel. Asyl. Der Dichter ist die schwache Stimme in der Höhle unter dem Lärm. Ein leises, ewiges Ungerührtsein, das Summen der Erinnerung. Die Gegenwart schreibt auf seinen Rücken.

Am Rand der einzigen allgewaltigen Terrapolis bietet er den verborgenen Auslaß für solche, die tiefer in die Zeiten wollen; aus der Stadt gelangt man nur durch ihn.

Inmitten der Kommunikation bleibt er allein zuständig für das Unvermittelte, den Einschlag, den unterbrochenen Kontakt, die Dunkelphase, die Pause. Die Fremdheit. Gegen das grenzenlos Sagbare setzt er die poetische Limitation. Auch ist ihm wie vormals dem ruhlosen Lenz die Welt ein Grund zur Flucht; ein Grund, niemand zu sein oder sehr viele. Seine Stellung, sein Ort vor der Allgemeinheit: unbekannt. Er fände kaum mehr Spuren einer solchen Kultur, in der er zu irgendeiner Repräsentation befähigt oder berufen wäre.

Er sieht sich weder in eine Aufbruchs- noch in eine Untergangsgesellschaft versetzt, sondern zwischen die Konstruktionen des Unaufhörlichen und des Vorübergehenden an sich. Dort trifft er nicht mehr Bürger an, sondern eine seltsame Spezies von Bürgerähnlichen, einen klassenlosen Mischtyp aus historisch reißfestem Synthetikmaterial. Was diese Population zusammenhält, ist im wesentlichen ihre kritische Öffentlichkeit, eine komplizierte Gemengelage von versprengten Interessen, Aufsichten, Gereiztheiten, Gesinnungs- und Sorgestimuli. Hier überlebt das Wort Kultur nur noch in kurioser Bedeutung, als Emphasezusatz im öffentlichen Jargon: «Die verkehrspolitische Kultur unseres Landes droht im Streit um das Tempolimit Schaden zu nehmen.» Zweifellos wird man demnächst auch die Poesie heckenbildender Maßnahmen an gemeindeeigenen Parkräumen einfloskeln, damit auch dieses schöne Wort endlich Bürgernähe erlangt. Der bittere Verdacht kommt auf: Der Dichter habe letztlich nichts, aber auch gar nichts mit seinem Volk, mit den glasigen Millionen, die sich fortwährend selbst durchleuchten, zu tun. Ja, sie sind ihm die wahrhaft Fremden. Die Unberührbaren, in ihrer Wohlgelauntheit, in ihrer künstlichen Helle und in ihren stickigen Ressentiments, in ihrem Bordell der ewig schiefgehenden Lüste.

Er spricht folglich – so war es ja nicht immer! – am liebsten zu Entfernten, zu seinesgleichen, so wie er stets auch von ihnen gesprochen wurde. Sein Volk erstreckt sich von Dante bis Doderer, von Mörike bis Montale, von Valéry zurück zu Hamann und zu Seneca – ein zählbares Volk, gewiß, nicht beliebig viele, ein kleiner

Bergstamm, Strahler und Kristallsucher über die Zeiten und Länder hin.

Gerät jedoch Literatur unter dieser Beanspruchung nicht in die Gefahr einer ausschließlichen, strengen oder verspielten Selbstbezüglichkeit? Ist das aber wirklich eine Gefahr? Nur was auf sich selbst bezogen ist, lehrt heute eine kybernetische Biologie, kann seine komplexe Umwelt meistern. Warum soll nicht, was für das Leben gilt, auch der Literatur und ihrem Fortbestehen von Nutzen sein: eine solche Autonomie, bei der jeder Schaffensakt Überlieferung, jede Progression Rückbindung wäre? Der Autor reagiert weniger auf eine Welt als vielmehr auf sein eignes Weltverständnis; und dies ist vor allem aus Literatur entstanden. Er ist zuerst und zuletzt ein marginales Vorkommnis eines längst gefüllten Buchs. Sein Werk begleitet randabwärts eine Weile jene immerwährende Schrift, aus der er hervorging und in die er wieder einmünden wird.

Allen Richtungspfeilen sind die Spitzen gebrochen. (Vielleicht sogar dem der Zeit.) Jenseits von Verfall und Fortschritt gilt es, gewisse Disjunktionen auszuhalten und nicht zu verschleiern. Die sich selbst bestimmende Gesellschaft und die sich selbst bestimmende Poesie finden nur sehr flüchtige, sehr zufällige Berührungspunkte. Die Unübersetzbarkeit eines poetischen Textes in die Welt der Kommunikation ist bereits zu dessen Voraussetzung geworden.

Das Leonce-Prinzip, das Zeremoniell der künstlichen Kunst, wird in seiner Mitte gehalten von Schwermut, von einer Gravitation des Tods. Sie läßt den Dichter Büchner nie los. «Ein Gefühl von Gestorbensein war immer über mir», schreibt er der Braut. Und es bewirkt, daß Eifer und politische Empörung niemals die Schwellen zum Werk überwinden und alles Ideelle darin stets als ins Dunkle geläutert erscheint. In der Kunst sind wir häufig genug Abtrünnige unserer besten Gelöbnisse und Programme. Vielleicht ist es gerade die abgelenkte, die nicht verbrauchte Kraft des Revolutionärs, die Büchner zu einem Autor von so hoher Beginnfähigkeit werden ließ. Der Dichter der zwei Jahre, mit den vier Werken, die vier Mutter-Werke, Erstprägungen in der deutschen Literaturgeschichte werden sollten. Viermal auch Neubeginn und Wechsel in der eigenen Diktion. Das faktenmontierte geschichtliche Schauspiel; die Bewußtseinsnovelle; das hermetische Spiel (unter der Berücksichtigung, daß es, anders als seine romantischen Vorbilder, zum Theatergenre wurde); schließlich das Unterklasse-Drama. Vier Prototypen zugleich der Vergeblichkeit: schwarz die Geschichte, verloren das Ich, leer das Spiel, unrettbar der andere. Ungeheure Vorstöße in Gebiete ohne Trost. Auf der Ebene dieses frühen Nihilismus lastet das Gewicht eines eben erst gesunkenen Himmels. Er hat noch nichts von der rüden Fraglosigkeit, mit der wir uns unter der Senkrechten hinwegstehlen. Niemand spricht metaphysischer als der, dem Gott sich jäh in der Umkehrung offenbart, in Abgrund, Wunde und Leere. Mit schwerer Versonnenheit spricht Woyzeck, mit zerstörter Frömmigkeit. Büchners Atheismus ist wie ein negatives Erweckungserlebnis, er wird wie ein Hieb, eine Verletzung empfangen. «Zero und Ewigkeit sind eins. Alles geht aus dem Natur-Nichts hervor», spekuliert Büchners Zürcher Rektor Lorenz Oken, der mit Franz von Baader, dem Mystiker, divinatorischen Physiker, in Verbindung steht. Überall Disjunktionen, bimentale Ansätze. Büchner, der Aufklärungsmaterialist, ist zugleich Büchner, der idealistische Morphologe in der Nachfolge Goethes, der wie dieser in der Mannigfaltigkeit der Erscheinungen nach dem Gesetz der schönen Homologie, der harmonischen Ordnung sucht. Das Zeichen der Urpflanze und das Zeichen der brennenden Fackel regieren zwei getrennte Leidenschaften in diesem jungen Geist, dem unaufgelöste Spannungen der stärkste Antrieb sind. Nur in einem Dritten, der Dichtung, verkehren sie sich und gehen durch eine Art Gemütswandel hindurch. Wo ist der Zorn? Was ist aus ihm geworden? Abgründige Melancholie. Was ist geworden aus der Idee des großen Formenzusammenhangs? Furchtbare Zerrissenheit und Isolationen. Was seinen Grund hatte, verliert ihn im Werk. Es ist älter, sehr viel gnadenloser, auch tiefsinniger als sein Autor. Was Idee war, wird ideenverlassene Physis. Stirn gegen Stein. Was Aktion war, wird bodenlose Müdigkeit.

Büchner, Anatom, Erfinder der Verstörungsliteratur: am Anfang steht die Autopsie, am Anfang der verhängnisvollen Suche nach dem Inneren und Allerinnersten. Sie führt über die Schädelnerven der Barben und die Bewußtseinsklüfte des Lenz geradewegs bis in die Moderne, bis in das Bennsche Gehirnleben, und von dort weiter bis zu den heutigen, neuesten Begriffen von der neuronalen Maschine «Mensch», vom Netzwerk «Mensch», das sein Inneres nach außen stülpt, wie Leonce seinen Handschuh. Der zwangvolle Lenz, der auf dem Kopf zu wandern wünscht, ist der einsame Vorläufer dieser um sich greifenden Verhirnung, dieser Zerebralverschiebung der Erde. Die Geisteskrankheit freilich – zentrales Motiv der Moderne – erlebt unter diesen Auswüchsen eine Krise ihrer Metaphorik. Irrealität gehört zum Gewöhnlichsten unserer nüchternen, technisch-ästhetischen Alltagserfahrung. Der Wunsch, auf dem Kopf zu gehen, um sich selbst und das Äußere ins Lot zu bringen, ist nicht mehr symbolkräftig genug, wo beide zu einer einzigen untrennbaren Gewebefläche verwachsen sind; und wo zwischen Wille und Welle, als den Systemen des Ich und der Physik, eine Unschärfe besteht und sich nicht sicher sagen läßt, was aus dem eigenen und was aus dem Welt-Schädel kommt.

Die Literaturgeschichte allein hätte wohl nie den ganzen Büchner entdeckt. Erst das Theater, erst die Aufführungen von Jeßner, Engel, Reinhardt kurz vor und nach dem Ersten Weltkrieg haben sein bedeutsamstes Talent zum Vorschein gebracht: ein überlebensfähiger Bühnendichter zu sein. Und einer, der von allen deutschen am ungeniertesten und lebendigsten shakespearisch war. Er schrieb ein Drama, ein Lustspiel und den Entwurf, also das, was einem «Stück» in unserem Sprachgebrauch am nächsten kommt, den sich beständig selbst erneuernden ‹Woyzeck›. Unwahrscheinlich, daß er je gehofft hätte, eines seiner Werke aufgeführt zu sehen, sie waren für ein Lesepublikum verfaßt.

Gut 150 Jahre nach seinem Tod schreibt bei uns niemand ein Drama mehr; keine Tragödie, kaum je eine Komödie, bestenfalls Stücke werden hier und dort noch geliefert.

Theaterdichter, Ureinwohner des Abendlands, wenige Leute noch und oft vom großen Sein-Lassen ergriffen; ein Stamm, der seine Gelüste verlor und sich nicht mehr vermehrt, nicht mehr ordentlich für seine Ernährung sorgen kann, der die Gebräuche und Techniken seines Handwerks verlernt hat, dem Erinnerung und Bewußtsein sich allmählich auflösen, eine durch Populationsschwund verendende Gattung. Zu wenige sein, das zehrt an der Kraft und Fühlung jedes einzelnen. Die Minderzahl innerhalb der Spezies untergräbt den Aufbau des Individuums.

Das Theater beklagt, nicht eben lautstark, das Entschwinden der Autoren. Wenn sich jedoch ein letzter, neuer schüchtern vorstellt, so weiß das Theater nicht recht, was es mit ihm anfangen soll. Es ist ein Theater der Regisseure und Schauspieler, es gibt sich mittlerweile so anspruchsvoll, der ganze Betrieb ist längst so kostspielig geworden, daß man an einen neuen, unsicheren Text kaum je seine ganze Kunst verschwenden würde.

Umgekehrt spielten unsere wichtigsten Bühnen sofort jedes Stück, das nur ein Mindestmaß an Reflexion nicht nur anstehender Gegenwartsprobleme, sondern vor allem gegenwärtiger Bühnenkunst erfüllte. Aber die Autoren haben entweder die Entwicklung des Regietheaters in den vergangenen Jahrzehnten nicht verfolgt, nicht mitgemacht, oder es mangelt ihnen an einer ursprünglichen theatralischen Kraft, um sich gegen das, was immer sich da auf einem Höchststand seiner Entwicklung befindet, mit etwas Eigenartigem, Provozierendem, Quertreibendem durchzusetzen. Jedenfalls, die Geschichte der neueren Literatur und die des Schauspiels streben hoffnungslos auseinander.

Das Sprechtheater zeigt eine starke Tendenz, sich wie die Oper zu verhalten. Es verstärkt die Vorherrschaft der Interpreten, läßt einen kleinen, nicht sehr glanzvollen Starbetrieb rotieren und befindet im übrigen: Repertoire zu, Bestand geschlossen. Der ‹Kirschgarten› als ‹Rosenkavalier›. Wieder und wieder und mit immer neuen Meisterleistungen der Interpretation. Novitäten nur am Rande und nur dann, wenn Aussicht besteht, die gesammelte Presse ins Haus zu bekommen.

Dies die Tendenz; sie könnte gebrochen werden. Nicht durch Aufzucht neuer Piscator-Autoren. Dieser ganze Bereich ist durch natürliche Selektion den Massenmedien zugefallen. Einer, der jetzt für Theater schreibt, sollte sich bewußt sein oder es in seinem Instinkt bewegen, daß er nicht mehr für das öffentlichste, sondern für das älteste öffentliche Medium schreibt, das die Menschheit besitzt. Um dessen Geister aufzuwecken, loszumachen, bedarf es besonderer Herausforderungen, Lockkünste. Den kleinen, unendlich tiefen Raum erfüllt eine beispiellose Wiedergängerei. In der Kammer unzähliger Schlachten, Morde, Kriege drängen Tote sich, die jeden Augenblick, von der Kugel der Wiederbelebung getroffen, zu uns hervortreten können. Ein Medium, wahrhaftig, aber eher eines im vorigen, vortechnischen Wortsinn. Das gesprengte Urritual, das in tausend Wesensteilchen, Form- und Wirkungsgesetzen auf uns gekommen ist. Jede neue Figur, für die Bühne entworfen, besteht, wenn sie spielbar sein soll, zu zwei Dritteln aus

Theaterkamerad, rollengeschichtlicher Synthese, Funduskreation und nur zu einem Drittel aus Zeitgenosse und aktuellem Stoff. Das ist die Bindung, der Anspruch der Überlieferung, die man beachten muß; die Freiheit, die man daraus empfängt, ist groß.

Das Theater ist der Ort, wo die Gegenwart am durchlässigsten wird, wo Fremdzeit einschlägt und gefunden – und nicht wo Fremdsein mit den billigen Tricks der Vergegenwärtigung getilgt oder überzogen wird. Es ist altmodisch und lächerlich, sich sogenannter Modernisierungen zu bedienen, den Jeep in Wallensteins Lager vorfahren zu lassen. Viel anwesender ist das Theater dort, wo es zum Schauplatz seines eigenen Gedächtnisses, seiner originalen Mehrzeitigkeit wird. Dem Autor aber käme es zu, ihm jetzt ein neues Imaginarium zu entdecken. Trotz der mitunter abschrekkenden Wirkung von Bewußtseinsträgheit unter den Theaterleuten bleibt es schwer verständlich, weshalb kaum ein jüngerer Autor sich dem großen, freizügigen Kunstwerk Theater verschreibt, das erneuerungsbereiter sich darbietet als etwa der Film, das Kino, frei von kommerziellem Druck und phantasieplättender Unterhaltungskonkurrenz. Ja, es ist gleichsam selbst als ein Kunstwerk anzusehen, das, wie in einem Mythos, nur existieren kann, wenn es zu jeder Zeit von Berufenen aufs neue vollendet wird; andernfalls bildet es sich zurück, verkümmert zum grauen, radikalen Werkstatt-Entwurf oder degeneriert zum Warenhaus, zur Modenschau.

Wo es aber gelingt und das Fernste durch die Schauspieler in unfaßliche Nähe rückt, gewinnt Theater eine verwirrende Schönheit und die Gegenwart Augenblicke einer ungeahnten Ergänzung.

Ich danke der Akademie für die höchste Auszeichnung, die meiner Arbeit zuteil werden kann. Die mit dem Preis verbundene Geldsumme soll für einen – nun eben doch – kulturellen Zweck verwendet werden. Mit Hilfe von 60 000 DM wird der in diesem Jahrhundert vielleicht letzte, vielleicht verzweifelte Versuch unternommen, Leser zu gewinnen für eines der mächtigsten Prosawerke deutscher Sprache, für Hans Henny Jahnns Roman ‹Fluß ohne Ufer›.

Spengler persönlich

2007

Eigentlich hatte er Angst vor allem. Angst vor Verwandten, vor Behörden, vor Gewittern.

Angst, eine Wohnung zu mieten, einen Brief zu öffnen, einen Laden zu betreten.

«Angst vor Weibern – sobald sie sich ausziehen.»

Wer möchte glauben, daß es sich hier um Geständnisse des unerschrockenen Denkers, des deutungsgewaltigen Oswald Spengler handelt?

Seine Notizen zur Person, die unter der Rubrik «Ego» und «Eis heauton» in seinem Nachlaß verstreut sind, liegen jetzt zum ersten Mal in einer Auswahl vor. Die Veröffentlichung basiert auf der maschinenschriftlichen Wiedergabe oft sehr flüchtiger Aufzeichnungen, die seine Schwester herstellte – hoffentlich gewissenhafter als jene berüchtigte andere.

Die ungeordneten, undatierten Einträge sollen wohl eine künftige Selbstbeschreibung vorbereiten, es schwebt ihm vor: «eine neue Art von Biographie – *rein* seelisch».

Oft sind es nur Kürzel und Stichworte, stilistisch kaum geprägt, und zum überwiegenden Teil stammen sie aus den Jahren vor dem großen Ruhm, der dann unmittelbar nach Erscheinen von ‹Der Untergang des Abendlands› mit Elementargewalt über den Autor hereinbrach.

Man sagt, der erste Teil seines Hauptwerks, das in den Notizen – wie zur Schonung des magischen Titels – unter dem Kürzel «U. d. A.» auftaucht, sei bereits um 1914 so gut wie abgeschlossen gewesen, der Geniewurf eines Mittdreißigers, dessen Pathos und Willen zur Größe auch in den Notizen nicht unterdrückt wird.

Den gesamten Ersten Weltkrieg muß der Autor folglich als zermürbenden Aufschub empfinden, wegen eines Herzfehlers war er vom Militärdienst ausgeschlossen. Es mag sein, daß diese strapaziöse Zeit der Erwartung mit zu den vielen düsteren Selbstbezichtigungen, Inferioritätsbekundungen beitrug, die auf den Blättern schroff mit Anmaßung und Überheblichkeit wechseln. Etwas unbestimmt Bedrängtes, ein Lebensgefühl zwischen Herostratos und Karl May wird hier fixiert. Ein fortlaufendes *journal intime* entsteht jedoch dabei nicht, eher eine inkohärente Partitur von unterschiedlich veranlaßten Seufzern und Klagelauten. Daneben aber auch der ernsthafte Versuch, seinem Unglück auf den Grund zu kommen, wie wir es von Hebbel oder anderen tragischen Naturen kennen, die schreibend Gerichtstag über sich selber halten.

Immer wieder wird die Wunde der verwirkten Kindheit aufgedeckt, wird der Vater geschmäht, ein Postbeamter, der dem Heranwachsenden das unablässige Lesen verargt. Gleichzeitig wird die Mutter bedauert, weil sie zu schwach ist, ihren künstlerischen Neigungen zu folgen. Die Erinnerung kennt keine Gnade. Die Eltern waren das Verderben des Kinds. «Nichts war gut.»

Am wenigsten die Schule oder gar die Schulkameraden; kein Freund findet sich, der Tertianer verbringt die Nachmittage in der Hallenser Universitätsbibliothek.

Seine gesamte Jugend sei ihm schon dadurch verleidet worden, daß er zu niemandem habe aufschauen können. Die zeitgenössische

Literatur zwischen 1895 und 1900: nichts als Plunder. Und wäre er ins Theater gegangen, was hätte man ihm geboten? Stücke von Halbe, Wildenbruch und Sudermann. Naturalismus. Nun, den Verdruß kann man verstehen. Das Theater kennt nur sehr kurze glückliche Perioden, in denen es daran gehindert wird, sich jedem ephemeren Blödsinn und dem schlechten Geschmack zu überlassen.

Die autobiographischen Skizzen Spenglers erheben keinen besonders originellen Deutungsanspruch gegen die eigene Person. Im Grunde passen sie in jede Biographie eines romantischen-sensiblen Künstlers, der sich in seiner Jugend als ein Verstoßener, als Träumer und Einzelgänger erlebt. Ein Kind, das bitterlich schluchzt, wenn am Neujahrstag der Weihnachtsbaum abgeräumt wird, die schön inszenierten Tage vorbei sind und der freudlose Alltag wieder beginnt. Ein junger Mann, der nach außen nur mitredet und dabei ins Lügen gerät, ja der sich zu lügen gezwungen sieht, um sein Innerstes nicht zu verraten. Denn dort beherrscht ihn der Drang, einmal Napoleon zu sein. Heimlich gibt es nichts Schöneres für ihn, als in seiner Stube die Landkarte neu zu zeichnen. Und schließlich der Junggeselle zeitlebens, der sich das «Mädel» von der Straße holt und dem dann schnell die Lust knickt, wenn es zu reden anfängt.

«Ich habe nie einen Monat ohne Selbstmordgedanken gehabt.»

Wir lesen den Subtext eines Autors, den wir bisher nur in gebietender Sprache kannten.

Wir studieren das Betriebssystem eines geistigen Machtmenschen, das im wesentlichen aus Schwächen besteht: Ekel und Phobien, Gegenwartsverachtung und Menschenscheu, Verzagtheit und Wirklichkeitsflucht.

«Ich weine so leicht. Alles schneidet mir tief in die Seele.» Diese Seiten sind weitgehend frei von dem apodiktischen Stil seiner

Abhandlungen, wo das Diktum nicht selten wirkt wie ein Ersatz für den Befehl.

Dies ist aber zunächst nur die kleinere Version des inneren Spengler, eine Lesart dieses beengten Mannes, die sich zwar aufdrängt, aber nicht mehr Originalität besitzt als die landläufige Entdeckung, daß ein Genie mit allerhand unliebsamen Störungen, Makeln und Befangenheiten behaftet ist.

Eine andere, vielleicht ergiebigere Version bezieht sich auf das Pathos-Subjekt, auf den Künstler-Philosophen Spengler, der unter dem Zwang steht, geschichtliche Ereignisse nachzuerleben, in Schmerz und Schauder nachzuvollziehen wie der mystische Christ die Leiden des Herrn.

«Ich empfinde die meisten großen Weltereignisse – den Krieg z. B. – als persönliche Schuld. Wie kommt das? Ich gehe in entsetzlicher Verzweiflung herum, wie ein Missetäter, der dafür Strafe verdient.»

Man hat bereits im Falle Nietzsches und Georges auf «die romantische Erfahrung von der erlittenen Geschichte» verwiesen, auf dieses «Poröswerden des Subjekts» (Ulrich Raulff) gegenüber noch den fernsten Erschütterungen. So scheint es zu einer Art Stigmatisierung bei geschichtlich Hochbegabten zu kommen. Roland Barthes hat dergleichen in seinem Buch über den französischen Revolutionshistoriker Jules Michelet beschrieben: Dieser habe an und in seinem Körper alle Schmerzen, alle Leiden und Leidenschaften der Geschichte nachvollzogen.

Auch Spenglers Universalgeschichte hat ein solches Imitatio-Erleben, ein verwandeltes sakrales Weltgefühl zur Grundstimmung, und zu den Voraussetzungen seines Stils gehören nicht zuletzt auch die Eigenschaften des gescheiterten Gesellschaftsmenschen und überempfindlichen Autors, die er im Vollzug des Großen und Ganzen von der Idiosynkrasie zur Passion steigert.

Damit verläßt er von vorneherein – bei all seiner hochinstrumentierten und beweglichen Gelehrsamkeit – den Zirkel der historischen Wissenschaft und tritt uns Heutigen, die wir gewöhnt sind an eine bedürfnislos-nüchterne Dokumenten- und Detail-Historie, beinahe wie aus magischer Vorzeit entgegen.

Wenn jemand aber vom «U. d. A.» bei fortgesetzter Lektüre auch heute noch gefesselt wird, so zum einen von der für den Autor unlöslichen Spannung von Gebieten und Erleiden, zum anderen aber, weil er sich in ein unvergleichliches Epos hineinliest. Einen kolossalen Roman ohne fiktive Handlung, aber doch voller zur Fiktion gebrachter Ereignisse und Verläufe; ein Roman ohne einbildbares Personal, aber dafür – «rein seelisch» – in starken Erregungswellen und abenteuernden Synopsen. Seine gestalteten Subjekte sind die acht Kulturkreise der Weltgeschichte, sie steigen und herrschen, fallen und erlöschen wie die Seelen antiker Helden, ob China, Antike, Ägypten, die Geschichte wird betrieben vom Kraftwerk der Vergänglichkeit.

Kein Wunder, daß sich Thomas Mann wiederholt despektierlich (und dabei ungewöhnlich dilettantisch) über diesen Epiker-Kollegen äußerte, der zeitweilig an Ruhm, Ruf und Verkaufserfolg den Autor der ‹Buddenbrooks› in den Schatten stellte. Seinem Tagebuch vertraute er zu Spenglers Tod (1936) an, daß er diesen schon deshalb nicht mochte, weil er ihm zu ähnlich gewesen sei – und gewiß bezieht sich das nicht nur auf das gemeinsame Nietzsche-Erbe.

Spenglers Aufzeichnungen hingegen enthalten so gut wie keine Bemerkungen zu berühmten Zeitgenossen. Seine polemische Mißstimmung nährt sich von Gemeinplätzen der romantischen Kulturkritik. Dazu gehört neben Gegenwartshaß und Vergangenheitsverklärung immer wieder die Lust am Letzten; die Vorliebe, sich in das Enden einer Epoche, eines Stils, einer Blütezeit einzufühlen und sich in ihr wiederzufinden. Eine deutsche Seelenmode, die vielleicht mit dem glanzvollen Pessimismus Jakob Burckhardts begann und schließlich zur Konvention eines jeden geschichtsfühligen Bürgers wurde.

Dabei ist das Spekulieren aufs Ende stets zugleich Belebung wie Verletzung des Denkens, denn sein Originalmotiv ist ein christliches, sakrales, das Eschaton, das sich nicht denken läßt. Um so suggestiver seine philosophische Zweckentfremdung.

«Kultur – noch (ein) letztes Aufatmen vor d. Erlöschen ... Denn seit 1914 d. ‹Zivilisation›.

Barbarei, Sport, Amerikanismus, Tempo.»

Spenglers Eschatologie rechnete mit einem deutschen Sieg im Ersten Weltkrieg; erst danach würde der «Amerikanismus» vollends eindringen und die Restzonen des Abendlands einfürallemal verwüsten. Es kam anders, der erste Band von «U. d. A.» erschien im letzten Kriegsjahr, Sommer 1918, und sein populärer Erfolg wurde begünstigt vom Lebensgefühl nach der deutschen Niederlage. Sie verleitete sogar zur weitverbreiteten Fehllektüre des Werks, denn dieser Untergang war ja nicht gemeint.

Der zweite Band erschien erst 1922. Ob damals das Abendland noch existierte oder nicht, hing von der weltanschaulichen Einstellung des einzelnen ab. Jedenfalls blieb der Erfolg hinter dem des ersten Teils zurück.

Dabei tauchten erst gegen Ende dieses Folgebands die provozierenden Prognosen auf, die den zukünftigen Cäsarismus betrafen, das Reich ohne Parteien, ein erneuertes, aristokratisch-asketisches Preußentum. Vor allem diese Heilserwartungen haben Spengler für die Linke bis heute ungenießbar gemacht, ihn gebrandmarkt als Vorläufer, Wegbereiter, Steigbügelhalter – und was sonst das Lukácssche Verdammungs-Vokabular noch hergibt. Kritisch verhält sich zu Spenglers Kritikern bereits Adornos Aufsatz von 1938/41, der unter dem Titel ‹Spengler nach dem Untergang› 1950 auf deutsch erschien und der bei allem marxistischen Degout gegenüber dem fortschrittsfeindlichen Autor dennoch zugeben muß, daß bisher keine der zahlreichen Schmähungen dem System Spenglers dialektisch gerecht werden konnte.

Es besteht nicht der geringste Zweifel, daß es sich hier um einen Mann – nicht der extremen, wohl aber der ekstatischen Rechten handelt. Ein Isolierter (solange er an seinem Hauptwerk arbeitete), der die Empfänglichkeiten und das Verlangenspotential seiner Zeit in sich zusammenfaßte und vergrößerte, alleinstehend mit einem Weltplan in der Hand, der ihm auch den weiten Blick in die Zukunft erlaubte.

Nicht selten erzielt er eine verblüffende Wirkung mit völlig ungeschützten Prophezeiungen wie etwa mit dieser: «Dem Christentum Dostojewskis gehört das nächste Jahrtausend.»

Einsichten kommen oft en passant, wie beiläufig assoziiert, zu ihrer Prägnanz. Etwa die treffsichere Unterscheidung zwischen Tolstoi und Dostojewski: Bei Tolstoi nimmt alles die westliche Form des Problems an. «Dostojewski weiß gar nicht, was Probleme sind.»

Des Schicksals – doch keineswegs Gottesgläubigen beste, schärfste Beobachtungen gelten im «U. d. A.» häufig dem Religiösen und der Religiosität, und besonders auch den Formen ihres Niedergangs: «Eine Religion, die bei Sozialproblemen angelangt ist, hat aufgehört, Religion zu sein.»

Er ist ohne Einschränkung ein Verächter der Demokratie. Hier lahmt sein Voraussehen oder ist mit Blindheit geschlagen. Er besitzt nicht die geringste Witterung dafür, daß das Gesetz des Verhältnismäßigen und der liberalen Konkurrenz je siegreich sein würde. Er sah durchaus nicht, daß Demokratie den morphologischen Prinzipien seines Werks eine neue Variante abfordern könnte. Aber wie sollte er auch um 1920 an ihren wandlungsstarken Formenreichtum geglaubt haben und daran, daß dieser eines Tages seinen gesamten Garten der Kulturen überwuchern würde? Das alles war für ihn nur Zivilisation. Da gibt denn die schlaue Naivität des engagierten Spengler-Lesers Wittgenstein dem Ganzen eine viel prospektivere Wendung: «Einmal wird vielleicht aus dieser Zivilisation eine Kultur entspringen.»

Lassen wir zunächst die beliebte Provokation des Kulturpessimisten beiseite: ob das Abendland nicht längst untergegangen sei. Oder ob die Bombe nicht schon fiel, bevor sie eines Tages fallen wird.

Nehmen wir außerdem hin, daß die dringendsten Tendenzen des Werks und selbst das große Ordnen von Epochen und Imperien für uns nicht mehr von entscheidendem Interesse sein kann, und das nicht nur, weil so vieles einer wissenschaftlichen Überprüfung nicht standhielt. Ja, es mag schon sein: Nichts stimmt – außer der Stimmung. Außer der Form. Außer der Gebärde des Bergens – nämlich der Suggestion, das rohe und wilde Schicksal der Menschheit in einem planvollen Garten eingehegt zu haben. Es sind gewiß eher die magischen Komponenten, die dem «U. d. A.» seine nicht aussetzende Nachwirkung sichern.

Mit diesem Buch, meint Spengler in seinen Notizen, «war ich der *letzte* einer Reihe. Eine neue fängt nicht mehr an ... Ich *schliesse* ab.»

Das Gegenteil ist der Fall. Es ist das Prägwerk für etliche kulturanalytische Universalbetrachtungen bis in unsere Tage. Samuel Huntingtons ‹Kampf der Kulturen› etwa käme ohne Rückversicherung bei Spengler nicht auf seine großen Spuren – und sein Buch nimmt immer wieder Beziehung zu ihm auf: «Der ‹Untergang des Abendlandes› ist ein Hauptthema der Geschichte des 20. Jahrhunderts geblieben.»

Ebenso unverkennbar ist der inspirierende Einfluß, den Spengler auf das Gestaltdenken in den ‹Sphären› von Peter Sloterdijk nimmt, auch er legt auf einigen glänzenden Seiten dies Erbe aus.

Liest man allerdings zuviel von der populären Literatur, Fukuyama, Huntington oder mindere Weltbild-Designer, dann kehrt man gern zum Original, zu Spengler zurück, auch wenn man auf Aktualität verzichten muß. Seine Lektüre ist einfach spannender. Unter den Professoren amerikanischer Elite-Universitäten finden sich hervorragende Zeitgeschichtler, aber kein von Geschichte erschütterter Mensch. Ihre Bücher präsentieren eine Fülle von Statistiken und Informationen, wohingegen der gelehrte Epiker fasziniert, indem er gewaltige Stoffmengen immerzu in Gedankenreichtum, in ideelle Energie umsetzt. Stets dominiert der große Entwurf die Fakten, die Welt begreift man nur in groben Zügen, nicht in Detailansichten.

«Umrisse einer Morphologie der Weltgeschichte», so lautet schließlich der Untertitel vom «U. d. A.».

Man gewinnt sogar den Eindruck, als sei der grobe Umriß für den Geist etwas Ähnliches wie das Beuteschema für das Raubtier: Allein die Silhouette erregt den Jagdinstinkt.

Weltsichten, Modelle der Spenglerschen Art, verfertigt der Mensch nicht, um auch nur annähernd recht zu haben gegenüber der Welt. Im Gegenteil ist der Geist darauf angewiesen, jeweils aufs neue von der Welt widerlegt zu werden. Schon allein, um diese Projektionsmaschinerie, die der Spezies zur Orientierung vererbt ist, stetig zu verbessern und neu anzupassen. Es wäre daher verhängnisvoll, das Denken in groben Zügen zu verlernen und Bilder von der Welt nur noch in hoher Auflösung zu besitzen.

In besonderer Konjunktion stehen gegenwärtig Beuteschema und Detailansicht in der popularisierten und politisierten Sphäre der Ökologie, neuerdings auch der Meteorologie. Das verlangende und inkomplette Wissen in diesen Disziplinen bietet eine günstige Überlebensnische für modifizierten Kulturpessimismus und Untergangszauber. Das Enden bleibt als mythisches Depot erhalten und stimuliert sogar den nüchternen Forschungsstatistiker.

Aber aus ein wenig Distanz betrachtet, stellt sich auch hier plötzlich das Heideggersche Bomben-Aperçu wieder ein. In gewissem Sinn befinden wir uns wieder einmal *nach* der Katastrophe. Nämlich inmitten eines Lebens – oder mit Spenglers Lieblingswort: in einem Stadium des abendländischen *Wachseins*, das sich umfassend in eine Schadstoff-Farce verwandelt hat.

Die Entgegenkommende
Zu ‹Die Löwin› von Konrad Weiss

2003

Jeder Überragende schickt ein Dutzend Große in die Kälte der Vergessenheit. Ein Celan verdunkelt die Eich, Lehmann, von der Vring, Bobrowski und Lavant. Die wir sonst stets die liberale Vielfalt preisen, anerkennen unbeirrt den Monarchen, den Ersten und Einen, die führende Größe, die die schwach Lesenden zusammenhält und ihnen Orientierung bietet. Obgleich doch die Kunst in Höchstformen nur existiert, weil sie im ganzen von den Vielverschiedenen geschaffen wird. Man muß sogar dem Ranking, das die Geschichte selbst, die Überlieferung vornimmt, zuwider lesen. Erst dann verdient man das kleine und seltene Ehrenabzeichen des Lesers.

Literaturgeschichte ist Selektionsgeschichte. Aber Selektionsgeschichte entwickelt ihrerseits die Geschichte veränderlicher Vorlieben und Prinzipien. Ein solcher Prinzipiensturz wird uns seit langem vorenthalten. Er wäre überfällig, läßt sich jedoch nicht mutwillig beschließen oder gar herbeiführen.

Es gibt gleichwohl die weithin verstreute Fülle großer Werke auch in der Gegenwart und der jüngeren Vergangenheit, die sich sehr unterscheiden von dem, was man gerade für den Wettbewerb nominiert. Moden (wie zu allen Zeiten) und dazu die internationale Schwemme in sprachloses Deutsch übertragener Romane behindern die Entdeckungsfreude, mit der man sich in der eigenen

Literatur umsehen könnte. Anstatt der A-Klasse-Auslese gäbe es besser eine Feldtheorie der Stile und Weisen, und es wäre ein Feld hoher Spannungen und Wechselwirkungen zu beschreiben. Unser Bewußtsein bildet sich nach der Art unserer technischen Gegebenheiten und Beschäftigungen. Wir arbeiten mit dem Speicher der uns überall *gleichzeitigen* Werke. Die Literatur*geschichte* tritt zurück hinter dem von Programmen oder Launen inspirierten Zugriff auf die Energiereserven der ganzen Posie.

Mitten im 20. Jahrhundert gab es zum Beispiel in Deutschland einen Mystiker-Dichter, einen sprödsprechenden Nachfahren der Böhme, Tauler und Baader, und er hieß Konrad Weiss. Sohn eines Metzgers und Landwirts, wuchs er in einem Dorf in Nordschwaben auf, unweit der Stammburg der Staufer, so daß, wie es ihm selber schien, seine Landsmannschaft ihn zeitlebens an das Mittelalter band und er in seinem Kunstsinn, darin Rudolf Borchardt ähnlich, zu einem Enthusiasten der Frühe wurde. Nach einem abgebrochenen Studium der Theologie, dem Verzicht auf das angestrebte Priesteramt begann er seine schriftstellerische Laufbahn bei der katholischen Kulturzeitschrift ‹Hochland› und wechselte von dort in das Kunst-Ressort der ‹Münchner Neuen Nachrichten›, der Vorläuferin der heutigen ‹Süddeutschen Zeitung›. Hier übte er bis zu seinem Tod im Jahr 1940 den Brotberuf des Redakteurs, des Journalisten aus. Wenn man heute die für die Zeitung verfaßten Reiseberichte und kunstgeschichtlichen Abhandlungen liest, gesammelt etwa in dem Band ‹Deutschlands Morgenspiegel›, über Internet-Antiquariate leicht erhältlich, dann staunt man nicht schlecht, welche Gedankenabenteuer und sprachlichen Unbequemlichkeiten einem Feuilleton-Publikum damals zuzumuten waren. Und das unter dem wachsenden Einfluß eines ästhetischen Grobianismus, wie er von den Nationalsozialisten propagiert wurde.

Von Konrad Weiss, seinem nicht sehr umfangreichen, im wesentlichen lyrischen Werk, war im gegenwärtigen Buchhandel bis vor kurzem nur noch ein Bibliothek-Suhrkamp-Bändchen mit der Prosadichtung ‹Die Löwin› erhältlich. Keine novellistische Geschichte wird erzählt, sondern die Ausstrahlung, die ebenso sinnliche wie sinnbildhafte, von nicht geheuren Begegnungen durchzieht und bewegt den gesamten, sonst ereignislosen Text. Vier solcher Begegnungen faßt das Buch, jedesmal mit einer weiblichen Gestalt, nicht etwa einer individuellen Person, sondern jedesmal ist es eine Unbekannte, die dem Mann auf seiner Wanderung in den Weg tritt. Eine Unbestimmbare auch, die plötzlich die Figur der absoluten Fremdheit und Bedrohlichkeit annimmt oder offenbart. Meist ist es ein Aufbruch, ein Fortgehen, ein Verlassen der Arbeitsstätte und ein langer Gedankengang, die auf Abwegen zu einer solchen *Frau hinter den Frauen* führen.

«Der Flug gibt den Vögeln das Beste und uns der Zufall», sagt eine dieser *Entgegenkommenden*, die für wenige Mittags- oder Abendstunden zu Begleiterinnen werden. Ein solch fortgehender Mann trägt ein kleines Kind auf dem Arm, er watet durch eine von der Schneeschmelze wäßrige Wiese. Hier ist die Löwin die Entgegenkommende, die durchs hohe Gras streift, sich hinter dem Mann wendet, ihn einholt, ihn umgibt und begleitet, schließlich ihn führt, entführt – und das Kind von ihm nimmt. Zunächst finden wir den gefährlichen Schritt dieser Löwin beschrieben und erfassen dabei immerzu das innerste Wesen, den «stummen Geist», das Energieprofil jener Frau, die in tiergleicher Würde schreitet. Die Löwin also ist der Inbegriff oder der Ingrund der Unbezwingbaren, der kräftigen und heilskräftigen Frau. Einmal nennt sie sich «Euphobia», also die Wohlfurcht dem Wortsinn nach, das gute Erzittern, das in ihrer Nähe den Wanderer befällt, wenn er ihr nachgeht. Doch er geht über sie hinaus, entfernt sich wieder.

Auch die Harpyie in der zweiten Begegnung ist nicht eigentlich Allegorie, kein erschreckendes Fabelwesen, Mischung aus Mädchen und Greif. Vielmehr ist es zuerst «die starke und kräftige Frauengestalt» einer Sommer-Klausnerin, die dem abgeirrten Streckenarbeiter des Gleisbaus den Weg über die Felder weist, den er verlor. Doch auch sie entführt, lädt ihn an ihren Herd und geht ihm voraus. Erst bei der schönsten Bewegung, die die Vorausgehende ausführt auf einer Stiege, als sie den Schuh, der ihr vom Fuß rutscht, mit einer freimütigen Biegung zu ihrem Gast hin wieder anlegt, erkennt dieser im spaltenden Moment Gelenk und Kralle, sieht er vor sich die Zehe des Vogels, «und diese schien angesetzt wie an ein geringeltes Fruchtholz». Wenig später blickt er in ihre ganz ins Weiße verschlossenen Augäpfel, und nun entstellt sich seine Führerin in die Nacht oder kehrt ihr tieferes Wesen hervor, ihr in Stein gehauenes Bild, die Unnahbarkeit einer Portalskulptur. Es ist im selben Gegenüber zweier Menschen ein Schwanken von Nähe und Entrükkung. Die Wellen des Erkennens tragen zueinander und dann wieder in die Entfernung. Und die Frau sagt mit einer starken Stimme: «Zu sehr im Wachsein ist man in einem anderen Schlummer. Wir finden uns gerne in der zauberhaften Trübung. Aber man muß entschlossen wandern, denn dem näheren Herzen bleibt nichts erspart.» Da spricht sie, so scheint ihm, mit *seiner* Stimme, deren Ratschlag er sogleich beherzigt, indem er noch vor dem gemeinsamen Abendbrot ihre Gegenwart flieht. Auch bei den zwei folgenden Begegnungen seiner Wanderschaft bleiben Nacktheit, Tanz, Umarmung verbunden mit einem kentaurischen Erleben, das zwischen Plötzlichkeit und Besinnung, zwischen Grauen und Schönheit unerlöst und niemals nahe dem Herzen geschieht.

Die Prosa von Konrad Weiss kennt wenig Detailbeschreibung, keine Oberflächenreize, kein atmosphärisches Kolorit. Auch die großen farbigen Ausmalungen des Himmels, die wechselvoll wiederkehren, sind zuletzt spirituelle Erfahrungen der Last, der Entfernung, der ewigen Trennung zwischen der Schöpfung und dem «Krüppelchen» ganz unten, das sie erkennt. Die Sprache ist gleichsam eine thermische, welche die Wärme- und Kraftfelder eines Menschen darstellt. Sie unterscheidet allenthalben nur Gestalt, innere wie äußere, und erfaßt den Hauch, Pneuma und Nimbus, eines Menschen genauer als seine Lebensumstände. Sie gibt die Stelle an, wo er sich zwischen Hauch und Hunger, dem Hunger nach dem unendlich entfernten Gott, gerade befindet. Und sich verzehrt. «Mutter überall und Vater nirgends», so lautet, mehrmals variiert im letzten Abschnitt, das innere Motto dieser marianischen Dichtung, dieser Visionen des weiblichen Entgegenkommens. Der Vater nämlich hat alles der Mutter zum Schauen und alles Geschehen ihr zum Erleiden überlassen.

Diesem Entfernungsinständigen ist allerdings jeder Prediger- oder Prophetenton fremd. Nicht eigentlich bescheiden spricht er, sondern er macht sich zum kraftvollen Knecht des Horchens. Jemand, der mit seiner Sprache, obschon er immerzu ihr «ohnmächtiges Gerattere unter dem Himmel» vernimmt, im Nachhall jenes Wortes lebt, um dessentwillen wir so viele Worte machen. Dies Wort, das nur ein äußeres Zeichen des Schweigens ist. Das dem Menschen wie ein Tier zur Seite geht. Das Kreatur ist.

Dabei mögen wir das schwere Verstehen dieser Diktion oftmals so empfinden, als ob die Sprache gleichsam nur als ein Kontrastmittel durch das Unaussprechliche fließe, um das Geäder der Stummheit darzustellen.

Wer aber wäre heute bereit, zu lesen und schwer zu verstehen? Und wenn er wieder und wieder läse und verstünde weniger als beim ersten Mal, weil der Sinn sich entzieht wie eine Luftspiegelung, der man sich nähert, und wie ein Fresko auf einer frisch ausgegrabenen Mauer, das im Taglicht verblaßt? Wer wäre dennoch bereit es ein nächstes Mal zu versuchen?

Wir essen vom Menschen, indem wir ihn erkennen, heißt es einmal in der letzten dieser «Vier Begegnungen», und so essen wir auch vom Sinn, der uns verborgen bleibt.

Äußerste Verdichtungen der Sprache oder besser gesagt: gesteigerte Erlebnisformen des Deutschen, wie Hamann, Hölderlin, Weiss sie uns übertragen, sind unverzichtbar, um die Sprache als Dienstmittel, sei es in der Erzählkunst oder der gesellschaftlichen Verständigung, von Zeit zu Zeit zu unterbrechen, damit sie nicht geläufig aus Mangel wird. Dies geschieht unvermeidlich um den Preis der Abgeschlossenheit, denn im Herzen der Verdichtung kann zunächst kein anderer als der Dichter sein.

Absurd wäre es, sich ein erweitertes Lesepublikum für Konrad Weiss zu wünschen. Einem solch erratischen Brocken der Literatur wird stets auch nur der aus allgemeiner Leserschaft Abgeirrte begegnen. Hier zählt allein die Qualität der Verbindung, die dieser mit dem Autor eingeht. Sie allein entscheidet auch über die Weitergabe. Schließlich genügt sogar der eine in jeder Generation, der, wie hier geschehen, ein Zeugnis dieser Begegnung ablegt.

Nun, deshalb ist ja auch das letzte Buch dieses Dichters aus dem Buchhandel bereits verschwunden, wird man sogleich einwenden, und niemals wie so viele wird er wieder aufgelegt. Aber morgen – meine Güte, morgen werden wir ohnehin alles Lesenswerte nur noch in Antiquariaten und Bibliotheken auftreiben.

Weil aber Sprache unter den Kommunizierenden nur noch ein schlechter Witz ist, dient es den wirklich Bedürftigen zur Stärkung, sie in hochkonzentrierter Dosis zu sich zu nehmen.

‹Gedachtes› von Heidegger

2008

Der 81. Band der Gesamtausgabe von Martin Heidegger trägt den Titel ‹Gedachtes› und enthält in vier Abteilungen Texte, die die Nähe und gegenseitige Abhängigkeit von Dichten und Denken nicht erörtern, sondern selbst erproben.

Es beginnt mit der lyrischen Selbstvergewisserung des einundzwanzigjährigen Theologiestudenten:

> Ich mied der Gottesnähe heldenschaffende Kraft
> Und tappte irrlichthaschend durch Not und Nacht.

Und mündet, etwa Mitte der siebziger Jahre, kurz vor dem Tod, in gehärteter, spröderer Form wieder in den Anfang, wie es bei diesem Denker nicht anders sein kann:

> Wege, befreiend den Schritt zurück
> für seinen Gang,
> gerufen aus Anklang,
> geringem,
> aus anderer Gegend des An-fangs.
>
> Und wieder die Not
> zögernden Dunkels im wartenden Licht
> der entzogenen Lichtung

des noch sich verbergend-
bergenden Vorenthalts:
armutbereite Stätte sterblichen Wohnens.

Doch kaum je gewährt ist
reines Ende den Wegen des Denkens.
Es hieße:
noch unterwegs.

Man sieht, daß «Gedachtes» nicht etwa bedeutet: improvisiert und schnell notiert.

Vielmehr wird im Spiel-Raum des Verses etwas gewagt, das zur Steigerung bekannter Leitworte des Heideggerschen Denkens führt. Sie werden aus ihrer gewohnten Umgebung, dem erläuternden Philosophieren, herausgehoben und zurückgeholt an die Grenze zu einer Erst-Sprache, in der Dichten und Denken noch nicht unterschieden sind.

So wird immer wieder das Wort Vorenthalt zur Bezeichnung des Daseins genutzt, dem die endgültige Wiederkehr des Anfangs, im weiteren Sinn: die Ankunft des Gottes vorenthalten wird. «Armutbereit» ist es deshalb, weil es, mit Hölderlin, in dürftiger Zeit, des Gottes bedürfend, nur eben dahingebracht wird. Der Dichter, dem Heidegger sich anlehnt, ist nämlich der einzige, der stellvertretend für das vergeßliche Menschentum das Andenken des Gottes erhält.

Wenn Denken etwas nicht enden wollend Vorgängliches ist, wahre Dichtung aber in sich vollendet erscheint und damit den Ausgang ins Undenkbare öffnet, was ist dann «Gedachtes»? Ist es Denken, angehalten, in Perfektform erstarrt? Offensichtlich ist es nichts, das als Nebenprodukt beim Denken abfiele. Dennoch könnte es sich um eine Art Ausfällung handeln, die ‹Aus der Erfahrung des Denkens› (so der Titel des in sechzehn Kapitel gegliederten Hauptteils des Buchs) übrigbleibt, eine kernige, kristallische Substanz.

Der Autor selbst gibt eine Erläuterung zum Charakter dieser Texte mit dem Hinweis, er habe diese und keine andere Form gewählt, um Aussagesätze, Sätze überhaupt zu vermeiden und alle «Füllwörter» zu umgehen. «Dem äußeren Anschein ‹Verse› und Reime – sehen die Texte aus wie ‹Gedichte›, sind es jedoch nicht.»

Oder sind es doch? Das kann weder der Autor noch der Leser eindeutig bestimmen. Und das nicht aufgrund des permissiven poetischen Geschmacks und der Fülle der Formerweichungen, die uns die experimentierende Moderne bescherte. Der Autor ist in seinem Urteil deshalb eingeschränkt, weil für ihn in letzter Instanz nicht Klang und Melodie ausschlaggebend sind, sondern allein die Annäherung an den vorsokratischen Spruch, der vom dichtenden Denker stammt. Den Grad seiner Annäherung kann er indes nicht selber ermitteln.

Doch suchen alle seine Verse den «Schritt zurück» zu vollziehen, um mit dem vielmals Gesagten in die Frühe des Spruchs einzukehren, um es gleichsam wieder zu verheimlichen und in noch Unausgesprochenes zurückzuführen.

Auch wenn sie, zum Angebinde gesammelt, seiner Frau, seiner Mutter zu einem hohen Geburtstag übergeben werden, enthalten sie nirgendwo etwas Hübsches, eine heitere Sentenz oder einen geistreichen Aphorismus.

Für den Leser, der ein Anhänger der schön bemessenen, der schonend erschließenden Prosa des Philosophen ist, sind es zunächst unsichere und unselbständige Gebilde. Ein Anklang hier von Goethe und Mörike, dort ein Trakl-Ton oder ein Abzweig zu Rilkes gebirgiger Substantivik, ein Winterwerden da, die ferne Nähe dort. Und natürlich immer wieder der vor allen anderen vorsagende, soufflierende Hölderlin. Dem Dichter, so heißt es, wird als erstem vorgesagt, denn dichten ist dictare, sich sagen lassen. Er erfährt jäh den «Zuspruch des Seyns», dem er nachspricht.

Der späte Heidegger, den die Werkgeschichtler bereits ab 1930 erkennen, nach ‹Sein und Zeit›, und dem zu größeren Teilen das hier «Gedachte» zudatiert werden muß, ist der Mann mit dem Stift in der horchenden Hand. Er hat sich von niemandem so innig etwas sagen lassen wie vom griechisch-deutschen Hölderlin (der ja alles von seinsgeschicklichem Belang bereits im Ganzen und Ganz-Anderen gesagt hatte).

Oft fällt der äußere Reim eher gefällig aus, während das Sagen selbst durchaus ungefällig bleibt. Vers, Metrum, Strophe verwehren die freie Umständlichkeit des heraufholenden Denkens. Was sich in «Gedachtes» verwandelt, wird aufs Engste versammelt und ins Weite gekürzt. Dabei reizt es den Philosophen, sich der betörenden Mittel der Poesie zu bedienen, Rhythmus und Reim zu nutzen, um sein Sagen noch eindringlicher, wenn nicht gar memorierbar zu gestalten.

Der Wind

Was uns entgeht,
Bleibt gesparter und weht
Als freyender Wind
Allem voran
Auf der nie übereilten

Der dichtenden Bahn,
Die Jene nur sind,
Die im Grüßen verweilten.

An anderer Stelle entführt gar der Stabreim vom vorsokratischen zum altgermanischen Zauberspruch: «Wann weilt der Wind weisender Wende?»

So etwas geschieht, ähnlich wie bei Richard Wagner, wenn man von der Sprache eine Suggestion erzwingt, die man in einem anderen Medium souveräner beherrscht, der Musik oder der Philosophie. Poesie ist das nicht. Dafür fehlt es durchweg an Klang aus ungestautem Raum, an der schönen und absichtslosen Metapher, dem Schmuck einer kostbaren Realie, dem sinnlichen Detail. Statt Symbol oder Vergleich drängen sich Leitworte orphisch.

Das Vokabular der Behutsamkeit, über das die Altersphilosophie Heideggers verfügt, Hirt und Huld, Wink und Wohnen, Gestell und Geviert, Worte von weitem Ruf und Hof, sucht sein Metrum. Strophen voll Nomenklatur verschließen sich zum Nomenclaustrum – zum Schloß und Gewahrsam eines Sprechens, das unablässig die Sprache selbst inquiriert, aushorcht.

Unvermeidlich sind es die Kommentatoren, die Mitgeister und Vermittler, die diese zurückgenommenen, verwahrten Worte, die dem Reden entsagten, wieder zu Aussagesätzen und zum Aussprechen bereiten. Wichtiger und den Versen gemäßer wäre es zu antworten: ich verstehe nicht, doch ich lasse mir sagen.

Zwar ist diesen Texten die Wollust, ausgelegt zu werden, eingeschrieben. Es handelt sich um dasselbe große, begehrliche Implicite, dem Heidegger im ‹Spruch des Anaximander› begegnete, mit dem nach seinem Urteil das dichtende Wesen des Denkens zur Welt kam.

Wer aber kann sie auslegen? Doch nicht ein Schüler, der sie im verwandten Sprechen und Denken nur wiederholte? Es muß wohl ein Künftiger sein, der, ganz anders sprechend, endlich versteht. Auch dem Spruch des Anaximander folgte erst nach zweitausendfünfhundert Jahren sein gültiger Übersetzer.

Infolge der Hymnen-Abkunft zahlreicher Verse tritt das religiös Huldigende stärker in den Vordergrund als in den «sokratischer» verfaßten Prosa-Schriften aus derselben Zeit. Die einen danken im wiederholten Gebet, dieser hier dankt im wieder-holenden Denken. Die Frömmigkeit ist ja nicht erst ins Fragen gelegt, sie bestimmt den Weg des Genesens (darin *nostos*, griechisch: Heimkehr), den Weg des Wieder-holens aus der Herkunft hin zum Künftigen. Wir folgen also dem Her- und Hin-Führer. Es geht vom Heilen zum Heiligen, vom Heiligen zum Göttlichen, vom Göttlichen zu *dem* Gott. Es ist, als ob nur die Differenz des bestimmten Artikels diesen Gang unterschiede von der christlichen Erwartung der Parusie.

Im Grunde nähern wir uns auf einem langen und wunderbaren Umweg der Letzten Erscheinung, einem Umweg, zu dem allein, wie man meinen möchte, ein geistesgeschichtlicher *flatus vocis*, Gott ist tot, eine philosophische Unbeherrschtheit uns nötigte.

Denn auch diese Philosophie steht unter dem Einfluß der Befreiungszwangssysteme, die noch die erste Hälfte des vergangenen Jahrhunderts beherrschten. Auch sie beruht auf der Übereinkunft des fehlenden Gottes und preist sich als «Hirtentum des Fehls».

Wäre es anders und gäbe es für Heidegger die Realpräsenz, den ewigen Gott, wie für alle Gläubigen – welch unschätzbare Mittel zum Erwerb und Gewinn von Vertrauen wären ungenutzt geblieben! Am Ende ist ja die Gelassenheit, das Sein-Lassen, nichts anderes als Vertrauen. Wenn auch nicht auf Gott bezogen, so bietet es doch den Stoff des Glaubens im Reinzustand.

Gleichwohl ließe sich eine Pointe im Stil der berühmten Pascalschen Wette anfügen: Wenn es Gott gibt, brauchen wir kein Seyn. Gibt es ihn nicht, gewinnen wir mit dem Seyn nichts.

Das geläuterte, zum Gedicht geläuterte Denken zeigt die entschiedenste Abkehr von jener Unruhe, die Heidegger seinerzeit befiel und ihn dem Willen zur Macht und zur eigenen (akademischen) Machtergreifung zuführte. Die Abkehr mußte nicht eigens moralisch ausgesprochen werden und konnte es auch nicht. Daher stehen in seltsamem Stimmungszwiespalt Celans Gedicht ‹Todtnauberg› und Heideggers Vorwort zu diesem Gedicht, das sich in der letzten Abteilung des Bandes findet. Bekanntlich wurde Celans Hoffnung «auf eines Denkenden kommendes Wort» gern im Sinne einer politischen Mahnung ausgelegt, während nun Heidegger das Betreiben in den Zeilen seines Gastes ohne Replik läßt, stattdessen «in die gestiftete Stille und Welt» seiner Hütte umleitet und in die «Zuflucht erneuten Vertrauens» auslaufen läßt.

Welch umstürzlerische Moral des Gehorchens müßte heute ein Student an den Tag legen, um auf solche Worte zu hören, um nur den fernsten Glockenschlag vom «Geläut der Stille» zu vernehmen, das im Haus des Seyns, der Sprache nämlich, schwingt.

Glauben wir aber noch an das Sein? Oder an das Seyn im Sinne der Wahrheit oder der Bewahrung des Seins? Oder hat es Heidegger das eine Mal ganz allein getan und stellvertretend für die Schwerhörigen aller Zeiten? Ist unser Leben nicht vollständig an die Verflechtungen der Horizontale vergeben, vom Dasein abgelenkt durch ständig wechselnde Probleme und ihre Reflexion? Abgelenkt auf eine so vielstimmige und diverse Weise, daß es schier unmöglich scheint, der Sprache des einen oder gar der Sprache des Einens mit der Alleinzuwendung zu folgen, die überhaupt erst ein Verstehen einleitet? Glaubt noch jemand an Heidegger oder glaubt ihm ganz und gar?

Die Emanzipierten begnügen sich mit der Vielfalt. Der Weise sucht seit je nach dem Einen. Weshalb gibt es jedoch nicht den geringsten Einfluß der Klugen auf die Dummen?

Weil die Dummen emanzipiert sind, die Klugen aber nie.

Der religiöse Glaube läßt sich im Grunde mit jeder Lebenssituation verbinden. Zum Seyn hingegen muß sich der einzelne abscheiden, muß sich reinigen und «stillen». Es ist gewissermaßen *anspruchsvoller* als Gott. Es verlangt ein Äußerstes an Askese und strenger Enthaltung vom «billigen Allesverstehen des täglichen Meinens».

Doch wir anderen, die wir ständig aufs neue nach Babel leben, sind doch zur Reflexion verurteilt, sind gezwungen, in der Zerstreuung zu sprechen und im Denken an ihr teilzuhaben.

Und weiter gefragt: Glauben wir ernsthaft mit Heidegger, daß im Wesen der Technik ihre Selbstüberwindung liegt? Daß wir in dieser Zurüstung mit all den hohen und innersten Technologien uns längst auf dem Weg zum Anfänglichen befinden? *Ich* glaube daran. Aber wir tun das nicht.

Die Skepsis des Nüchternen gilt auch eher der geschichtsdynamischen Grundfigur von der Wiederkehr, der Wiederherstellung, der Glorie der Anfänglichkeit an sich, die vom Mittelalter bis zur Romantik (einschließlich Nietzsche und Nachfolge) Verheißung trug in ein blindes Weltgeschehen. Erst einem detailscharfen, hochauflösenden Geschichtsbewußtsein der neueren Zeit vergeht dies Schema einer modifizierten Heilserwartung.

Manches ließe sich anführen zur Unaktualität Heideggers, zumindest des kulturdeutenden, manche Überzeugung vom Unheilsstand der Dinge, die heute festgefahren, ertraglos und konventionell erscheint.

Die eigentliche Unaktualität Heideggers besteht allerdings in der klassischen Schönheit seiner Philosophie, seines die Zeit durchragenden Denkens, das zu keiner Wiederkehr berufen werden muß, sondern vielmehr dem Wieder und Wieder gleichkommt, mit dem das große Kunstwerk empfangen und betrachtet wird.

Wenn Heidegger von Hölderlin sagt, daß er immer der Künftige sei, niemals zeitgemäß, dann trifft das auch auf ihn selber zu. Auch er wird seine Unaktualität stetig erneuern und in diesem «Weltalter» niemals überholt werden.

In der Prosa ein gemessen Schreitender wird der Philosoph ein Inständiger in seinem gedichteten Denken. Was er nach Art des Mystikers schweigend sagt, mag auf andere so belebend wie verletzend wirken. Es distanziert ihr bestes Meinen zu rhetorischem Außengeplänkel. Ja, es zeigt an, wie fortschreitend äußerlich wir geworden sind, alles in allem, nicht zuletzt infolge der maßlosen Politisierung des Denkens nach Hitler.

Unvermittelt steht zwischen den Versen der schroffe Satz: «Solches Denken bleibt dem Zeitalter der Information notwendig unzugänglich.» Das sollten wir nicht auf uns sitzen lassen.

Das Schwererschließbare solcher Texte wird ja gern als raunend bezeichnet und somit in den Verruf der Rune gebracht. Obgleich doch der zynische Verzicht auf schweres Verstehen und der Anspruch auf stets bequeme Lektüre offensichtlich dem Ehrgeiz nach höherem Bildungsstand nicht förderlich sind.

Wer sich in diesen Band vertieft, wer hier durch ‹Gedachtes› geht, setzt seine kommunikative Intelligenz einer Feuerprobe aus. Es ist zugleich ein Feuer, das einen Haufen zeit-geschichteten Müll verbrennt. Eine Reinigung.

Eine Philosophie, die nicht das Gedicht freigibt, es entläßt wie einen Nachen, der über den Grenzfluß zieht, ist nicht wirklich in sich gekehrt und vernimmt die uralte Einheit von Magie und Gedanke, von Rhythmus und Sinn nicht mehr. Die deutsche Literatur ist ideell. Sie ist reich an Gedankenschönheit. Darin begegnet der Dichter dem Philosophen: Gedankenschönheit, die weder mit Plausibilität noch mit gefälliger Stilkunst etwas zu tun hat, sondern aus einer stärkeren Anmutung der Sprache hervortritt. Es geschieht jedesmal etwas wie Schrecken und Reinigung, wo in der Sprache tief genug abgeteuft und ein verborgenes Vorkommen erreicht wird. Wenn es nach Leopold Ziegler das Los des Sängers und Dichters ist, Erstgeschlagener unter den Menschen zu sein, teilte es Heidegger mit ihm. Sinnlich anstrengend kann es mitunter werden, wenn beim Holen und Fördern Sprache lediglich zur Herkunft entstellt erscheint. Wenn also der Tastsinn des Verstehens, der gestaltbedürftig ist wie die hohle Hand, statt das Profil eines gutgemachten Tischs zu umfahren, ins Lager der rohen Bretter verwiesen wird.

Es gebe zuviel Literatur und zu wenig Glaube an den Buchstaben, zitiert ihn Adorno im ‹Jargon der Eigentlichkeit› und läßt sich ein paar unruhige Scherze durchgehen über einen Mann, von dem er nur zu genau wußte, daß er in einer Kultur, die sich längst übersprochen hatte, als letzter das Sagen behielt. Heidegger warnte vor der Irrfahrt durch die Weltgelehrsamkeit, vor *turbo* und *dispersio*. Vor dem, was nach der Zersplitterung von Aufklärung, nach der explosiven Vermehrung an Sachkunde schließlich als «Entropie» einer Kultur zu befürchten sei. Von Adorno stammen Kritiker ab, Heidegger zog Dichter an. Char, Celan und Nachfolgende. Bei dem

Frankfurter die Schönheit der Reflexion, die ein heilloses Erkennen wettmachen konnte. Glanz der schlußfordernden mehr als der schlußfolgernden Sätze. Bei dem Alemannen das schwere Sprechen des Angedenkens, unter dem «Zuruf» des verborgenen, nie aufhörenden Anfangs. Da nun konkurrieren miteinander: die entlastenden und die stiftenden Kräfte der Sprache.

Der Bibliothekar in der weiblichen Hauptrolle
Rede zum Lessing-Preis

2001

Der Philosoph Proklos lebte zu einer Zeit, in der es nirgends mehr Raum gab für Götter. Eines Nachts hörte er es klopfen an seiner Hütte unterhalb der Akropolis. Er stand auf und sah auf der Schwelle Athene in glänzender Rüstung. Sie sagte: Ich werde überall verjagt. Ich bin gekommen, um hinter deiner Stirn Zuflucht zu suchen.

Natürlich war das Hirn des Neuplatonikers nicht ganz so geräumig wie der Schädel des Zeus, dem sie einst entsprang. Die Götter überleben nicht hinter den Stirnen der Menschen. Aber sie stiften dort Theologie. Und sie werden bewegt und bewahrt im langen Gedächtnis der Kommentare.

In einer sehr viel späteren, für das Höchste wiederum kritischen Zeit fand diesmal der christliche Offenbarungsglaube Asyl hinter der mächtigen Stirn des einsamen Bibliothekars Gotthold Ephraim Lessing. Das Raumschaffende für den Glauben dort (gegenüber seinen damaligen Verfolgern, den Freigeistern, Deisten und Spinozisten) war nun auf einmal die menschliche Geschichte selbst. Diesem durch alle Versuchungen der Vernunft beharrlichen Protestanten bildete sich nämlich der Gedanke, daß die geoffenbarte Wahrheit der Religion nicht bereits im orthodoxen Besitz des Menschen stünde, sondern ihm vielmehr als eine Art Endziel vorgestellt sei, «gleichsam das Facit», so Lessing, «welches der Rechenmeister seinen Schülern voraus sagt». Ein Lichtreich, zu dem hin sich seine Vernunft in langwierigem Fortschritt über die Jahrhunderte hin entwickeln werde.

Der Mann, den wir für den unabhängigsten Geist seiner Epoche ansehen, hat sein Lebtag mit dem Unglaublichen des Glaubens gerungen und dabei seinen Verstand, wie er sagte, immer aufs neue an ihm «gewetzt». Aufklärung blieb für ihn ein Erbe der Offenbarungsreligion. Göttliche Verheißung und menschliche Vernunftwahrheit, wie er sie nannte, bewegten sich aufeinander zu in einer Sphäre gemeinsamer, wenn auch ungleich starker Helligkeit.

Und so hätte er auch sagen können: Ich denke, also glaube ich.

Lessings «Aggiornamento», sein Bestreben, die christliche Heilsbotschaft dem Zeitalter der Fortschrittsideen anzupassen, führte zwangsläufig über Hilfskonstruktionen der Moraltheologie und Geschichtsphilosophie. Für die ‹Erziehung des Menschengeschlechts›, deren Entwurf er in hundert Paragraphen während seines letzten Lebensjahrs niederlegt, hat die *Zweckmäßigkeit* der Religion eine stärkere Bedeutung als ihre Metaphysik. Das «neue ewige Evangelium», das er uns prophezeit, erfüllt sich dereinst in der sittlichen Vollkommenheit des Menschen, der dann der Erlösung im Grunde nicht mehr bedarf und auch der beiden Teile der Heiligen Schrift nicht mehr. Hier streift Lessings Theologie die Grenze zur weltlichen Heilslehre, hier wird er bei falscher Auslegung zum Wegbereiter jener Glaubenssurrogate, die man später Ideologien nennt. Es gehört zu unseren gesinnungskritischen Gemeinplätzen, darauf hinzuweisen, daß religiös motivierte Vollkommenheitsphantasien die Tendenz haben, zu politischem Unheil zu führen. Man kann auch sagen: Heilsgewißheit, welche der Kontrolle durch ein unbekanntes und zu fürchtendes Jenseits entbehrt, hat im schlimmsten der uns bekannten Fälle mit Staatsterror geendet, im glimpflichsten mit dem tiefen Ungenügen einer moralischen Selbstverwaltung, mit der wir uns heute herumschlagen.

Aber was kümmert uns der fragwürdige Eschatologe, wo wir doch den sicheren Gutmenschen Lessing in unserem Bildungsbesitz haben? Diesen Autor, der in den Augen seiner Nachwelt immer recht hat, auch wenn er noch so schäbig und überheblich seine literarischen und theologischen Gegner traktierte. Er steht nun einmal für das Gute und Korrektgesinnte in der deutschen Geistesgeschichte, für Liberalität, Toleranz und Emanzipation. Und als solcher bleibt er für alle Zeit Pflichtlektüre im Deutschunterricht, nicht selten mit der unbeabsichtigten Nebenwirkung, daß mancher Schüler, gerade durch ihn, Lessing, das Wort Literatur zeitlebens mit einem unguten Pflichtgefühl verbindet. Oder daß er, gerade durch ihn, von Literatur nur soviel in Erinnerung behält, daß sie «Inhalte transportiert» und Stoff für Debatten liefert. Ein Autor schließlich, bei dem jeder eine moralische Sentenz leihen kann, ohne befürchten zu müssen, wie bei Goethe oder Nietzsche, daß jemand ihm mit einem Ausspruch des «anderen Lessing» in die Parade fährt.

Nein, es gibt nur den einen Lessing. Und es gibt, das ist bei weitem interessanter, weil einzigartig und ein Signum der Frühe des Zeitalters, es gibt die Einheit Lessing, die dichte, unruhige Einheit seiner unterschiedlichen Begabungen: den Gelehrten und den Kritiker, den Theologen, den Bibliothekar, den Dramaturgen und den Dramatiker – und alles hinter einer Stirn und in keinem Fach von zweitem Rang. Wenn man es streng nimmt, ergibt das einen *poeta doctus*, wie ihn die deutsche Literatur nicht ein zweites Mal bekommen sollte. Und auch nicht wollte. Denn anders als in Ländern, die einen Petrarca, Eliot oder Borges hervorbrachten, steht dieser Typus bei uns in geringem Ansehen und meist im Verdacht, ein langweiliger Akademiker der Kunst und kein wahrer reiner Dichter zu sein. Und zumal als Theaterautor darf es ihn gar nicht geben. Es könnte sich nur um den Verfasser von blutleeren Studierstubendramen handeln, von denen auf der Bühne nur das berüchtigte Papierrascheln zu vernehmen ist. Und vielleicht ist Lessing wirklich die große Ausnahme, der genuine Theatermensch, dem seine Theorie vom Theater, sein gewaltiges Gedankenarchiv, sein Wissen um Gott und Aristoteles dennoch nicht eine Replik und nicht eine Szene verdarb.

Gleichwohl mußte er es sich gefallen lassen, von einigen Kollegen der nachfolgenden Generation, unter ihnen der junge Goethe, mit eher kühlem Respekt betrachtet zu werden. Im Vergleich zu seinem zeitgenössischen Antipoden, dem reinen und hohen Klopstock, den wir dann im 20. Jahrhundert so gut wie verloren haben, blieb Lessing zwar nicht die populäre Wirkung, aber doch wohl die kultische Verehrung versagt.

Selbst sein leidenschaftlicher Bewunderer, Herausgeber seiner Briefe und Kommentator Friedrich Schlegel wollte nur Lessing, den Kritiker, gleichsam als den Stammvater der romantischen Universalpoesie wieder auferstehen lassen, den Dramatiker tat er als unrettbar ab; fünfzig Jahre nach seinem Tod galt der endgültig als «Mumie», wie Goethe 1830 an Zelter schrieb.

Das Reflexionsgenie Schlegel hatte die Einheit des Gegensätzlichen, das Gleichgewicht zwischen Werk und Kritik längst verloren. Seine Bedeutung als Kritiker übertraf bei weitem sein Künstlertum, und so nach sich selbst formte er auch sein Vorbild und enthüllte in Lessing den größten «Selbstdenker» der deutschen Literatur.

Diese Anverwandlung Lessings durch eine vom Katholizismus geprägte, an Aufklärungstheologie gänzlich uninteressierte Gemüts- und Geistesrichtung war eine wichtige Station in der Wirkungsgeschichte dieses Autors. Sie löste ihn aus den unzähligen zeitgebundenen Querelen und Idiosynkrasien und hob seine literarkritische Beginnergestalt hervor. An ihm war nicht der unermüdliche Polemiker, an ihm war das «Wesen der Kritik» zu studieren. Und zu entdecken der bergende Interpret und Transporteur der antiken Literatur.

Und doch, so steht zu befürchten, wäre uns von Lessing nicht sehr viel geblieben oder vermutlich kaum mehr, als wir von Herder oder Hamann behalten haben, wenn es sein Theater nicht gäbe. Es diente ihm zu seinen Schaffenszeiten schon als ästhetische Erfrischung und Ventilation, die den Staub und die Abgeschiedenheit des Gelehrtendaseins zeitweilig vertrieben. Erst recht wurde es später zum Überlebenselixier eines Autors, der heute in unseren Augen, sofern wir seine Stücke lieben und sie auf dem Theater auch wirklich zu sehen bekommen, um es krass zu sagen, achtzig Prozent seiner Lebensarbeitszeit mit Nebensächlichem vertan hat.

Es ist also ganz anders gekommen, als es sich zu Goethes oder Schlegels Tagen abzuzeichnen schien. Durchgesetzt hat sich ein Dichter von inbrünstiger, alles durchdringender Theaterleidenschaft, die noch den Stil seiner Pasquille und Abhandlungen belebt, überall Sätze, die im Dialogfechtstand geformt sind, Fragen, die kontern und provozieren, ungeduldig auf Antwort lauern, sie vorwegnehmen, um mit schärferer Replik nachzustoßen. Dieser Mann ist durch und durch antithetisch und dialogisch verfaßt. Sein drängendes, oft hitziges Theatertemperament sucht ja zuerst in theoretisch-dramaturgischer Form sich die Bahn frei zu kämpfen, Terrain zu gewinnen gegen die faule Konvention des Gegenwartstheaters, Gottsched abräumen, die Franzosen-Mode disqualifizieren, Shakespeare entdecken, um dann, übereilt, die Idee eines Nationaltheaters auszurufen. Auch den Patrioten soll man an diesem multiplen Menschen nicht unterschlagen, wenngleich er nichts darauf gab, einer zu sein; mit seinem theatralischen Sendungsbewußtsein hat er aber doch zur Bildung der Nation etwas vorgegeben.

Die ungeheure Begleitschrift dieses kurzlebigen Unternehmens, die berühmte ‹Hamburgische Dramaturgie›, Schauspielführer, Theaterästhetik, Aristoteles-Auslegung, Schauspieleranalyse, dokumentiert wohl das ertragreichste Scheitern in der deutschen Theatergeschichte. Und seine eigenen Stücke? Es sind in diesem schriftenreichen Autorenleben ganze vier, die seinen Ruhm begründeten. Jedesmal ein anderes Genre; entweder eines, das er bei der Arbeit an seiner ‹Theatralischen Bibliothek› ausfindig machte und dann veredelte; oder eines, das er eigentlich neu begründete. Das bürgerliche Rührspiel, die ‹Miss Sara Sampson›, der Kassenschlager gleich zu Beginn, ein Erfolg, den der Autor Aufführung für Aufführung weniger nach dem Einspielergebnis als nach der Menge der vom Publikum vergossenen Tränen mißt. Dann, mit einem Abstand von dreizehn Jahren, der nächste Volltreffer mit der ‹Minna von Barnhelm›. Das Lustspiel als aktuelles Zeitstück, eine Gattungsnovität, dazu eine Komödie, die bei bescheidenstem stofflichen Aufwand ihre beste Wirkung mit einer intimen und beweglichen Menschschilderung gewinnt und natürlich mit einer schauspielergerechten Verteilung der Bühnenwirksamkeit über das gesamte Personal. Aber auch diese Errungenschaft reizt den Autor als Schema nicht zu weiterer Nutzung und Fortsetzung.

Statt dessen fünf Jahre später wieder ein neues Stil-Programm, der Prototyp des bürgerlichen Trauerspiels, ‹Emilia Galotti›. Zum Abschluß dann die von Lessing nie gekannte Milde, der aus der Erschöpfung nach dem Streit mit Hauptpastor Goeze hervorgegangene ‹Nathan›, dramatisches Gedicht, Modellform aller Undramen und Gedenktagstücke.

Aber diese ‹Emilia› – nur kalt gedacht? So Goethe. Gemütlos? So Schlegel.

Vielleicht kein Werk aus tiefstem Seelengrund, der französischen Klassik immer noch näher als dem bewunderten Shakespeare, aber dafür doch ein Drama des höchsten Affektrisikos, des existenzgefährdenden Temperaments. Das Werk im übrigen weder eines Fürstenschmeichlers noch eines heimlichen Insurgenten. Und gerade das macht es im Innersten so aufrührerisch. Statt herrschaftskritischer Deklamationen eine Grundstimmung der Unruhe, der schnellen Reizbarkeit. Mit einigem Geschick ließe sich heute die alte Vorlage in ein historisch fast bezugloses, fast hermetisches Nervenspiel übertragen. In der stofflichen Hauptsache des Stücks wird ohnehin eher unbeholfen und kolportagehaft verhandelt. Der Prinz, selber zum Schurkenkartell gehörig, muß sich am Ende vor uns wie ein Unschuldiger, von Erschütterung bebend, zeigen. Emilia erhält *in actu* kaum Gelegenheit, etwas von dem zu bieten, was sie *in effigie* zu sein versprach. Nach der magischen Introduktion, ihrer Erscheinung auf dem Gemälde, dem begierdestiftenden Kunstwerk, folgt sogleich eine Tod und Fakten schaffende Räuberpistole. Ihr Opfer, Emilias Verlobter Appiani, eine von düsterem Vorgefühl geduckte Gestalt, muß sich dazu noch Gehör verschaffen mit dem unglücklichsten aller Auftrittsätze: «Ah, meine Teuerste! – Ich war mir Sie in dem Vorzimmer nicht vermutend.»

Auf dem Höhepunkt des Trauerspiels geschieht nichts mit Schicksalswucht oder Verhängniszwang, sondern es herrscht eine ungezügelte Nervosität. Aus dem Zentrum der Handlung entweicht das zentrale Personal, die «Wahnwitzigen», also die, die ihren Verstand noch verlieren konnten, die Gräfin Orsina und Emilias Vater übernehmen die theatralische Macht. Die verstoßene Geliebte ist die favorisierte Bühnenrolle dieses Dramatikers. Sie entwirft und entäußert sich (und schiebt wie die Marwood in ‹Miss Sara Sampson› dabei ihr Kind noch vor) gern innerhalb eines einzigen melodramatischen Auftritts. Die Orsina hat dazu noch das Kunststück zu vollbringen, mit all ihrer Virtuosität den schwachen Grund – einen Requisitengrund letztlich – zu überspielen, weshalb sie überhaupt zu dieser späten Stunde ins Drama tritt. Da sie vom Prinzen, den sie heimsucht, auf offener Bühne buchstäblich stehengelassen wird, improvisiert sie über ihr beschädigtes Gefühl, ja, sie entfaltet – wenn es gut inszeniert wäre: zart und manisch zugleich – ihr ganzes inneres und äußeres Stehengelassensein. Ihre Laune bewegt sich dabei so sprunghaft und instabil, daß man zuweilen Richtung und Qualität ihrer Impulse kaum noch unterscheiden kann, als wechselten emotionale Elementarteilchen plötzlich ihre Ladung.

Wer hier nur Gemütsalgebra und kalte Konstruktion erkennt, der weiß nicht, was die große Rolle für das Theater bedeutet und daß eine kunstvolle Bühnensprache über schöne Dichterworte hinausgehen muß. Und weiß nicht, daß eine solche Rolle, um ihre betörende, irrationale Wirkung zu erzielen, auch zuerst rhetorisches Kalkül benötigt.

Bei der Ausführung der großen virtuosen Repertoire-Rolle gelingt es Lessing, das vereint zu halten, was wenig später sich trennt, auseinanderfällt zu Goethe und Kotzebue, Literaturdrama hier und Reißer dort. Eins bleiben auch der Büchermensch und der Schöpfer großer Frauenfiguren, ja, man kann sogar sagen, wir bewundern den Bibliothekar in der weiblichen Hauptrolle, denn Lessing hört ja nicht auf zu sprechen, wenn Minna oder die Marwood auftreten. Sie sind vielmehr Abzweigungen seines gesamtdialogischen Wesens und wissen sich mit den Mitteln seiner Antithesen, seiner Wortspiele und seiner sprachlichen Genußfreude in Szene zu setzen. Ja, sie setzen, wie es im ‹Nathan› heißt, alle ihre Worte «sehr –

sehr gut – sehr spitz». Es zeigt sich dabei allerdings, daß ihre Beredsamkeit zum Tonikum ihrer Leidenschaft wird, daß sie ihre Affekte stärkt und steigert, statt sie zu verdünnen, und man lernt, wie Liebe sich nicht vor Klugheit zu schützen braucht, Gefühl nicht vor der Sentenz, solange die Wechselrede die erotische Wachheit beweist, die einer für den anderen besitzt.

Also, in dem Autor, den man uns als den tugendhaftesten vorhält, hätten wir zuerst den temperamentvollsten zu schätzen. Alles an ihm besteht aus vorbereitender Leidenschaft – Verstand und Glaube, Philosophie und Gelehrsamkeit –, doch sie erfüllt sich ganz erst auf dem Theater. Dabei fehlen im Rühr- und Trauerspiel jeweils die großen Liebesszenen, an ihrer Stelle erfolgt vielmehr die Störung, das Zwischenspiel der verstoßenen, nicht mehr begehrten Frau.

Ein solcher Mann kann nun eben kein Lakoniker sein. Man hat ihn folglich seiner unverwirrbaren Beredsamkeit wegen auch nie zu den ganz Großen des Theaters zählen mögen, sondern den obersten Rang lange Zeit allein dem Genie der Kritik eingeräumt.

Sein Übermaß an Witz, sein Mangel an deutscher Zerrissenheit und deutscher Wahnbegabung; sein hohes Epochenbewußtsein, sein Mangel an Naturanschauung; seine alle Popularaufklärung links liegen lassende Helligkeit, sein Mangel an dunklem Wissen, an Unausgesprochenheit, Traumerfahrung und seelischer Subversion – alles zusammen charakterisiert ihn zugleich als den Ersten und den Letzten seiner Zeit. Wie sein theologischer Widersacher Goeze die lutherische Orthodoxie beim ersten Anwehen von Säkularisation und Revolution zu retten versucht, ebenso verteidigt Lessing beim ersten Anwehen eines ‹Werther› die Regelkunst, die Orthodoxie der gekonnten Kunst, und sucht den Geist vor der Schwärmgeisterei zu retten. Nach ihm der Überschwang, die Formstürzerei, Geniekult, Sturm und Drang.

Welch ein trauriges, ungerechtes Los für einen solchen Mann, einzig als der politisch korrekteste Klassiker der Deutschen zu überleben! Jemand, den man niemals vom Piedestal stoßen kann, den man nicht «aufarbeiten», nicht umdeuten, nicht neu entdecken und letztlich auch nicht fortsetzen kann. Wir brauchen keine weitere Aufklärung mehr. Wir sind aufgeklärt bis zur innersten Zerrüttung. Aber wir brauchen neue große Frauenrollen. Wir brauchen keinen Scholasten des Aristoteles mehr. Aber wir brauchen die Autorität des inspirierten Kritikers, der den Entwurf für ein Überleben des Theaters, nicht des alten, sondern des uralten Theaters liefert.

Doch der Eine, der scheidet und urteilt, der Epochemacher und richtungweisende Kunst-Richter – Lessing am Eingangs-, Nietzsche am Ausgangsportal jener deutschen Aufklärungsanstalt –, ist uns als Begriff wie als Gestalt längst entschwunden. Und so wissen wir heute oft nicht, woran wir sind, während wir doch ins Volle greifen. Die außerordentlichen Werke, die gerade in der gegenwärtigen Periode breitgestreut erscheinen, finden den Außerordentlichen nicht mehr, der sie hervorhebt und in ein gültiges Urteil faßt. Sie stoßen allenthalben bloß auf öffentliche Meinung, und die ist aufwendig an ihrem Selbsterhalt interessiert, unzuständig für das Außerordentliche und zuständig nur fürs Diskutable.

Man muß in dem Bewußtsein leben, daß man den Reichtum und die Verbreitung von hochrangiger Literatur auf der ganzen Welt als Zeitgenosse niemals einschätzen kann. Der Zugriff auf diesen gewaltigen Speicher bleibt randomisiert, die Entdeckungen werden vom Zufall gesteuert. Kein Ranking und kein Dogma ordnet die Menge. Es lohnt auch nicht, gegen die sogenannte Unübersichtlichkeit vorzugehen, es handelt sich in Wahrheit um Fülle und Strom. Sich zurechtzufinden ist hier ein falsches Verlangen. Eintauchen und sich davontragen lassen, darin aufgehen und sich erfüllen, das wäre die angemessene Erfahrung. Das Prosperierende einer internationalen Gegenwartsliteratur verdankt sich vielleicht gerade der überwiegenden Masse der Nichtleser, die insofern stilprägende Wirkung besitzt, als das anspruchsvolle Werk keine falschen Rücksichten mehr nehmen muß. Da es also eine «herrschende Klasse» nicht mehr gibt, die liest und für ihr Selbstverständnis die Bindung an nur wenige große Werke bevorzugt, werden wir mit einer unvergleichlichen Vielfalt an erstaunlichen Büchern belohnt.

Zu einem anderen Erbe der Aufklärung, das mehr einen prophezeienden als utopischen Anspruch erhob, stehen wir unterdessen in einem gespannten Verhältnis. Condorcets (und letztlich auch Lessings) Überzeugung, daß die Fähigkeit des Menschen zur Vervollkommnung unabsehbar ist, ließe sich gegenwärtig nicht ohne kaltblütige Ironie bestätigen. Wir brauchen nur einen Blick auf die beeindruckenden Errungenschaften und noch beeindruckenderen Phantasmen der gegenwärtigen Technologien zu werfen. In Wahrheit hat eine Grundgestimmtheit des abendländischen Menschen sich aufgelöst, die Fernerwartung. An ihre Stelle ist der private und zunehmend auch kulturelle Hedonismus getreten, ja die Vertreter eines sozioökonomischen Posthistoire haben sogar eine Art von «Es-ist-erreicht» der liberalen Demokratie ausgerufen, welche nach ihrer Meinung den Endzustand der ideologischen Geschichte der Menschheit darstellt. (Jedesmal, wenn wir «Menschheit» sagen, dies als Anmerkung, sprechen wir von weniger als zwanzig Prozent der Erdbevölkerung, die aufgrund glücklicher Umstände befähigt sind, sich selbst als Menschheit zu begreifen.)

Nach dem Verlöschen der geschichtlichen Fernerwartung leben wir in einer Art Zeithybride, einer Gegenwartszukunft. In ihr wird jedes Ding zur Reklame für sich selbst, wird zum Erlebnis des Vorausgriffs, und jede technische Neuerung muß mindestens als kopernikanische Wende ausgerufen werden, um ihren Markt zu machen. Daneben gibt es wenig Warten im Dasein; aber zahllose Konzepte des Wohlseins, die man kaufen kann und zu seinen Lebzeiten verwirklicht. Alles ist da, alles ist interessant, alles geht uns an. Aufklärung, für Lessing ein Erbe des christlichen Offenbarungsglaubens, für die Späteren die Mutter aller empirischen Wissenschaften, zieht in heutiger Nachkommenschaft den umfassend zerebralisierten Menschen groß. Was Mitte des 18. Jahrhunderts den Übermut des Geistes in Schach hielt, Seele, Furcht, Krankheit, Erinnerung, ist heute im wesentlichen Zerebralanhang. Nur noch etwas, worüber man reden kann. Und zwar in lauter abgeteilten Konventionen oder Bewußtseinsmodulen. Der Nahrungsmitteldiskurs, der Popdiskurs, der Ethikdiskurs. Alles ist nach draußen geschafft. Wir sprechen wohlbegründet – ohne die geringste Erschütterung, fast teilnahmslos, und die Förmlichkeit der Diskurse schirmt den Erkenntnismenschen ab gegen ein wilderes Bewußtsein von sich selbst. Ihn beschäftigt sein Erkennen nur als technisches Modell. Er denkt und forscht nun, *wie* er denkt. Bald ist er damit fertig, sein Innerstes nach draußen zu tragen, und eines Tages liegt es vor ihm, das graue Hirn, das Netz der Netze, und fast beziehungslos zu seinem Leben. In diesem nahen und kalten Draußensein wird er nichts mehr davon spüren, keinen Schmerz, keine Furcht, gar nichts Erlebbares mehr. Wir müßten auf eine unbekannte Sprache stoßen, die erst wieder *uns* eröffnet.

Die Ideen der Aufklärung, vorzüglich aber die Lessingsche «vom dreifachen Alter der Welt», konnten nicht damit rechnen, daß die menschliche Fortschrittsgeschichte über den Menschen hinausschreiten würde. Ihre sittlichen Ideale zielten auf die innere Vollkommenheit des Menschen. Daß er den kürzeren Weg einschlug, fast komplett nach draußen ging, innen nichts Wesentliches zurücklassend, entzieht dem Humanismus den Gegenstand seiner Bemühungen.

Die Sehnsucht nach den künstlichen Paradiesen hat die nach dem sozialen Idealzustand endgültig überrundet. Sie scheint seit jeher erfüllbarer und hat sich nun an die Entwürfe der Neuro- und der Info-, der Bio- und der Pharma-Technik vergeben. Die klugen Utopien großer Menschenfreunde vermögen nichts gegen die dunkle Anziehungskraft einer umfassend neuinszenierten *Ablenkung vom Dasein*.

Zweiter Teil THEATER

Das Maß der Wörtlichkeit
Über Peter Stein

1997

Plötzlich ändert sich der Zungenschlag. Die Grimasse verdeckt das unerforschliche Gesicht, und Verse werden «Texte», und Texte werden nur durch Übermalung interessant. Auch das verkehrte Heilige bewährt sich neu, parodierte Liturgie und Lästerrede eifern auf der Bühne, als gelte es, ein Publikum von sittenstrengen Einfaltspinseln zu erschrecken. Der verklemmte deutsche Spießer, als Nachbar so gut wie ausgestorben, bleibt auf der Bühne unser nächster Zeitgenosse. Nur um sich ein Wesen zu erhalten, das man beliebig deformieren kann. Sex und andere Grotesken. Hitler und sein kleiner Mann.

Die Kunst, die alltäglicher als der Alltag werden wollte, widerspiegelt nur noch Kulturtheorie: Wir alle stecken bis zur Schädeldecke im Müll, und unser Leben ist nur erlebte Entropie.

Ein junger Theatermann fände heute, ganz ähnlich wie Peter Stein vor dreißig Jahren, eine einzigartige Gelegenheit, sich den schlechten Konventionen, dem Akademismus der Deformationskünste durch Sezession zu entziehen. Es müßte ihm freilich gelingen, die Verschnürung seines Herzens zu lösen, vom Zwang des herrschenden Zynismus seine *Sehnsucht* zu befreien, fürs erste nur dies eine unübersetzbar deutsche Wort für sich in Anspruch zu nehmen … Er würde sich statt der Lehre von der Gleichgültigkeit einer subversiven *éducation sentimentale* überlassen und würde sie durch die Kunstwerke empfangen und nicht zuerst von zweiter Hand durch Netze und Medien. Denn die Werke verfügen immer noch über die größten Speicherplätze, und sie erspielen alles Menschenmögliche aus ihrem Gedächtnis.

Vor kurzem hielt Peter Stein an der Berliner Hochschule der Künste ein eigentümliches Kolleg, das sich der Frage widmete: Was können wir heute von Fritz Kortner lernen? Was läßt sich von einem überragenden Theatermann einer jüngeren Generation überliefern, die seine Inszenierungen nicht, kaum seinen Namen noch kennt und ihn nur anhand von Filmen, Aufzeichnungen, Memoiren etc. studieren kann? Ist solche Weitergabe gegenwärtig möglich oder nötig, ist sie überhaupt wünschenswert? Die Veranstaltung gewann immer größeren Zulauf, Eleven und viele Theaterinteressierte kamen sicherlich vor allem, um Stein zu erleben, der ihnen zwei Stunden lang in freier Rede, mit Präzision und Inbrunst von einem Erbe sprach, das ihn geprägt und erzogen hatte, einer der wichtigsten Quellen seiner energischen Vorlieben und ebenso energischen Idiosynkrasien. Er überzeugte sein Publikum, nicht indem er interessant aus der Vergangenheit erzählte, sondern er überzeugte ganz offensichtlich als ein von Herkunftsbewußtsein durchdrungener und erhellter Mensch, wie man ihn heute in kaum einem Berufszweig und auch am Theater nur selten noch finden kann. Dabei mußten seine kernigen Fünfziger-Jahre-Sprüche, die Redensarten seiner Jugend, die Vielzahl seiner Anspielungen und polemischen Seitenhiebe, mußte schließlich seine ganze um Einsicht und Unterscheidung werbende Intelligenz ihn als ein wunderliches Fabelwesen erscheinen lassen, das aus versunkenen deutschen Bildungsschichten aufgetaucht war und das die Jungen eher bestaunen als begreifen mochten, die diffus-neugierigen, die späten, mageren und übersättigten Eleven, die nicht wissen, wie einen guten Anfang machen?

Ihnen gegenüber jemand, von dem man sagen könnte, daß brennendes Interesse beinahe die Hälfte seiner Begabung ausmacht. Ist brennendes Interesse aber lehrbar? Von der Schlüsselkraft des Berufs kann der Lehrer nur etwas vermitteln, indem er sie ausstrahlt, indem er fasziniert und Vertrauen weckt. Von Stein zu lernen, hatte mancher in der Praxis schon Gelegenheit. Einer, der von seiner wesentlichen Leidenschaft etwas abbekommen hätte, fand sich bis heute nicht. Nun muß man sagen, die Überlieferungsgeschichte, die zwischen Kortner und Stein noch lebendig war, deren ferner Ursprung ein talmudischer Auslegungseros sein mag, unerbittliche Schriftgläubigkeit, Buch- und Buchstabenversessenheit, sie scheint gegenwärtig unterbrochen, jedenfalls am wenigsten dem Hauptstrom der Transporte angeschlossen. Tatsächlich wird jetzt vom Kunstmarkt weit mehr auf die Bühne getragen als aus der Literatur. Das deutsche Sprechtheater insgesamt befände sich auf gutem Weg, ein neues Gesamtkunstwerk hervorzubringen, mit seinen erstaunlichen Erfindungen im chorischen, musikalisch-choreographischen Bereich, wäre da nicht immer noch dieser verdammte Fremdkörper, «der Text», die leidige Sprache, schwer zu bewältigen, weil sie dauernd Sinn macht, Sinn aber nur weiteren Müll produziert, weshalb man Texte unverzüglich bebildern, mit *comic soundtrack* unterlegen, singen oder durch Chat-Kanäle schütten muß.

Was könnte er denen noch für Winke geben? Die Verspielten und Entlasteten, die Nonreader und Nerds finden bei ihm, einem Meister des Verstehens, keinen suggestiven Stil, den sie kopieren können; sie finden jemanden, der blind verliebt ist in die Vollkommenheit der Werke. Der immer tiefer in die Stücke lauscht und seinem feinen Gehör entsprechend sich immer mehr zum Gehorchen wandelt.

Sein Theater verweigert sich der medialen Vermischung wie dem ästhetischen Rigorismus. Es ist zuerst und bis zuletzt ein Ort der erweiterten Buchstäblichkeit. Sie wiederum steht im Zeichen einer Erotik des Entdeckens, die sich dem Kunstwerk nähert, ohne es zu ‹bewältigen›, und die seine Eroberung durch Unterwerfung vollzieht. Dabei entfällt von selbst der biedere Begriff der Werktreue, denn nicht die Pflicht der Ehe, sondern ein beständig unbeständiges Verhältnis wird ertragen, mit allen Launen, Enttäuschungen und rauschhaften Illusionen, die insgesamt das Verlangen wie die Unsicherheit stetig erhöhen.

Nehmen wir an, es ist ein Eimer mit Wasser über die Bühne zu tragen. Das läßt sich auf dutzendfach verschiedene Weise erledigen. Jedem begabten Regisseur wird hier auf der Stelle etwas Besonderes einfallen. Beim Schleppen des Eimers entsteht, vielleicht nur für einen kurzen Auftritt, ein Mensch, je nach Handlungsrahmen, ein demütiger oder ein stolzer, eine geschundene oder leichtsinnige Person, und sie wird wegen der Kürze ihres Bühnenlebens auffällig gekennzeichnet. Oder sogar, nach neuerem Verfahren des *creative directors*: Der Gang mit Wassereimer wird «dekonstruiert», von der Person abgelöst, eine Theaternummer für sich.

Für Stein würde in einem solchem Fall weder die Besonderung noch die Überformung der betreffenden Person von Interesse sein. Auf der Probe bliebe es bei einem eher blassen, sinnfälligen, nur technisch genau festgelegten Vorgang. Nichts Apartes. Keine ins Auge springende Kleinigkeit. Gleichwohl ein Baustein, ein Meßzeichen innerhalb eines noch unerschlossenen Zeitplans der ganzen Aufführung. Tatsächlich gewinnt der nebensächliche Vorgang während der letzten Durchläufe erst sein eigenes, sein agonales

Gewicht. Er wird auf einmal als unverzichtbares Element des Dramas, nicht als individuelles Detail anschaulich und wirksam. Steins grundsätzliche Bewegung geht derart vom Buchstäblichen zum Strukturellen – und darin zuletzt zum Irrationalen. Er inszeniert keine «Texte», er inszeniert das Drama und seine Zeit. Eine Zeit, die so geschlossen und verfugt, so bindend und lösend, nirgends sonst auf der Welt verstreicht. In ihrer Ordnung wird der Buchstabe, kleiner Gang mit Wassereimer, ein Atemzug.

Ich habe diesem Regisseur auf hundert und mehr Proben zugeschaut; ich habe studiert, wie er einem Schauspieler mit präziser Übertreibung vorspielt und dabei alles Bedeutungsvolle ins Triviale und Gewöhnliche übertrug, so daß der Schauspieler ihn niemals nachzuahmen versucht war, sondern lediglich den nötigen Grund und Boden unter die Füße bekam, um seine Sache dann so hoch und mutig, wie er konnte, zu führen.

Ich sah ihn mit Engelsgeduld sein Ziel erreichen und hörte ihn mit Engelszungen vergeblich auf einen Unbeweglichen einreden.

Ich fand ihn stets in einer akuten, empfindlichsten Abhängigkeit von seinen Schauspielern, denen er im wesentlichen fördernd zur Seite war, meist nur ordnend und festigend, was sie im Anflug selber hervorbrachten. Ich habe nie erlebt, daß er mit vorgefaßtem Konzept oder einer fixen Idee die Probe begonnen hätte. Ich sah ihn arbeiten im Zustand des inspirierten Übermuts, der sentimentalen Hingabe und der übelsten Mißlaune – und doch blieb mir bis heute unbegreiflich, wie aus diesem säumigen Sammeln, dem freizügigen Entstehen- und Gewährenlassen jeweils die zwingende Gestalt des Ganzen aufsteigen konnte.

Ich folgte doch jedem «rationalen» Fortschritt der Proben, die vielen Wiederholungen brachten das Kalkül jeder einzelnen Szene zutage, aber nirgends war die Schwelle zu bestimmen, von der alle Einzelarbeit sich zu dem einen unabwendbaren Rhythmus der Aufführung erhob. Und dieser entstand ja nicht von selbst noch ließ er sich im voraus festlegen wie etwa eine szenische Sequenz bei Bob Wilson. Diese bezwingende Vollzugsdynamik, die alle großen Stein-Inszenierungen beherrscht, unterscheidet heute den reinen und ursprünglichen Theatraliker von den zahllosen «Theatermachern».

Sein ‹Cäsar›, seine ‹Phädra› und ‹Libussa›, inszeniert nach einer Gesetzmäßigkeit, die nichts Beliebiges, Zusätzliches erlaubt, verbinden sich überraschend den Tendenzen einer neueren Architektur, die eine Wiederbegegnung mit den klassischen Hochhaus-Proportionen sucht: Werke, von allen Seiten einsehbar, doch im ganzen nie durchschaubar. «Was gibt es Geheimnisvolleres als die Klarheit?» fragte einst Paul Valéry. Das gilt für das Unvermischte der klassischen wie der erneuerten Moderne, es gilt auch für Steins theatralische Integrität.

Eine theatergeschichtliche Leistung wie die Gründung des Schaubühnen-Ensembles, muß (wie zuweilen das Werk eines Autors) die Chance haben, in der nachfolgenden Generation in Vergessenheit zu geraten, um vielleicht später einmal beispielhaft, als produktive Legende, wieder aufzutauchen. Vorausgesetzt, das Theater besäße dann noch geschichtliches Leben genug, so wie es das sehr wohl bewies, als Stein im Rahmen seiner Tschechow-Inszenierungen zugleich die Arbeit Stanislawskis studierte, ehrte, in Erinnerung rief.

Das umwälzende Vergessen ist wichtig und nötig, und man darf jetzt schon sagen, daß von den fünfzehn Jahren kontinuierlicher Schaubühnen-Arbeit keine Spur zum jüngeren deutschen Sprechtheater führt.

Es bleibt immerhin denkwürdig, daß dieselbe Zeitenwende, die den antiautoritären Stil erfand, auch den Prinzipal- (niemals Guru-)Charakter Steins begünstigte: Sein Theater ging zurück auf die Schauspiel-Truppen der Goethezeit und ging anderen voran mit einem funktionsfähigen Mitbestimmungs-Modell, einer Rangordnung ohne Stars und Statisten.

Dennoch wäre es bei einem kurzlebigen Experiment geblieben, wenn den formalen Statuten nicht auch eine künstlerische Eigentümlichkeit, eine spezifische Dramaturgie entsprochen hätte. Ob ‹Bakchen› oder ‹Sommergäste›, ob ‹Peer Gynt› oder ‹Optimistische Tragödie›, die wichtigsten Aufführungen der frühen Schaubühne waren bewegte Tutti-Kompositionen, meist für die simultane Raumbühne angelegt. Die inszenierte Totale, die jede Schauspieler-Individualität hervorhob, gleichzeitig den einzelnen in ständiger Wechselwirkung der Gruppe verband, wurde zur Stilfigur dieses Theaters und seine ureigene Hervorbringung. An der chorischen Form, die er aus dem Ensemble-Körper entwickelt hatte, konnte Stein später in der Oper weiterarbeiten, nachdem sie in den beiden ‹Orestie›-Inszenierungen gewiß einen Höhepunkt an melodischer und figürlicher Vielfalt, an Undeterminiertheit erreicht hatte. Denn diese Chöre werden von faszinierend wechselnder Gestalt bewegt. Hier bilden sie gleichsam den mit sich mehrstimmig zerfallenen Protagonisten, dort eine disperse, differenzierte Menge, ein aufgelöstes Kollektiv, einen sensiblen Haufen gewissermaßen – und immer sind sie der mustergültige Gegenentwurf zur formal oder visionär traktierten «Masse», wie sie das Theater oder Kino bis dahin kannten. Mit seinen Chor-Erfindungen hat er immer wieder an das Mysterium des Gemeinsamen, an die publikumstiftenden Elemente des Theaters gerührt, ohne Rausch und Ritus, ohne jede restaurative Gebärde.

Wenn es ein unverkennbares Merkmal gibt, das alle von Stein geführten Schauspieler besitzen, so ist es die inzwischen seltene Tugend, daß sie grundsätzlich wissen, was sie auf der Bühne tun, und ohne Zweifel auch verstanden haben, was sie sagen. Ihr szenisches Verhalten wird von einer Art Verantwortungsethik gegenüber den eigenen Mitteln bestimmt. Ihre erste Frage wird nicht lauten: Was kann ich von meinem Können zeigen, im Jargon: Komme ich in der Rolle vor oder nicht? Sondern sie wird immer lauten: was muß ich mir eigens erarbeiten, um dem Anspruch der Rolle gerecht zu werden? Eine solche Methode birgt die Gefahr, einen Schauspieler, dem dieser Anspruch quer in die Glieder fährt, in seiner Spielfreude einzuschränken und ihn zu langweiligen und steifen Ergebnissen zu führen.

Sie bietet indessen den unschätzbaren Vorteil, daß Schauspieler zumeist als Überzeugte überzeugen, als Text-Hörige auch das Zuhören des Publikums enorm verfeinern und steigern können.

Bei Stein kann sich jeder probierende Schauspieler darauf verlassen, gründlich und unablässig beobachtet zu werden. Er wird nie einen zweiten finden, der mehr an ihm wahrnimmt, zu unterscheiden weiß und ihm zurückträgt, der gewissenhafter auf seine Rolle eingeht, als dieser Regisseur.

Da man aber über fünf, sechs Stunden Probe nicht unentwegt etwas neues Gescheites zum selben Problem von sich geben kann, behilft sich Stein wie jeder andere mit einer Handvoll wiederkehrender Grund- und Kernsätze. «Bedenke das Widersprüchliche!» lautet zum Beispiel ein Lieblingszuruf, den er an einen Schauspieler richtet, um ihn daran zu hindern, zu schnellen und glatten Lösungen zu gelangen. Dabei findet sich das «Widersprüchliche» selbstverständlich in der Nähe der romantischen Ironie und fern vom Brechtschen oder marxschen Gesellschaftsbegriff.

Am sinnfälligsten faßt es die Anekdote, die er von einer Probe mit Hans Schweikart erzählt. Eine nachdenkliche Hauptdarstellerin tritt an die Rampe und fragt den Regisseur: «Herr Schweikart, an dieser Stelle zeige ich die Klara Hühnerwadel im Zustand der äußersten Verzweiflung. Aber im Grunde müßte sie doch gerade jetzt heilfroh und erleichtert sein ...?»

Die Antwort des müden, doch weisen Regisseurs: «Ja, doch, kann auch mitschwingen.» Dieser sublime Unsinn wird jedem, der ins Theater geht, einleuchten. Er wird sich daran erinnern, daß ein Akt der Gewalt in einem Shakespeare-Drama nur dann wirklich gewaltsam war, wenn eine Geste der Zärtlichkeit ihn begleitete. Auf dem Theater wird in ausgewählten Augenblicken jede große Emotion von ihrer Gegenregung ununterscheidbar. Unvergessen, wie bei Stein die Hand des Brutus liebend dem Cäsar in den Nacken griff, als er, der letzte, zustach.

Wir haben glänzende Fortschritte beim Manipulieren unserer Erregbarkeit gemacht. Droge und schnelle Musik beeinflussen den sensitiven, nicht den emotionalen Bereich unserer Empfindungen. Auch das schmächtigste Gemüt läßt sich im Nu in Ekstase versetzen. Extreme Beschleunigung, schwere Langsamkeit, die sehr kurzen und die sehr breiten Metren, die uns erhitzen oder kontemplativ stimmen, machen eher unempfänglich für den Sog und die Steigerung der dramatischen Form. Sie lassen uns wenig spüren vom «aufsteigenden Nackenhaar», vom Affekt der Überwältigung, dem Menschen seit jeher einzig im Theater begegnen konnten und unbedingt wollten, den sie mit ungefährem Begriff Furcht und Mitleid nannten, Erschütterung, den finalen Schauder eben, die Überschreitung partieller Erregungen zum umfassenden Pathos der Beteiligung.

Vom Pathos wissen wir heute nur, daß es eine Menge hohles Pathos gibt. Dennoch muß die alte Sache noch einmal neu verhandelt werden. Nach dem Abzug der Weltverbesserer, nach dem Verblassen endzeitlicher Visionen bleibt von der ganzen moralischen Anstalt vorerst nur ein Nutzen übrig: das Training der Empfindungskraft. Mehr als mein Gefühlsleben kann ich im Theater nicht verbessern.

Von solcher Wirkung würde schon berührt, wer sich dem Theater einmal mit jenem «kindlichen Vertrauen» überlassen dürfte, auf das Grillparzers Libussa ihre Sagen-Herrschaft gründet – und Stein kürzlich seine Salzburger Inszenierung, als er's dem Autor schenkte und seinem fremdartigen Werk.

Es war die innere und äußere Beweglichkeit der Hauptfiguren, von jungen und blutjungen Schauspielern besetzt, die hier sentenzenselige Verse in ein anmutiges Argumentieren verwandelte, und damit den Dialog, die ganze Aufführung in eine wunderliche Offenheit vorantrieb, gleichsam als sei im Drama gar nichts vorentschieden, als würde in der kommenden Stunde von den Spielern erst der Schluß erstritten, so daß bis zuletzt ein Hauch von Abwendung die bittere Notwendigkeit des Untergangs begleitete.

Weit ab vom Klassiker-Epigonen entstand der Dichter des heidnisch-heiligen, des weiblichen Wissens neu. Im äußerst klaren Zeremoniell des Theaters kam sein Werk empor und blieb doch, an den Tag gebracht, unangetastet dunkel. Der Tag gehörte nun einer Zeit, in der dies weibliche Wissen längst vor dem politisierten Gerede entfloh und einkehrte in seine unterirdischen Asyle. Doch gerade in dieser fragwürdigen Berührung von zeitkritischer und theatralischer Gegenwart, die einander abstoßen müßten, vollzieht sich die sonderbare Kommunion: Achthundert Bescheidwisser geben auf, sie überlassen sich einem Schauspiel, das ein einziger großer Aufstieg von Zeit-Entsagung, ein tief gewollter Verzicht auf die Verhältnisse ist. Für die Dauer von vier Stunden beherzigt das

Publikum, das *in corpore* pathosbereit ist im Gegensatz zu jedem einzelnen, die dunklen Sprüche eher als die hellen, hofft lieber mit Libussa auf die Wiederkehr der goldenen Vorvergangenheit als mit Primislaus auf einen ewigen Fortschrittssegen.

Die Habitués sind Peter Stein in den letzten Jahren mit manchem Vorbehalt begegnet. Man hat ihn zum Repräsentationskünstler ausgerufen, zum Abtrünnigen des Gegenwartstheaters (und zwar lange vor seiner Zeit in Salzburg). Dabei ist es nach Lage der Dinge ein Aufbruch und kein Rückzug ins Gefällige, den Stein mit seinen «Arbeiten der mittleren Periode» dem Theater im allgemeinen vorschlägt; Aufbruch aus den Niederungen der erschöpften Befindlich- und Beliebigkeiten; Abkehr vom Kult des Fragmentarischen, der zunächst ein heroisches Versagen ehrte, inzwischen aber zur prätentiösen Gebärde, sich der großen Form zu versagen, erstarrte. Abkehr schließlich von einem Theater, das, obschon am Rand des öffentlichen Interesses angelangt, immer noch den Affen der «Gesellschaft» spielt, anstatt sich zum Herrn einer fabelhaften Unzeitgemäßheit zu bestimmen, frei, wie es ist, und nur den Mächten seiner Phantasie unterworfen.

Vom ‹Dickicht der Städte› bis zur ‹Libussa›, während der ersten dreißig Jahre seiner Theaterarbeit also, ist Stein immer der gleiche lesende Regisseur geblieben, der seine Lesart des jeweiligen Stücks auf der Bühne so spannend wie möglich zur Verhandlung brachte. Nur sind ihm im Laufe der Zeit die Werke immer näher gerückt, immer reicher und andeutungsvoller geworden. Kühnheit und Willkür der Aneignung, des erstbesten Begreifens, der provinziellen Anwendbarkeit, mit denen der junge Regisseur sich das Fremde, das Werk, gefügig macht, ersetzt der erfahrene durch genauere Lektüre. Lieber möchte es unangetastet in seiner ganzen

Andeutung erscheinen, als daß seiner Schönheit irgendeine leichtsinnige Verletzung zugefügt würde.

Einem Künstler, der einst ein großer Vorstoß war, ein glücklicher Bahnbrecher, verzeiht man weniger als anderen, wenn er geduldsam wird, beharrlich an seinem Werk variiert und bessert und wenn er seine späteren Vorstöße lieber in die Kunstgeschichte verlegt, die er nun einmal für aufregender erachtet als das aktuelle Zeitgeschehen. Mitunter trifft er in dieser mittleren Schaffensperiode auf einen Starrsinn der Verkennung, der härter ist als der Spießerunverstand, der in früherer Zeit einen jungen Neuerer behinderte, sich durchzusetzen.

Peter Stein, das ist seit je ein entschlossener Widerwille gegen die Vergeudung von Theater unter dem Niveau der Werke und der Schauspielerbegabung. Wenn wir noch verführbar wären und nicht bloß reizbar, wenn wir noch auf der Höhe ihrer strengen und verstrickenden Künste die Realpräsenz des Theaters empfänden, dann faszinierte uns auch ein erfüllter Rückblick – im Sinne der imaginären Authentizität einer ‹Phädra› oder eines ‹Kirschgartens›. Und dann würde auch die Steinsche Arbeit seiner mittleren Jahre als Aufbruchsbewegung verstanden, ähnlich wie der ausgeformte «Expressionismus» zu Beginn seiner Karriere. Aber man macht eben nicht zweimal Epoche in seinem Leben.

Der Geheime
Über Dieter Sturm

1986

Die Schaubühne am Lehniner Platz ist ein bekanntes Theater. Der Mann, der es vor bald einem Vierteljahrhundert mitbegründet hat (damals noch am Halleschen Ufer), der seither den größten Einfluß auf seine Regisseure, Schauspieler und Spielpläne nahm, ist eine geheime Figur. Nicht weil er Wesens um sich machte und sich künstlich versteckte, sondern weil die interessierte Öffentlichkeit kaum jemanden bemerken kann, dessen Werk im wesentlichen aus wörtlicher Rede besteht; aus freiem Vortrag, aus rhetorischen Meisterstücken, die über den engen Kreis derer, die mit ihm arbeiten, nicht hinausgelangen. Er stellt nichts her und sich selbst nicht dar. Er spricht an Ort und Stelle. Er ist ein Mann für Anwesende, und seine Rede ist geeignet, nur von unmittelbar Anwesenden empfangen und von ihnen, im Umschluß, angeregt und befördert zu werden. Träte er nur in dem Gespann der Regisseur und «sein» Dramaturg auf, wäre er lediglich der literarische Betreuer des Theaters und einiger Inszenierungen, so brauchte man nichts weiter zu sagen, als daß er immerhin ein besonders ergiebiges und ausgefallenes Exemplar dieser grauen Berufsart vorstellt, von der außerhalb (und oft genug auch innerhalb) des Theaters niemand so recht weiß, wozu sie gut und nütze ist.

In Wahrheit aber erhält unser reiches, schönes, polychrones

Theater in Sturm einen späten Abkömmling aus der Gattung des pflichtlosen Philosophen; jemanden, der davon überzeugt ist, «daß sich durch die Kunst des Schreibens nichts übermitteln läßt» (Borges, ‹Das Haus des Asterion›). Er setzt fort den Typus des inspirierten Lehrers, des Meisters im esoterischen Zirkel, der in unserem Fall zwar keine Lehre verkündet, wohl aber seine Zuhörer verführt in die Labyrinthe seines unergründlichen Gedächtnisses, wo sie das ganze Gegenteil eines philiströsen, nämlich ein weitläufig phantastisches Wissen empfängt. Dies verschlungene, traumförmige Gedächtnis, dies fließende Geweb der Erfahrung und der Kenntnislust konnte gewiß nur entstehen, weil er sich an die sokratische Tugend hielt, nicht zu schreiben. Denn Schrift, so meinten die Alten, schaffe nur Vergessen, da sie zur Vernachlässigung, zur Schwächung der Erinnerungskraft führe.

Der verborgene Lehrer, der nicht-öffentliche, spricht nun aber vor einer Schar von Schauspielern, Theaterleuten, die in der Regel nervöse Zeitgenossen sind und sein müssen und nicht als Eingeweihte des schönen Wissens ihren Beruf ausüben. Andererseits sind sie, auch von Berufs wegen, darauf angewiesen, ihr Sehen, Erkennen, Vermuten ständig zu erweitern und zu verbessern. Vielleicht ist mancher von ihnen bei Sturm durch eine Schule der Bedenklichkeiten gegangen, die seiner gesunden Einfalt oder gar seiner Grazie eher geschadet hat. Die meisten anderen aber, da er sie nie belehrte, sondern immer nur anmutete und entführte, werden bemerkt haben, daß sie durch ein unendliches, schwindelndes Bewußtsein hindurch zu einer Art zweiten Grazie gelangten, der sie fester vertrauen dürfen als der ersten.

Strenge und Leidenschaft

Die Schaubühne besitzt ja keinen unverwechselbaren «Stil». Es gibt jedoch ein sicheres Anzeichen, das alle Aufführungen, ob gut oder schlecht, tragen und an dem man erkennt, wo man sich befindet: Hier tritt niemand auf die Bühne, der nicht weiß, was er sagt oder tut. Hier gab oder gibt es keine Inszenierung, die ihre Effekte bezöge aus einem schlampigen oder verlegenen Umgang mit dem Text. So wenig wie es je eine gab, die ohne das begründete Interesse, ohne den erklärten Wunsch und den Zuspruch eines Großteils des Ensembles zustandegekommen wäre. Diese inzwischen beinah rührende Rationalität des Wissens-Warum, die jeder Aufführung eingezeichnet ist, hat ziemlich unangetastet allen Wandel der politischen und ästhetischen Befindlichkeiten überstanden. Daß dies möglich wurde, daß die subjektive Reflexion anhielt, gemeinsam blieb, wo sie vielerorts schnell darniederging und durch flüchtige Leihlegitimationen aus Politik und Zeitgeschehen ersetzt wurde, ist gewiß ein entscheidendes Verdienst von Dieter Sturm. Mit ihm, einer von allen verehrten Instanz, einem Kontinuum von Leidenschaft und Strenge, würde niemand in diesem Theater auch nur versuchen, einen faulen Kompromiß zu schließen. Unerbittlich in seinen Vorlieben wie seinen Abneigungen, verficht er das schwierige, riskante Projekt mit dem gleichen Eifer, mit dem er alles Glatte und bloß Gefällige abweist und verpönt, und das gilt für die literarische ebenso wie für die schauspielerische Hervorbringung.

Durch ihn war und blieb dieses Theater eigentlich immer ein esoterisches, selbst da wo es beim breiten Publikum Erfolg hatte. Das wird heute deutlicher sichtbar als vor zwanzig Jahren, zu Zeiten der frühen, ersten Schaubühne. Ganz einfach deshalb, weil wir alle aus der wunderlichen Ära hervorgingen, da das Progressive noch heil und eins war; da ein allgemeines Bewußtsein überhaupt erst produziert oder weitgehend beeinflußt wurde von dem einer willensstarken Minderheit oder Avantgarde. In jenen Jahren vor '68 wurden am Halleschen Ufer die Stücke der Fleißer entdeckt, wurde – früher als an anderen Theatern – Horváth gespielt; der junge Martin Sperr; die frühen kunstvollen Dramen von Hartmut Lange, der sich eine Zeit lang dem Theater und Sturm verband. Begleitet von ausführlichen Hegelstudien, begannen sie ihre Annäherung an Shakespeare und die deutsche Klassik, entwickelten sie jenen Stil des Kollegs und der langen intimen Erkundungen, der dann später in der Steinschen Schaubühne fortgesetzt wurde. Sturms politische Interessen waren in den Jahren zwischen 66 und 70 eng verknüpft mit den Geschicken des Berliner SDS, dem er angehörte, aktiv nicht nur im Hintergrund der Theoriediskussionen, sondern auch an den verschiedenen Fronten der Straße und der Institutionen, überall eben, wo man damals als übermütiger Marxist die Schwelle zur Weltrevolution betrat. Lange bevor ich ihn kennenlernte, war er mir wiederholt als Legende vorgestellt worden. Er stand ja in dem Ruf, unter den Berliner Revolutionären nicht nur über die großzügigste historische und politische Bildung zu verfügen, sondern dazu noch über eine einzigartige Bibliothek.

Um 68 ließ er die Theaterarbeit sein und war nur noch in der «politischen Aufklärung» tätig, wie man das seinerzeit, feierlich-nüchtern, zu nennen pflegte. Beides ließ sich auf die Dauer nicht mehr miteinander vereinen, jedenfalls dann nicht, wenn man beides gebührend ernst nahm. Es begann die Zeit der unversöhnlichen Widersprüche – inmitten der eigenen Person, der Spaltung von Interesse und Begabung. Aber es ist nicht ganz richtig zu sagen, er sei nur noch im Dienst des Politischen gestanden. Das ausschließlich Eine hat es bei ihm nie gegeben. Gerade in der aufregendsten Zeit besorgten Dämonen und Vampire, mit denen er sich literarisch beschäftigte, den nötigen Ausgleich zur hellichten Aufklärung. Die phantastische Literatur, der er sich von jeher, einschließlich Trivialroman und Gruselfilm, mit besonderer Vorliebe und Kennerschaft gewidmet hatte, brachte es nun sogar fertig, daß er seine tiefe Schreib-Hemmung vorübergehend überwand und zwei umfangreiche Nachworte verfaßte, eins zu Maturins ‹Melmoth der Wanderer›, das andere zu einer Anthologie mit Vampirgeschichten.

Das ist nun alles, was man von ihm lesen kann. Wenn man von etlichen ungezeichneten Begleittexten in den Programmheften der Schaubühne einmal absieht – was man aber keineswegs tun sollte, denn es handelt sich in der Regel um besonders kostbare Vermerke und Hinweise. Seine längeren Texte sind ungewöhnlich dicht in ihrem literarkritischen Beziehungsreichtum sowohl wie in ihrer Sprachfügung. Sie besitzen indessen jene prunkvolle Ausdehnung nicht, jenes abenteuerliche Abschweifen und freie Perorieren, mit denen der Redner Sturm seine glänzende Wirkung erzielt; die gedankenlösende Ornamentik des unschlüssigen Satzes, der über und über gestaffelten Parenthesen; das bis zum Zerreißen gespannte Sowohl-Als-auch auf den verschlungenen Pfaden der Erörterung, die an jedem Gegenstand das beidseitige sucht als das wahre Gesicht – ganz gleich, ob er über Stalin spricht oder über Marivaux.

Gesprochene Sprache führt, wie die Hirnforscher feststellen, zu erhöhter Durchblutung des Brocaschen Systems, des motorischen Sprachzentrums. Bei Sturm scheint es förmlich anzuschwellen, und erst im Zuge des klaren Verlautens (vor einem nicht zu kleinen, nicht zu großen Publikum), erst wenn die Rede eine gewisse Tonstärke und Dauer, einen bestimmten Rhythmus und Schwingungsgrad erreicht hat, hebt das Bewußtsein an zu singen, gibt das Gedächtnis seine verschollenen Schätze preis. Man könnte sogar behaupten, die Rede, die selbstverständlich eine Rede*lust* ist, sei auch für den Sprecher selbst das einzige Medium, um zu der großen Sammlung, zu seinem schönsten Wissen Zugang zu finden.

Weder Schreiben noch Sinnen noch auch der gedämpfte Dialog könnten in vergleichbar tiefe Zonen hineinführen oder sie beleben. Herauszustehen und zu reden in seines Deutsches Überfluß, das heißt natürlich auch, daß er währenddessen nicht ansprechbar, nicht «dialogfähig» ist. Unterbricht ihn jemand und fragt dazwischen, so wird er wohl nicht übergangen, aber auf das Gesicht des Redners legt sich ein kurzer Schatten der erkälteten Sympathie, auch der schmerzlichen Verhaltung, denn eine solche Rede versteht sich ja nicht als Meinungsbeitrag, sondern vollbringt, wie andere Formen der Ekstase auch, in sich schon einen Akt der *communio*, der gemeinsamen Verständigung.

Oppositioneller und Phantast

Es ist daher unmöglich, mit Dieter Sturm ein knappes Gespräch zu führen. Jedes seiner großen Plädoyers für ein Stück, einen Autor oder sonst eine erhöhte Angelegenheit bedient sich, um Feuer zu gewinnen, eines herbeizitierten Gegners, der um so schonungsloser befehdet wird, als er persönlich nicht anwesend ist, sondern vielmehr in Gestalt einer weit verbreiteten Meinung, einer schlechten Konvention, eines einflußreichen Schwachsinns durch die Sphäre geistert.

Er findet seine Argumente zuerst in der Opposition. Diese ist seinem Charakter tief eingeprägt und hat schon früh die persönliche Lebensgeschichte bestimmt. Es war mutig oder doch zumindest ein unübliches Abenteuer, im Adenauer-Deutschland eine kommunistische Jugendgruppe anzuführen und sie bei den Ostberliner Weltjugendfestspielen vor Ulbricht aufzubauen. Es zeigt aber auch, daß seine Widersetzlichkeit nie ungebunden sein wollte, sondern immer bereit war, im Namen und im Schutz selbst einer anstößigen Instanz gegen die häusliche des eigenen Vaters zu streiten. Dem entspricht, daß er von Herkunft und Naturell kaum je die Neigung besaß, sich von Autorität an sich zu lösen. Das Phantasma der revolutionären Macht, Zentralgewalt und Orthodoxie hat ihn zu gegebener Zeit sicher stärker beschäftigt als die Utopie der repressionsfreien Gesellschaft. Folglich umkreist es heute den Escorial auch begehrlicher als die (geschliffene) Bastille. Die Anti-Haltung, der tief eingeimpfte, unüberwindliche Affekt der ersten Protestgeneration, wandert durch die persönliche Gemütsgeschichte, kehrt sich gegen die eigenen Anfänge und erhält sich schließlich als eine antirevolutionäre. Kaum anzunehmen, daß diese Haltung jemals die Befangenheit, den Bannzirkel des provokativ Oppositionellen verlassen und eine gelöste, souveräne Konfession hervorbringen könnte.

Wie auch immer, die Opposition, die nimmermüde, bildet nur den Sockel der Sturmschen Gedankenkunst und -phantastik. Schließlich kommt es darauf an, was über dem Sockel hervortritt und herausragt. Wenn man bedenkt, wie viele Künstler in diesem Jahrhundert einen Teil ihres Gewissens damit beruhigen konnten, daß sie erklärte Kommunisten waren, und auf diesem Sockel doch oder gerade unermeßlich schöne und freie Werke errichteten! Sturm, der in seinem Kreis, im Kreis weniger, Verständigung schuf wie andere ein Kunstwerk, beherrscht das Mittel des beißenden Spotts ebensogut wie das der herzbewegenden Erzählung, der inständigen Erörterung. Es ist stets seine eigene Begeisterung, die die Vermittlung stiftet, die es vermag, daß den staunend Unbelesenen ein islamischer Mystiker, eine Borchardtsche Swinburne-Übersetzung so nahe kommt wie sonst nur die Texte, die sie für die Bühne gebrauchen. Wie jedem echten Sammler ist ihm selbstverständlich das entlegene Objekt des Wissens sehr viel begehrenswerter als das allgemein zugängliche.

Vielleicht ist der Typ des Esoterikers, den er verkörpert, weniger unzeitgemäß, als es zunächst scheinen mag. Vielleicht weist er im Gegenteil erst recht in die Zukunft. Der Geheime ist heute schon der einzige Ketzer, der einzige wahrhaft Oppositionelle gegenüber der allesdurchdringenden, allesmäßigenden Öffentlichkeit. Gegen den totalen Medienverbund, gegen die Übermacht des Gleich-Gültigen wird und muß sich eine Geheimkultur der versprengten Zirkel, der sympathischen Logen und eingeweihten Minderheiten entwickeln. Kunst und schönes Wissen werden die Kraft der Verborgenheit, die Rosenkreuzer-Vereinigung dringend benötigen, um fortzubestehen und der verrückten, tödlichen Vermischung zu entgehen. Was sonst noch ist, gehört den Gewitzten und Amüsierten. Oder gehört einer plündernden, brandschatzenden Kultursoldateska, deren Gelalle schon jetzt aus den Journalen dröhnt, den ‹Spiegel›, ‹Tempo›, ‹tip› und taz.

Kunst ist nicht für alle da. Dies sollte durchaus nicht ihr unfreiwilliges Schicksal sein, sondern formbewußt ihrem Entstehungsgrund eingegeben.

Nun mag wohl ein Maler, ein Lyriker, vielleicht auch ein kompromißloser Filmer esoterische Überzeugungen vertreten, aber ein Theatermann? Noch dazu jemand, der wie Sturm ein enger Mitarbeiter von Peter Stein ist, der doch sein Lebtag niemals Theater für wenige veranstalten wollte. Niemand am Theater wird eine Ästhetik daraus fabrizieren, daß das Publikum ausbleibt oder nur in kleiner Schar erscheint. Auch Sturm hat das nie getan.

Aber er hat sich immer wieder für Projekte eingesetzt, Inszenierungen unterstützt und begleitet, die mit geringerer Publikumsgunst zu rechnen hatten als andere. Zum Beispiel hat er zusammen mit Klaus Michael Grüber 1972 eine Einrichtung von Horváths

‹Geschichten aus dem Wiener Wald› besorgt, die sicherlich zu den schönsten Arbeiten dieses Regisseurs wie auch der vergangenen Schaubühnen-Geschichte zählt – wenn auch keineswegs zu den beliebtesten, meistbesuchten. Im Gegenteil, sie gab damals schon einigen Kritikern Anlaß, das Ende, den Tod der Schaubühne auszurufen, noch bevor sie recht zu existieren begonnen hatte.

Diese Totsage-Rituale wiederholten sich seitdem in regelmäßigen Abstanden. Daran hat man sich gewöhnt, wie auch an die häufig damit verbundenen Aufforderungen, dem Theater die Subventionen zu kürzen. Früher wurden sie vom Fraktionschef der CDU, Heinrich Lummer, vorgebracht, wegen des Verdachts auf kommunistische Unterwanderung; heute werden sie von den Propagandisten der Alternativ-Kultur erhoben, wegen des Verdachts der elitären Verachtung von – Dummheit und vitalen Identifikationsansprüchen. Über all die Jahre gab es Aufführungen, die nur von einer Minderheit besucht, von ihr aber hochangesehen wurden; neben solchen, die dem Geschmack der Mehrheit zusagten, jener Minderheit aber weniger bedeuteten.

Paradoxien und Vielfalt

Dieter Sturm wird nun in diesen Tagen fünfzig Jahre alt. Er wie wir alle gehört schließlich mit zu den Erfindern des Zeitalters der Jugendlichkeit, diesem einzigen Hort des guten deutschen Gewissens, den wir schon deshalb nicht mehr verlassen können.

In derselben kleinen Epoche, über 24 Jahre hin, hat sich das Theater der Schaubühne nur zusammen mit Sturm als ein «zeitgenössisches», wie es sich im Titel nennt, behaupten können. Die Paradoxien und Gegensätze seines Wesens sind nicht nur in den Spielplänen wiederzufinden, sie haben auch das innere Selbstverständnis des ganzen Unternehmens ständig in Bewegung gehalten und es vor Erstarrung, Antriebsleere und billiger Zeit*gemäßheit* verschont. Anders als es vergeßliche oder verleumderische Chronisten gern wahrhaben möchten, hat die Schaubühne (unter Steins Leitung) keineswegs eine Verfallsgeschichte vom linksradikalen Agitationstheater zum elitären Musentempel durchgemacht. Sie hat vielmehr von Anfang an ein duales, niemals ein einförmig-lineares oder gar ausgewogenes Prinzip verfolgt. Es stand zu Beginn Handkes ‹Ritt über den Bodensee› neben Enzensbergers ‹Verhör von Habana› auf dem Programm. Es gab später das sprachlose Schauspiel des Bob Wilson neben dem hoch und einsam in der Sprache hausenden Hölderlin-‹Empedokles›. Nichts ging aus *einer* Linie oder Richtung hervor, alles wurde einander mit gleichem Ernst entgegengesetzt, wenn auch gezielt und bewußt, niemals zufällig.

Sammler und Rufer

Und das wird nicht anders werden, solange Dieter Sturm dort arbeitet. Zur Zeit scheint ja nichts dringender benötigt zu werden als gerade die anachronistischen Energien, über die er verfügt, die Leidenschaft des Sammlers und des Rufers in der Geschichte, die nun um das Theater ein neues Kraftfeld von Anziehung und Ablehnung aufbauen werden. Und die ihm jeden Weg abschneiden, zur frivolen Amüsieranstalt oder emanzipatorischen Kasperbude zu verkommen. Diese Entscheidungen sind weit davon entfernt, selbstgefälligen, liebhaberischen Zwecken zu dienen. Es handelt sich um Kampf und Hoffnungsdrang, nicht anders als zu Beginn. Es ging nie nur um gutgespieltes Theater.

Dieter Sturm ist natürlich immer nur der esoterische Pädagoge –

wahrlich, alles andere als ein kühles, drohendes Gewissen. Seine Schwächen, tragikomischen Züge, närrischen Eigenheiten sind sicher verwandt mit denen eines kynischen Wanderphilosophen. Seine partiellen Blindheiten und Verstiegenheiten erinnern mitunter an den bibliomanen Eremiten aus Marivaux' ‹Triumph der Liebe›. Nur kann er selber leichter darüber lachen als dieser. Er liebt den Schauspieler; jemanden, der seinen Leib und seine Seele zu übertreiben versteht. Ihm oder ihr stundenlang zuzusehen, die belebende Langeweile einer Probe zu erfahren, dies sonderbarste Zeitgeschehen – irgend etwas zwischen Joch und Laster muß es wohl sein, das ihn dort festhält und nie ermüdet. Er reist nicht, kauft kein Paar Schuh (sondern leiht sie aus dem Fundus). Er besitzt weder Kreditkarte noch Fernsehapparat. Sein Buchhändler empfängt die Hälfte seines Monatsgehalts. Ein Asket in allen äußeren Dingen, führt er einen verschwenderischen Haushalt mit imaginären Krankheiten, unkurierbaren Beschwerden. Jedes hochentwikkelte Individuum begibt sich, um seine geschichtliche Einsamkeit ertragen zu können, in den Schutz irgendeines Typus, der uralt und unvergänglich ist.

Seit fünfzehn Jahren gehen wir miteinander; verharren, zögern, streiten, verirren uns; setzen unseren Weg fort. Langes unentwegtes Gespräch. Hier und da unterbrochen von einem schallenden Gelächter.

Ich wäre allein einen anderen Weg gegangen. Und könnte diesen – unseren – schwer einhalten ohne seine verläßliche Begleitung und Unterstützung. Ohne die diskrete Sorge, die er an jemanden wendet, der sich nun einmal dafür entschieden hat, sein Leben mit Schrift zu füllen und zu tilgen.

Für ein Theater der Schauspieler
Über Luc Bondy

2002

War es 68? Der Friedenspreis des deutschen Buchhandels wird an Leopold Senghor verliehen, den Dichter, den Staatspräsidenten vom Senegal. Die Laudatio hält François Bondy, der Mittler zwischen den Literaturen der Welt. Vor der Paulskirche aber kommt es zu Krawallen, Studenten protestieren gegen das despotische «Regime» im Senegal, sie liefern sich eine Straßenschlacht mit der Polizei. Der Geehrte, sein Laudator verlassen zusammen mit Willy Brandt durch einen Hinterausgang die Veranstaltung und werden in geschützter Karosse in eine Frankfurter Vorstadt verbracht. Zu diesem Zeitpunkt hatte ich kaum Zweifel, wem bei diesem Konflikt die Ehre gebührte, natürlich der Straße, der intellektuellen Avantgarde, die sich im Namen der ‹Verdammten dieser Erde› von deutschen Polizisten verprügeln ließ. Kaum einer der Empörten kannte wahrscheinlich die großen Gedichte Senghors, sie waren Intellektuelle, doch mehr oder weniger Illiteraten. Noch weniger wußten sie die ungeheure Literaturkenntnis und -liebe von François Bondy zu schätzen, der ich als Leser seiner ‹Preuves›, seiner Zeitschriftenschau, seiner Rezensionen unzählige Entdeckungen und Hinweise verdankte. Dennoch, zu diesem Zeitpunkt, kein Zweifel. Zwei Jahre später, ohne daß irgendetwas Entscheidendes passiert wäre, gab es auf einmal den sogenannten unauflöslichen Widerspruch, entweder Straße oder Buch. Schroffe Spaltung, keine vermittelnde ästhetische Instanz. Einfach indem ich nicht aufhörte, zu lesen und ziellos weiterzulesen, entfernte ich mich von jeder Linie, auch der wechselnden der revolutionären Vernunft, und verfiel schließlich solchen Köpfen wie Bondy, deren Nachrichten, Entdeckungen, Ausgrabungen mir oft genug halfen, die überaus drängenden, zwingenden Tagesparolen etwas zu relativieren.

Ich konnte mir nicht einbilden, jemals einen derart souveränen Blick über die Literaturen der Gegenwart zu gewinnen, wie Bondy ihn besaß, und war später schon froh, daß ich mich mit ihm wenigstens über einen großen Autor, Gombrowicz, nicht ganz kenntnislos austauschen konnte. Heute, nachdem ich so viele Jahre seinen Sohn Luc zum Freund habe, weiß ich auch besser, was uns damals, in den kurzen Wirren von 68, zutiefst voneinander unterschied. Dergleichen hatte man unter den Deutschen meiner Generation nicht angetroffen: ein intaktes, liebevolles, anregendes und unverzichtbares Vater-Sohn-Verhältnis, wie es zwischen Luc und François bestand und uns allen zugutekam. Der Sohn zitierte den Vater, statt ihn zu bestreiten; er verteidigte ihn, etwa gegen linksradikale Anwürfe, statt ihn zu denunzieren, wie es die Schlimmsten unter uns meinten tun zu müssen, um sich von der Schuld der Väter zu befreien. Er war ja wie eine Fortbildung des lesenden Vaters zum Künstler hin, der einzige (wohl auch letzte) von Literatur durchdrungene, von ihr abhängige Regisseur am deutschen Theater. François und Luc, dieser geistige Erbgang, Vater und Sohn und ihr Zusammenhalt sind mir immer wie ein glücklicher Ausgang aus einer furchtbaren Geschichte erschienen. Während wir selbst keine Chance hatten, etwas Gutes, Neues entstehen zu lassen aus tiefer Entzweiung, aus vatermörderischem Motiv, das umgeht mit fortgesetzter Pervertierung bis auf den heutigen Tag.

Als ich ihn kennenlernte vor dreißig Jahren, in der Kantine des Bochumer Theaters, hatte ich gerade seine Inszenierung von ‹Leonce und Lena› in Düsseldorf gesehen. Die Schauspieler nahmen dort am Boden malerische Positionen ein und ließen weiche Schleier wehen. Der Theaterkritiker, der ich bis vor kurzem war, nahm es mit Reserve auf, es schien ihm alles zu verspielt, geschmäcklerisch und selbstverliebt. Dennoch haben wir uns gleich sehr gut verstanden. Er interessiert sich für mein erstes Stück, ‹Die Hypochonder›, das Peymann in Hamburg zur Uraufführung bringen sollte, und es war von Anfang an ein glaubwürdiges Interesse an einem Autor, der wie er selbst als Dissident des vorherrschend politischen Theaters jener Jahre nach neuen Theaterphantasien suchte. Ich kannte bis dahin niemanden, der sich von Jargon und Gebärde so deutlich unterschied und der sich jeder gesellschaftskritischen Legitimation seiner Arbeit ebenso scheu wie standhaft verschloss. Niemals hätte er Trotzki poetisieren oder einen jakobinisch verbrämten Hölderlin zu seinem Leitstern erwählen können. Und daran, an dem gänzlichen Verzicht auf Gesinnungskomfort, hat er bis heute festgehalten. Dies schließt im übrigen ein, daß er später auch meine illiberalen Proklamationen stets ablehnte und gleichwohl – für mich ein großer Freundschaftsbeweis – öffentlich gegen meine schäbigsten Verleumder Stellung bezog.

Wir waren einmal: die Sensibilisten. Waren die Nacht- und Traumseite dieses amusischen Achtundsechzigertums, auch eine Jugend-, eine Pop-Bewegung, die vieles erfand und eröffnete in Film, Musik, Literatur und Underground, vieles neu rezipierte, Hesse, Robert Walser, Brinkmann, Handke, Hitchcock, Straub, Godard. Vielleicht die letzte rein westliche Kunstströmung vor dem Barbareneinfall des Zynismus, des nostalgischen Marxismus aus Real-Ost. Aber auch die erste und letzte Pop-Bewegung, die noch nicht vom Einfluß der Medien überwältigt wurde, noch nicht vollständig von ihrem Stoff durchsetzt, die letzte Verklärung des Trivialen aus eigenen Augen … Nun die ganze Stimmung längst zerstreut und verweht; und niemand wurde von ihr, anders als bei den ästhetisch Stumpfen derselben Generation, in staatstragende Ämter gehoben. Für Luc und mich bleibt es die gemeinsame Herkunft. Doch seine besondere Herkunft ist viel tiefer und eindrücklicher die aus einem Vaterhaus, das über Generationen die Literatur für die wahre Lebenssphäre des Menschen ansah. Was sein Vater entdeckte, beförderte und bevorzugte, das hat sein Sohn übernommen, zu seiner Sache gemacht, Ionesco, Beckett, Bond und Gombrowicz.

Im Gegensinn zum hortenden Leser ist Bondy der Künstler, der seine Lektüre innerlich sofort verfeuert und in eigene Materie umsetzt. Ohne diesen nötigen Stoffwechsel, ohne diese Energiezufuhr, ohne diese genuine Hörigkeit, die den Leser an seine Imagination fesselt, wäre er als Szeniker ohne Sucht, ohne tiefes Gespür für die Abhängigkeit der Menschen untereinander.

Aus derselben Veranlagung heraus wäre er niemals imstande, wie das inzwischen den Nicht-Leser-Regisseuren so leichtfällt, ein Stück auf der Bühne mit der Gewalt der Unbedarftheit als Ko-Autor zu traktieren. Natürlich ist er andererseits auch nicht der Typ des beflissenen Exegeten, des sich selbst aussparenden Interpreten. Überhaupt nichts Dazwischentretendes kann ich erkennen, das Literatur und Bühne, Regie und Werk voneinander distanzierte. Er sucht vielmehr nach der ungebrochenen Übereinstimmung, der gemeinsamen Fiktion, die das Stück und seine eigenen Vorlieben miteinander bilden, und entwickelt daraus jenes Dritte, das allein und autonom der Szene gehört.

Dieser Mann ist mit der fatalen Begabung geschlagen, die Menschen seiner Umgebung scharf und überscharf zu beobachten und oft auch zu erleiden. Er gerät in ihrer Gesellschaft geradezu unter

Beschuß von Merkmalen, die er kaum mehr sortieren oder abwehren kann. Folglich zeigt er sich nicht selten fahrig und abgelenkt, jedenfalls im Gemüt agitiert und ungeduldig. Was aber später unter seinen Schauspielern auf der Bühne leuchtet, das kommt am wenigsten von Menschen auf der Straße oder aus den Bars und Konferenzen. Das Beste, dem wir dort begegnen, haben wir im Alltag nie gesehen. Und auch die Geduld, Beharrlichkeit und Konzentration, mit der der Regisseur diese Kunstgebilde aus wechselnden Seelenenergien, Reizungen, Gebärden langsam erarbeitet, kennen wir aus seinem Leben außerhalb der Probe kaum. Der Aufbau dieser eigenständigen Fiktion benutzt nur selten Mittel der Nachahmung, noch weniger die eines zeichen- oder zitathaften Konstruktivismus, die Bühne ist ihm weder die Höhle der Ideen, noch zeigt sie das Vorspiel zum «neuen Menschen».

Und sobald sie der Zeitgenosse betritt, die scheinbare Bekannte von nebenan, wird er unausweichlich mit seiner Potentialität, mit all dem Vergessenen und Möglichen seiner menschlichen Erscheinungsart in Verbindung gebracht. Denn dieses Theater der Schauspieler schöpft noch in seinem banalsten Moment aus dem Repertoire der großen Gewalten und hohen Figuren, das ihm immer präsent bleibt und es vor Kleinlichkeit, etwa vor dem Auftritt des *tatsächlichen* Zeitgenossen, bewahrt.

Ein solches Theater ist niemals konservativ. Niemals formal. Niemals fremdbestimmt, weder durch Einflüsse des Kunstmarkts noch der Unterhaltungsmedien. Seine Autonomie ist keine Idylle, sie ist durchzogen von den *Songlines*, den magischen Pfaden eines literarischen Nomaden/Bürgertums, dieser indianergleich versunkenen Eingeborenen einer imaginären Ordnung.

Was bringt nun aber einen Regisseur, der inzwischen überall als ein Meister gerühmt wird, dazu, seine Lebensarbeit über jedes Verhältnis einem Autor zu widmen, dem seinerseits die Meister einer großen Vergangenheit immer vorgesetzt bleiben, der in der Nachhut eines Theaters operiert, das noch bis in die Mitte des letzten Jahrhunderts vom Autor geprägt und regiert wurde? Was bindet uns so, daß ich aller Unlust und Ermüdung zum Trotz immer wieder etwas beginne, das schon im Entwurf sich an ihn richtet, etwas, von dem ich vermute, daß es ihn anregen könnte und daß nur er es auf der Bühne zu Ende bringen wird?

Es ist wohl zuerst die fundamentale Bereitschaft, die ausweglose Leidenschaft für ein Theater der Schauspieler. Gemeinsam besitzen wir jene Begierde, das höhere Richtige zu erleben, das unauflösbar Richtige, das allein der Schauspieler hervorbringt, sobald er leicht und unvorhersehbar aus seinem Schwerpunkt agiert und sein Spiel bis zu dem Grad reine Wahrscheinlichkeit wird, bei dem es unbegreiflich wird. Wenn schon Theater, dann wollen wir etwas sehen, das wir im tiefsten nicht begreifen können. Und wir haben immer neue Versuche unternommen, daß dies auch mit Figuren und Vorfällen aus unserer Gegenwart, unserer unmittelbaren Erfahrungswelt gelingt. Versuche, aus unserer Zeit zu ihr zu sprechen unter artistischer Berücksichtigung des ältesten Mediums der Welt.

Noch ein Wort zur Leichtigkeit – ein künstlerisches Scheinproblem. Jener Luc nach den Aperçus und nach den Draperien ist längst vorgedrungen zu den Wirbel- und Strudelzonen der Menschen, die er vor uns in Szene setzt. Der Sammler von einst ist Forscher und Erkunder geworden, wenn es darum geht, die inneren Fließbewegungen und Instabilitäten eines Charakters zu erkennen und zu entdecken. Es ist daher nicht die Leichtigkeit der Hand oder des Handwerks, die etwas Komplexes leicht macht, sondern es ist viel eher die Beweglichkeit des Herzens und des sinnlichen Erfassens, die z. B. in meinen Stücken die Mehrfachansicht der Figuren, ihren «Kubismus», nachvollziehen und damit spielen kann.

Luc Bondy ist mir mehr als nur ein künstlerischer Partner oder Weggefährte. Er ist ein enger Freund. Er, der Geselligste aller Geselligen, ist zugleich in der Freundschaft der beständigste und anhänglichste Mensch. Auch der geduldigste und großmütigste, wenn es darum geht, mich auszuhalten oder zu mir zu halten, da die Eigenschaften, die ich an ihm rühme, bei mir nur unzulänglich ausgebildet sind.

Was wollen – was dürfen wir noch zusammen machen? Ein neues Traumspiel, eins von heutzutage, etwas mehr David Lynch, etwas weniger Literatur. Werden wir das können?

Andererseits habe ich ihm des öfteren nahegelegt und es sogar gegen mein ureigenes Interesse, kurz bevor ich ihm die ‹Unerwartete Rückkehr› gab, nachdrücklich wiederholt: Laß die Finger von den kleinen Stücken. Mach etwas, das du nicht auf Anhieb kannst. Wann wird dir endlich Kleist begegnen? Der erotisch Tiefste von uns Deutschen, in deren Dramengeschichte du noch wenig eingedrungen bist. Zur Kontingenz des unauflösbar Richtigen auf der Bühne, zum höheren Nicht-Verstehen führen noch ganz andere Wege.

Warten auf ein Klopfen der Wiederkunft

Der Stilist. Über Bruno Ganz

1996/2019

Der Autor konnte ihm immer vertrauen. Sobald er die Bühne betrat, wußte ich, er wird mir nichts vormachen. Diese Stimme, dieser leichte und kräftige Schritt, der ganze aus dem Mittelpunkt bewegte, gelöst-aufrechte Körper wird nicht die üblichen Versuche unternehmen, in die Schuhe, die Kleider einer Rolle, die Haut einer anderen Person zu schlüpfen. Er wird mir diese Kunststücke ersparen. Er wird seine Stimme keinem fremden Wesen leihen, er wird vielmehr einen Ton setzen, einige sparsame Handzeichen geben und mit der Verkörperung eines Textes beginnen. Die Stimme, die ich höre, ist unmelodiös, spröde, zuweilen kieselhart und schneidend, bekommt schnell etwas Wehrhaftes und Drohendes, wie der ganze Kerl, der wortführend, wortversessen, wortgeplagt existiert – eine einzige unablässige Hamlet-Passion, der ich nun folgen durfte mit nie nachlassender Spannung über ein ganzes Theaterleben hin. Ich möchte schwören: Dieser Schauspieler hat noch nie über einen Satz hinweggesprochen. Er mochte ihn zerbeißen, nuscheln, brüllen, jammern oder von sich schieben: er würde ihn jedoch nie unter Sinn und Wert verschleudern oder unbesonnen passieren lassen.

Und wieviele gute, ja beste Schauspieler gefallen sich darin, den Text lediglich zu oralisieren, als einen Bewegungsablauf zwischen Kehlkopf und Lippe zu behandeln! Nun gehörte Bruno Ganz ohnehin nicht zu den geschickten, verblüffenden Könnern. Weder zu den brillanten Nervösen noch zu den introvertierten Sonderlingen.

In der Filmkunst hat der imitatorische Realismus die ganze Welt erobert und vergessen lassen, daß einst Aura und Stil den Leinwandstar machten. Inzwischen geht alles ausschließlich auf das Funktionieren des Mimetischen. Bei dieser Realismus-Maschine Schauspieler irritiert der kleinste Patzer. Hier etwas zu glatt reagiert, dort die Augenbrauen etwas zu lange hochgezogen. Sonst alles sehr menschenecht. Was mußte man *auf Entfernung* nicht alles können, um unverwechselbar zu sein und zur Wirkung zu gelangen!

Es gibt zwei Archetypen der Schauspielkunst: den verblüffenden Verwandlungskünstler von Werner Krauss bis Gert Voss. Und den unbestechlichen Stilisten von Alexander Moissi, Oskar Werner bis schließlich zu Bruno Ganz.

In einer Umgebung sich ausbreitender Haltungsschäden bestimmen ihn seine männliche Grazie, seine zusammengefaßte Gliederkraft zu einem der letzten Überlebenden vom Heldenfach. Was konnte nun diesem Geraden den Ruf eintragen, der charakteristische Schauspieler seiner Generation zu sein? Welcher Generation? Jener der Intellektuellen von Achtundsechzig doch wohl, die freilich Formzerstörung und Deheroisierung zu ihren gesellschaftlichen Erfolgen zählen durften.

Ganz hat damals an der Berliner Schaubühne, inspiriert und begleitet von einem auf Schauspieler so neugierigen Regisseur wie Peter Stein, seine Berufszweifel und ideologischen Anfechtungen zu kunststeigernden Motiven gewandelt. Der hochgespannte Ernst, das Deuten und das Deuten-Müssen, die seinen Darstellungsstil auszeichneten, datieren nicht zuletzt aus jenen Tagen, da Proben noch Zerreißproben waren, Fragen militante Selbstinfragestellung, Probleme ein quälendes Problembewußtsein provozierten.

Es waren aber nicht nur kunstlose Jahre. Sie brachten auch die Geburt eines neuen ästhetischen Rigorismus, der im Nachkriegsdeutschland bis dahin unbekannt war. Figuren wie Beuys, Handke, Straub, auf dem Theater Grüber erlebten ihren Aufstieg, eine asketisch-monologische, oft auch kultstiftende Kunst rückte von den Rändern in den Vordergrund des Interesses. Das Hölderlin-Stimulans ergriff die postrevolutionären Gemüter und führte zu zahllosen Elegien über das Thema der gescheiterten Hoffnung.

Empedokles zu spielen, Hölderlin zu sprechen gehört gewiß zu den authentischen Verkörperungen, die Bruno Ganz in seiner Karriere geleistet hat. Die Trockenheit und Härte seiner Diktion, das semantische, den Sinn austastende Sprechen hat er am Hölderlinschen Vers noch strenger als sonst geübt.

Es war immer dies kämpferische, dies Streiter-Temperament, das ihn unterschied von allen gewitzten, spätmodern-verspielten Schauspielern. Es machte ihn zum Protagonisten in einem frühen Wortsinn. Man mag ihn deshalb einen Fürstreiter nennen. Den ersten Streiter in einem sprachgeborenen und in Sprache gefesselten Agon, der für ihn das ganze Theater war.

Tatsächlich waren seine Physis, seine Gebärde, seine Rede geprägt von der Technik und dem Geist der Konfrontation. Der Angriff fiel ihm leicht, unerwartet wie auch vorbedacht. Man konnte ihn durchaus überzeugend finden an leisen Stellen, nachdenklich, ironisch und verzichtend, jedoch am besten war er außer sich. Zornesmütig oder klagend. Mit einem Gellen aus dem vorderen Rachen, nie aus dumpfer Kehle. Ein Rasender, dem auch im höchsten Furor jedes Wort noch Waffe war, die er im Feuer seiner Einsicht schmiedete.

In solchen Sequenzen verband er sein Publikum mit den Gewalten der großen Seele, selbstverständlich als der Protagonist der Verzweiflung und niemals der siegreichen Macht.

Seit Jahrzehnten ist es die geläufige Praxis des Theaters, das Große zu sich hinunterzuziehen, auf Identifikationsniveau zu bringen, es kritisch kleinzukriegen. Wenn man Bruno Ganz folgte, dann trat eine notwendige Kopfwende ein. Unwillkürlich hob man nämlich den Blick zu einem schwer erreichbaren Kunstwerk auf dem Hügel. Was er leistete, war meist hart arbeitende Devotion. Ehrerbietung. Private Obsessionen, die Anmaßungen der alltäglichen Gescheitheit sowie der billigen Unterhaltsamkeit höchste Wonne: Tabuzertrümmerung, waren grundsätzlich unvereinbar mit seiner hellen und vorsichtigen Meisterschaft. Offenkundig war er, der Führer durch die Fremde zum Kunstschönen, darüber selbst ein Fremdling geworden unter den sorglosen Resteverwertern der Epoche; insofern seinem Hölderlin, dem Sänger der Götterferne, wohl näher als jene, die den Dichter für ihre politischen Stimmungen mißbrauchten.

War er ein Letzter, war er ein Erster?

Ach, was mag schon vorne sein, was hinten, wo alles durcheinanderrennt und ein Wettlauf mit gleichem Ziel nirgends stattfindet?

Mag sein, die Welt teilt sich immer sektiererischer auf, und Amischer wird schon sein, wer ein Buch liest.

Mag aber auch sein, in einer technisch ganz entleibten Welt genießt eines Tages die körperliche Unversehrtheit des Bühnenschauspielers eine kultische Verehrung. Ebenso möglich allerdings, daß Physis und Anwesenheit dem menschlichen Sinnlichkeitswandel zum Opfer fallen und außerhalb der virtuellen Vermittlungen nichts deutlich mehr erkennbar sein wird.

Am Rang des Unzeitgemäßen, den die Bühnenkunst des reifen Bruno Ganz behauptete, an einem Herausragenden brechen sich die Modeströmungen wie auch die Ahnungen, was vom Theater übrig bleibt oder ihm wiederkehren könnte in einer Welt, die es *so* nicht mehr widerspiegeln kann.

Lieber Bruno – mein Freund und Gefährte –, Autor für Dich zu sein, war die Erfüllung meines Theaterlebens. In Verehrung und Dankbarkeit bleibe ich Dir immer verbunden.

Über Otto Sander

2013

In der Nacht zum 15. August, etwa ein Monat vor seinem Tod, erzählte mir Otto Sander im Traum, daß sein erster Auftritt in der darstellenden Kunst bereits 1941, kurz nach seiner Geburt, stattgefunden habe. An der Seite des damals berühmten Paul Kemp sei er in den Anfangssequenzen eines Ufa-Streifens das schreiende Baby, ein Findelkind, gewesen, das den Komiker in Verlegenheit und die Handlung des Lustspiels in Fahrt gebracht habe.

Wo wir uns nächtlich begegneten, das war ein kleines Zimmer im großen Zimmer einer Bühne, und darin im tiefen Hintergrund wiederum eine noch kleinere, schreinartige Stube mit einem kargen, leeren Tisch, an dem ich saß, niedergebeugt und träumend, eine räumliche Anordnung, die offenkundig von William Blakes geheimnisvoller Zeichnung ‹A Vision› beeinflußt war. Otto, stehend neben dem Tisch, öffnete eine schmale Tür, und die enge Stube füllte sich mit den geisterhaften Figuren seines Schauspielerlebens, eine nach der anderen schlich stumm herein, und er nannte sie bei ihrem Rollennamen, stellte sie mir vor, sofern ich sie nicht kannte.

Ein wenig geniert ob der bedrückenden Menge seiner gespielten Figuren, hatte er sich ein wenig abgewendet und fingerte an den Scharnieren der halb geöffneten Tür, nicht ohne nebenbei einen neuen Gag auszuprobieren und hin und wieder ein Credo zu murmeln, zu dem sich seine lange Berufserfahrung verdichtet und verknappt hatte.

«Wenig machen», scharrte seine Stimme. Oder: «Mit allen darstellerischen Sinnen undargestellt erscheinen. Zweite Natur.» Die Mittel-Frage? Sein Lebtag habe er sich auf der Suche nach den geeigneten schauspielerischen Mitteln befunden, um auf der Bühne komisch sein und das Publikum als Komiker überzeugen zu können. Heute wisse er nur so viel, daß er nicht mehr wisse, was schauspielerische Mittel überhaupt sind. «Zweite Natur», wiederholte er. «Ich bin ein Schauspielermensch. Es ist ja auch im Alltag kaum möglich, daß ein Mensch die Wirkung kennt oder berechnen kann, die er auf andere macht – es sei denn, er verfolgte eine perfide Absicht. Ich bin eine Kreation des Traurig-Komischen, das gewissermaßen zum Überbau der Menschheit selbst gehört.» Und darauf folgte, noch leiser gemurmelt und mit einem Aufblick seiner treuen Augen, der merkwürdige Satz: «Man muß lauschen auf ein Klopfen aus der Tiefe der Wiederkunft.»

Im selben Moment aber löste sich das Gedränge der Komödianten, Ottos Personen, in nichts auf, und sein ganzes langes Schauspielerleben war plötzlich eingezogen, eingedampft auf ein sparsames, dunkles Dramolett: ‹Ohio Impromptu›, Beckett, Schaubühne 1982, Peter Fitz und Otto Sander, übereck an leerem Tisch, der eine der Leser, der andere der Hörer, der hart mit den Fingerknöcheln auf den Tisch pocht und den seine Lektüre auswendig sprechenden Gast immer wieder unterbricht, auf Wiederholung und korrekte Aussprache dringend, wie ein alter, verstummter Regisseur. Der Gast und Leser als der Bote des Trostes bleibt schließlich bei dem, den zu trösten er beauftragt ist, und wird ein Teil von ihm, indem er ihm «ein gewisses Maß an Linderung» verschafft.

Fitz weg, Otto weg. Diese Zeichen zwischen ihnen, mit spitzen Knöcheln auf die Tischplatte gepocht, bilden nun den immerwährenden Dialog zwischen den beiden Komödianten.

Für uns aber gilt: Man muß lauschen auf ein Klopfen aus der Tiefe der Wiederkunft.

Über Karl Ernst Herrmann

2018

Herrmann, lieber – einmal sind wir gemeinsam geflohen. Ich vergesse nicht, wie wir die Gründungsversammlung der Schaubühne in Zürich im Jahre 1970 verließen, im Flugzeug beieinandersaßen und daran zweifelten, ob wohl ein gutes Theater draus werden könne, wo ein revolutionärer Schreiner das Wort führt und die Kunst totsagt.

Nun, es ist dann doch etwas daraus geworden und dank Deiner Kunst sogar etwas durchweg Ansehnliches und zum Schauen Verführendes.

Unter den kritischen Theatermachern der frühen Jahre, den Erörterungsartisten, bist du von Anfang an der schweigsame, erfinderische, entschiedene Künstler gewesen, selten zu einem Kompromiss bereit, stets mit disziplinierter Phantasie und Formkraft bei der Sache.

Für mich, den späteren Dialogschreiber, bist du zudem eine besondere Initialfigur gewesen.

Schuld an meiner Karriere ist ausschließlich die Arena- und

Simultanbühne von Karl Ernst Herrmann für Peter Steins Inszenierung des ‹Peer Gynt›. Die große Totale brachte es mit sich, daß Schauspieler nicht einfach auf- und abtreten konnten und sich zuweilen am Rande, abseits von handlungsführenden Vorgängen, unbeschäftigt fanden. Um sie vor der «stummen Jule» zu bewahren, mußte ihnen ein wenig Sub-Handlung und Subtext geliefert werden, die nicht von Ibsen vorgesehen waren. Dafür hatte ich als Dramaturg zu sorgen.

Daß dann tatsächlich Texte, die ich mir in der Nacht leichtfertig ausdachte, am nächsten Morgen von Schauspielern in den Mund genommen und also verkörpert wurden, überraschte mich und schmeichelte mir derart, daß ich nicht mehr davon lassen und ein eigenes Stück schreiben wollte.

Der nächste Anfang, den Du begleitet, den Du mit hervorgebracht hast, war dann schon ein eigenes Stück, ‹Bekannte Gesichter, gemischte Gefühle›, uraufgeführt vor vierzig Jahren in Stuttgart.

Da fand sich nun schon alles zu zauberischer Wirkung, was Deine Bildnerei ausmacht. Die spiegelbildliche Umkehrung des hinteren Raums zum Vordergrund im Wechsel vom ersten zum zweiten Teil, Dein unvergleichliches Talent, die geheimnisvollste Wirkung aus den hellen, den lichten Räumen zu beziehen, das letztlich Undurchschaubare dieser an sich rationalen Konstruktionen zu erreichen.

Nie ein billiges Zitat, nie eine Kunst-Anleihe, nirgends Dekoration.

Bei so vielen meiner Stücke hast du den Aufführungsstil vorgegeben. Mein Gott, wie hätten sie ausgesehen ohne Dich: nach nichts.

Das Theaterleben ist für mich früher beendet gewesen als für Dich. Aber es bleibt mir noch etwas anderes in Händen von Dir, das mir sehr teuer ist: die Umschläge, die Du für meine Bücher, ‹Die

Widmung› und, ganz wunderbar, ‹Der Park› entworfen hast. Bücher sehen ja heute schon beim Erscheinen zum Wegwerfen aus. Die von Dir gestalteten werden dereinst bibliophile Raritäten sein.

Herrmann, mein lieber – Deine Bühnen sind alle abgeräumt, die Lager sind leer.

Aber hinter der Zeitgrenze, wo Du jetzt bist, wird alles wiederhergestellt.

Bei Ingmar Bergman, 1993

2007

«Die Dämonen nehmen mit den Jahren nur zu», sagte er. Und: «Erzähl von deiner Mutter. Wer war sie?»

Es wurde ein leises langes Gespräch in seiner neuen Bibliothek, das Morgenlicht vom nahen Meer fiel durch die hohen Fensterschächte. Ich genoß seine und Ingrids Gastfreundschaft in dem Flachbau auf Fårö. Ringsum militärisches Sperrgebiet. Er hatte mir ein Privatflugzeug nach Tempelhof geschickt und holte mich zu Hause auf der benachbarten Insel ab. Er habe mehrere Valium-Tabletten genommen, aus Angst vor meinem Besuch, sagte er freundlich. Auf der Fahrt zur Fähre zeigte er auf eine kleine Kirche: dort lese er manchmal die Kritiken. Er hatte am Dramaten in Stockholm gerade ‹Die Zeit und das Zimmer› inszeniert. Ich wollte eine Penelope-Version für ihn schreiben. Jeden Nachmittag gegen drei Uhr stieg er in seinen Jeep und fuhr zu seinem Kino. Es war die umgebaute Mühle, in der ‹Szenen einer Ehe› gedreht wurden. Er zeigte mir eine Rarität, eine frühe Verfilmung von Strindbergs ‹Vater›, lauter Außenaufnahmen im Winter, die Schauspieler mit Atemfahnen vor dem Mund.

Anschließend eine Tour zu den verschiedenen Drehorten seiner

Filme, dort ‹Stunde des Wolfs›, hier der ‹Abend der Gaukler›. Überall die gleiche steinerne Grauheit.

Für mich ist er der Dostojewskigleiche in der Kunst des 20. Jahrhunderts.

Ein Atheist, der vom Glauben wie von Dämonen heimgesucht wurde. Der stets von Angesicht zu Angesicht filmte und den Menschen sah wie in einem dunklen Spiegel.

Welche Unschuld, welch ein Glamour von Unschuld besitzt die erotische «Problematik» in einem frühen Bergman-Film, ‹Sehnsucht der Frauen›, 1952! Der Schnitt, die Beleuchtung, die Schauspielerei, lauter Zeichen, aus denen wir nach vierzig Jahren noch eine ursprüngliche Jugend des Kinos und Jugend der Sinne vernehmen, eine bahnbrechende Unbeholfenheit, ein wunderbares Noch-Nicht des totalen, überreifen Raffinements, der gewieften durchinstrumentierten Optik, die das Kino heute bietet, auch dort, wo es innere oder «psychologische» Stoffe verarbeitet. Denn es ist inzwischen in erster Linie und überall: sich nur noch seiner selbst bewußt. Bergman kannte die Menschen von Tschechow, Strindberg, Schnitzler her, und auch heute kennt man noch nicht mehr von ihnen, wenn man sie in ihrem Geschlechterverhältnis zueinander in Szene setzt und ihr üppiges, fadenscheiniges Gehabe streng auf die erotische Frage zurückführt. Man wünschte indes: Es wären ein paar fruchtbare Tabus nicht leichtfertig zerstört worden. Andererseits sind inzwischen auch die libertären Dezennien, die folgten, so verbraucht, daß sie im Rückblick nur naiv und rührend anmuten. Das Gedächtnis berührt die wilden und die braven Zeiten wie ein Midas, wandelt alles in goldene Vergangenheit.

Seltsam jedenfalls, wie diese Kunst der frühen Fünfziger im Reservat einer unterbrochenen Moderne ihre eigene Anmut gewann. Schließlich war schon damals alles bekannt, dessen hartnäckig wiederholtes Bekanntmachen uns heute anödet. Das Feuerwerk der Aufklärung für Geschlecht und Seele war schon längst in seinem höchsten Bogen, und die zweite Hälfte des Jahrhunderts diente nur noch der technischen Verlängerung des Funkenstroms. So ist die verlorene Zeit, die uns im Film umfängt, immer in der Gegenempfindung mit ihrem späteren Wandel zu erfahren: was aus der Sehnsucht der Frauen im Zeitalter ihrer überaus selbstbewußten Bedürfnisse geworden ist.

Ich sah also Bergman vor mir in seinem Sessel am Morgen nach dem Frühstück und später in seiner neuerbauten Bibliothek, Lichtschächte, helles Fichtenholz, und er fragte mich noch einmal, ob meine Mutter noch lebe und was für eine Frau sie sei, besser gefragt: was sie mir bedeute, jedoch, irgendwie seine Frage ständig verbessernd, wurde er schon der Antwort müd, die ich nicht gleich gab, und er sagte: «Na, das nächste Mal wirst du mir von ihr erzählen.» Ich wußte ja, daß er am Abend, während ich im Gästehaus noch Wein trank, lange noch Liebesfilme gesehen hatte, und zuvor hatte er mir auch all die Häuser auf seiner Insel gezeigt, in denen er seine Geliebten zeitweilig untergebracht hatte. Ich verstand nichts von Sexualität in der Kunst. Lernte aber von Bergman, daß sie die unbezwingliche Macht besaß, Geschichte, Orte, Straßennamen, jedwede direkte Anspielung, alles Konkrete überhaupt zu tilgen, zu absorbieren, endgültig zu vernichten.

Dem entgegen sieht man andere Künstler in der gleichen Sphäre immer konkret und geschichtlich bleiben und im tiefsten völlig unerotisch schreiben oder filmen, indem sie alles beim Namen nennen ohne Scham, obwohl doch der Name wie ein ernüchterndes Fettpolster um das Gemeinte liegt und seine Figur entstellt. Aber was er gemacht hat, Bergman, kam aus der Nacht der Namen, der Orte, der Berufe und der logischen Konsequenzen. Die Hungersnot der Sinne geht über jeden Straßennamen entweder hinweg oder kennt nur einen einzigen.

Bilder! Gebt uns die tiefen Bilder wieder – wie sie waren vor dem Großen Spuk.

Ein tiefes Bild wird ein Herrscher sein für immer. Nicht abwählbar. ‹Schreie und Flüstern›, Ingmar Bergman. Nicht abwählbar.

Was macht ihr denn da?
Über Jutta Lampe und unser Theater

2010

Sie mag nicht allein sein auf der Bühne. Lieber tritt sie auf und gleich in ein schwebendes Verhältnis hinein, ein offenes Spiel mit einem anderen Menschen. Man sieht sich an, wenn man miteinander spielt. Man baut sich nicht an der Rampe auf und erbricht seinen Text. Man streicht wachsam umeinander, läßt sich locken und verwirren, wie es unter Kampfpartnern üblich ist, die in Öffnung und Deckung einander reizen. Oberste Spielregel dieser Kunst der gegenseitigen Abhängigkeit: Lernen und Aufschauen, Aufschauen und Lernen von Größerem, das sich immer findet. Man selbst ist so klein mit Hut, sofern man es wagt und überhaupt dazu fähig ist, ein Verhältnis zu eines anderen Vorrang einzugehen. Am Theater sind die Erblasser den Erben oft unbekannt, sie treten ja nicht mehr auf, man studiert sie bestenfalls auf der Leinwand oder vom Video. Unser Theater, die frühe Schaubühne, begann programmatisch mit der Ehrung eines Vorbilds aus ruhmreicher Vergangenheit, deren Stil man sich dennoch keinesfalls anzuschließen gedachte. Therese Giehse spielte damals ‹Die Mutter› von Brecht – und gegen Ende der Ära war die Fehling-und-Gründgens-Schauspielerin Joana Maria Gorvin, im letzten Akt vom ‹Schlußchor›, der Star-Gast des Ensembles. Wir waren die letzte Künstlergruppe am Theater, die zutiefst an Überlieferung glaubte, obgleich sie doch für dies grundsätzlich vergeßliche Medium unmöglich scheint. Doch Lernen und Aufschauen gehörte seinerzeit zum politisch guten Benehmen, die sogenannte Neue Linke blickte zu Greisen auf, Bloch und Marcuse, die Umstürzler des Stadttheaters zu Fritz Kortner.

Das Theater ist nun aber ein Laufsteg. Es lebt von wechselnden Moden, nicht von Geschichte mit Vorlauf und Folgen, jede seiner Perioden bleibt folgenlos.

Es kann an nichts festhalten, und wenn es zu nichts anderem reicht, verspielt es sogar seine Elementaria, seine Grundbausteine, den Schauspieler und den Text, die sich dann kaum noch von Requisitenmaterial unterscheiden. Ja, es wehrt sich bis zur absoluten Beliebigkeit gegen alles, was vorher war, und das nur, um den Lebensnerv – nämlich jene immer wechselnden Moden – nicht zu gefährden. Es verleugnet sich zugunsten der Reportage, der Installation, der billigen Kunstmarktkopie, des Entertainments, des Medienverschnitts. Es gibt keine Kunstform, die auf so fremdbestimmte Weise der Affe ihrer Zeit wäre. Im Prinzip war es wohl nie ganz anders. Achtzig Prozent oder mehr allen Theaterspiels diente seit jeher der Unterhaltung und der Pflege des schlechten Geschmacks. Von Iffland bis Sudermann, vom Rührstück zum postdramatischen Kabarett.

Es gibt in der Theatergeschichte nur wenige und sehr kurze Perioden, in denen Neuerung und Meisterschaft zusammenfielen. Selbstverständlich waren wir Hochperiode. Die Arroganz derer, die nun ab- und zurückgetreten sind, erlaubt kein anderes Selbstgefühl. Was folgte, waren Befreiungsschläge gegen die Klassik der ersten und originalen Nachkriegsjugendlichkeit. Auch Auflehnung hat ihre immer gleichen Floskeln, dazu gehören: ästhetisches Fratzenschneiden, Dekonstruktion und Szene gewordenes Hohngelächter.

Was macht ihr denn da? Mir scheint, ihr habt noch nie einen Menschen von innen gesehen.

Wo ist der Glanz? Wo bleibt das Herzklopfen? Wo die Feier? Wo bleibt das Beben des Schweigens, des Verstummens? So unberaten wie einst jene «Frau aus der anderen Zeit», die Jutta Lampe 1985 in dem Stück ‹Der Park› spielte, würde sie heute als Schauspielerin durch die Szene des monologischen Theaters irren. Es ist die Grimasse der Parodie, die ihr aus dem Fond jedes ernsten Bilds auftaucht.

Bei Tschechow erreicht man nichts, wenn man das Unentschiedene des Gefühls mißachtet; auf einen bösen unbarmherzigen Ton folgt ein zarter, liebevoller. Ihr aber seid in jedem Moment mehr als entschieden, ihr habt noch kaum etwas gezeichnet, da ist es schon überzeichnet, und jeder Ton hat sich zur Eindeutigkeit verhärtet – er ist kalt und vernünftig, oder exzentrisch und oberflächlich, aber verfänglich offen und ungewiß niemals.

Es besteht kein Zweifel: Gute, faszinierende Schauspieler gibt es in Hülle und Fülle, und mehr davon in jedem Rang als zu unseren schwierigen Umbruchzeiten, da so manches Talent von den Ansprüchen eines sogenannten politischen Bewußtseins schlimm gehemmt wurde.

Der Nachwuchs ist üppig und sein frühreifes Können weit ungezwungener und facettenreicher als seinerzeit. Im Grunde könnte das Theater ein nicht abreißendes Schauspieler-Fest sein. Doch gewinnen diese nur selten die Oberhand auf der Bühne, und wenn, dann handelt es sich oft um abgelöste, schnellfertige Virtuosen, kein Dämon plagt sie, und kein in sie vernarrter Regisseur entwikkelt und betreut sie.

In gewissem Sinn hat die Gründungs-Schaubühne ihrem kollektiven Corpus und Verständnis gemäß bereits den Protagonisten eingeschränkt, dem Schauspieler die Aura vertrieben. Er stand von Anfang an in der Mäßigung und Zähmung durch den hochangesehenen Text und eine Regie, die ihn diesen interpretieren ließ. Da es Werktreue am Theater nicht geben kann, insofern bei jeder ernsten Regiearbeit Werk und Szene gemeinsam als ein Drittes neu entstehen, war der gute Schauspieler am Ende die verkörperte Interpretation – man kann auch sagen: Er kam nie einsam und unmittelbar mit dem Genie des Werks in Berührung, so daß es sich auf ihn hätte übertragen können. Er bezauberte nicht.

Dafür entstand jene gestische Schönheit der Vermittlung, zuweilen Anmut des Verstehens, die ihrerseits nicht ohne betörende Wirkung blieb. Diesen Stil, der nicht durch äußere Zeichnung oder Überzeichnung auffiel, hat niemand empfindlicher entwickelt als Jutta Lampe und schließlich in der ‹Orestie› als Athene zu einem Höhepunkt geführt. Figur gewordene göttliche Vernunft, ganz und gar Maß und Bemessenheit, Helligkeit und Geschick, Zartheit und Strenge – so konnte sie den Mächten der Zerstörung gebieten und sie einbinden einer Ordnung, die um das Risiko der Subversion reicher, beweglicher, lebendiger wurde.

Jutta Lampe war nie eine Diva, nie Publikumsschwarm oder Star – nicht einmal eine Tatort-Kommissarin. Genau dazu, beliebig zwischen Medien und Märkten hin und her zu wechseln, um da wie dort kunstlos, ohne Text und Verstand einfach die Jutta Lampe zu geben, fehlt ihr jede schauspielerische Disposition und Sorglosigkeit. Es ist auch nicht der bestechende Glanz, sondern die beständige Helligkeit der inneren und äußeren Erscheinung, die unbedingt den Bühnenraum braucht, um sich zu vergeben und zu behaupten.

Ich erinnere mich an niemanden, der stockender probiert. Der es sich so schwer macht, der keinen Satz auf Anhieb gerade herausbringt, der aus elender Verzwungenheit erlöst werden muß. Sie, die den Regisseur braucht, sucht und fordert, hadert dann auch mit ihm, sobald er nicht alles an ihr sieht und sortiert, was sie auf der Probe zeigt, und weiterhin Gutes aus ihr hervorholt und stetig verbessert, Geburtshelfer und Erzieher der Rolle soll er sein. Zäh und mühsam beginnt der Prozess des Sicherns und Ausbalancierens, kein kaltes Können hilft. Für heutige Verhältnisse dauert das alles viel zu lange, ist viel zu problembeschwert. Aber dafür geht auch zuletzt alles Stockende über in ein beglückendes Schweben, wie es das bloße technische Raffinement niemals erreicht. So wird durch viele Filter und Barrieren jede Spielfigur langwierig von innen nach außen befördert – und bleibt auch im weiteren Verlauf der Handlung von innen gesteuert. Exzentrik, Egomanie, Exaltation kommen nicht vor. Charis und strenges Spiel schließen emotionale Willkür, Seelennudismus und Psychopathisches aus. Denn alles, was mit «Psycho» beginnt, läuft auf Verharmlosung, auf Randerscheinungen jener abgründigen Dimension hinaus, die ein Dostojewski und noch ein Bergman im ganzen ihrer Macht ermaßen und uns zu spüren gaben. Davon ist ein Nachbeben gekommen auf viele große Schauspieler, die wir im Kino sehen, aber auch auf die Theatergestalt der Jutta Lampe. Man wird sie kaum von den Rändern her agieren sehen, vielmehr scheint sie immer aus einer vibrierenden, leicht erschütterbaren Mitte ihre darstellerischen Kräfte zu sammeln. Ihre Stimme ist das Unfesteste an ihrem Spiel. Hören wir eben noch den silbern mädchenhaften, fast singenden Ton, so ist er im nächsten Augenblick um zwei Oktaven abgesenkt zu einem kehligen, fast plärrenden, zuweilen richtig ordinären Schall. Die schnell wechselnde Stimmlage ist keine Koloraturgeste, sondern gehört zum Repertoire der dialogischen Bindungsstärke, über die diese Schauspielerin so unverwechselbar verfügt. Ja, in meinen Augen ist es eine Art dialogischer Empirie, die im Zentrum ihrer

Kunst steht: etwas unbedingt erfahren wollen vom anderen und gemeinsam mit ihm. Zur Erläuterung mag die vielverwendete Stelle aus den ‹Maximen und Reflexionen› Goethes dienen:

«Es gibt eine zarte Empirie, die sich mit dem Gegenstand innigst identisch macht, und dadurch zur eigentlichen Theorie wird. Diese Steigerung des geistigen Vermögens gehört einer hochgebildeten Zeit an.»

Nun leben wir in einer solchen weißgott nicht. Zumal das Theater ist zum Reservat für unantastbare Dummheit und Bildungsferne erklärt, unter dessen Schutz selbst der intellektuelle Totalausfall steht: Vom ‹Prinzen von Homburg› nach Auschwitz führt der Weg ...

Aber nehmen wir einmal an, es ginge dort etwas heller zu, dann ließe sich das Wort Theorie, das ursprünglich Zuschauen bedeutet, wieder dem Theater zuordnen und mit seiner Entsprechung auf der Szene, der Anschaulichkeit, verknüpfen. Die nämlich gewinnt der Schauspieler, sobald er jenes zarte Erfahrungswissen verwendet, um seine Rolle zum «innigsten» Gegenstand zu machen, ohne sich dabei um einen einzigen Brechtschen oder multimedialen oder trash-ideologischen Millimeter von ihr zu entfernen. Mit einem Wort, es ist Jutta Lampes herausragendes dialogisches Talent, das uns, den Autor und die Schauspielerin, so nahe zusammenbrachte.

Dieser Autor hat sich nie eingebildet, ein verwegener Dramatiker zu sein. Immer an den Jahren entlang, in den wechselnden Zeit-Fenstern lehnend, den wechselnden Oberflächen, Belangen, Interessen hörig, hat er im selben Zeitraum, da die Miniaturisierungsprogramme der Halbleiterindustrie fortschritten, in seinen Stücken eine vergleichbare Miniaturisierung dramatischer Konflikte verfolgt. Dazu hat er eine ganze Anzahl vorwiegend vom Affekt beherrschter szenischer Anordnungen entworfen, deren

Personal sich untereinander verfing und verwickelte, sich vor und zurück, auf und nieder bewegte, ohne dabei je eine solche Fallhöhe zu erreichen, die notwendig zum Drama gehört.

Ich frage mich heute allerdings: Wie konnte diese Technik überhaupt funktionieren und eine Zeitlang eine gewisse Beachtung finden? Zu meinem Trost und zu meiner Rechtfertigung denke ich dann an Jutta Lampe und ihr hochentwickeltes *know how* im Umgang mit dieser unbequemen Technik kompakter Spiel-Prozesse. Ein Geschick, das sich ausgebildet hat im Laufe von immerhin sechsunddreißig Jahren, in denen sie in acht oder neun abendfüllenden Stücken nicht einfach auftrat, nicht einfach die Hauptrolle spielte, sondern wo sie das ganze System belebte und innervierte – wenngleich immer unter demselben Stöhnen und Murren, daß das doch eigentlich gar nicht zu spielen sei. Es hat ihr immerhin den ein oder anderen Triumph gebracht. Je schwieriger die Partitur, um so souveräner war am Ende ihr Spiel.

Genau genommen hat uns nicht das dialogische Prinzip zusammengebracht, sondern ein Theaterbesuch in frühster Jugend. Mit Dankbarkeit gedenke ich der Kunstbegeisterung meines damaligen Gymnasiallehrers, der mir den ersten Geschmack bildete für Theater, und nur für ein solches mit Manier und Gebärde, für Oskar Werner und nie für Nüchternes. Ihm nahm ich alles ab und ahmte ihn nach, ob er nun Verlaine rezitierte oder mir die Südstaaten-Laszivität einer Tennessee-Williams-Figur vorzauberte – es führte zu der festen und dauerhaften Überzeugung, daß Begierde nur durch Theater und Theater nur durch Begierde groß und schön wird.

Ein Bus wurde gemietet, und die Interessierten aus der Klasse fuhren mit ihrem Lehrer über den Taunus nach Wiesbaden. Dort gab man im Kleinen Haus des Staatstheaters ‹Die Glasmenagerie› von Williams, es muß zu Beginn der sechziger Jahre gewesen sein, denn Jutta Lampe, die Laura mit hinkendem Fuß, war tatsächlich noch das grazile Mädchen, dessen Erscheinung und Typus sie zeitlebens bewahrte. Ich verlor mich in diese unglückliche Außenseiterin, diese allzu eingängige Metapher von der fragilen Künstlernatur – «zu erlesen und zu zerbrechlich», wie es in der Bühnenanweisung hieß, um dem Leben und der Liebe gewachsen zu sein. Ich habe von allen Theaterfreunden, bevor sie je von Jutta Lampe hörten, sie als erster auf der Bühne gesehen! Und diese schöne Fragile schimmert wie eines ihrer Glastiere für mich und nur für mich auf dem Grund fast aller Rollen, die ich später von ihr sah – oder gar selber für sie schrieb. Das ist zweifellos ein Handicap, eine Befangenheit, denn von diesem Initialmuster sind ihre großen Rollen nun weit entfernt. Aber so ist es nun mal mit allem Ersten, man hat keine Wahl, und das Trivial-Gefühlige geht dem Heranwachsenden allemal tiefer ein als das spröde Edle.

Sie mag zwar nicht allein sein auf der Bühne, doch gehören zu ihren unvergeßlichen Abenden mindestens drei Solopartien – die wunderbare androgyne Gestalt Orlando in einer Bühnenadaption von Virginia Woolfs Roman. Dann die Abgeirrte der Wiedervereinigung, die nachts im Zoo ins Adlergehege einbricht, im letzten Akt des ‹Schlußchors›. Und schließlich – vollendet allein – die gäisch vereinnahmte Beckettsche Winnie, die Lustige Witwe des ganzen erloschenen Menschengeschlechts, die ihren Rest ausschließlich in glücklichen Tagen zählt. Bis zum Kinn in Erde gefaßt, mußte sie bei dieser Partie auf eine für sie charakteristische Geste verzichten, geradezu ein Kennzeichen, das sich sonst in jeder Rolle durchsetzt: Es ist der Zeigefinger der rechten Hand, den sie aufrichtet, nicht etwa drohend erhebt, sondern zur erotischen, politischen, grundmenschlichen Belehrung einsetzt, ein Emblem der sinnlichen Strenge, das die Rede begleitet: der Alkmene, der Kleistschen

Nathalie, der Athene – vor allem aber dazu dient, dem Mitspieler zu bedeuten: Das hier ist unsere Angelegenheit, wisse, merke, achte.

Folglich wird er nur innerszenisch verwendet und zeigt niemals, wie das ganze Spiel nicht, aus der Identität hinaus. Wenn die Schaubühne zur Bühne der *show* wird, überwiegend von Extravertierten bestritten, die jeder für sich theatern anstatt miteinander zu spielen, dann wird das Publikum keinen Sog in die Tiefe des Kastens, ins Dunkel einer menschlichen Begebenheit oder Passion verspüren. Den nach innen, in den Hintergrund ziehenden Raum erzeugen nur Schauspieler, die sich im Schwerpunkt ihrer Rolle aufhalten. Aus solcher Mitte heraus auf der Bühne eine große Stärke zu gewinnen, bedeutet nicht selten, im privaten Leben eher Einbußen hinnehmen zu müssen, da sich ein vergleichbares Zentrum nicht ein zweites Mal findet. Jutta Lampe hat draußen im Alltag nie nach künstlichen Stützen oder Surrogaten gesucht. Weder konvertierte sie zum Katholizismus, noch ist sie eine prominente Tierschützerin geworden, ja nicht einmal revolutionäre Handzettel hat sie seinerzeit an die Frühschicht der Borsigwerke verteilt. Wohl tut ihr hingegen einige Geselligkeit, der Umgang mit Freunden und Liebhabern, doch im Grunde führt alles draußen Erlebte wieder ins Nichts der wandelbaren Bühnenperson: Du bist niemand, sonst wärst du keine große Schauspielerin.

Und die ist sie in vielen Fächern: effektsichere Komödiantin und Hüterin der strengen Form, gläsern zerbrechlich und expressiv sentimental, hier die Deviante, Verwundete, Abgeirrte, dort die extravagante Kunstfigur, artifiziell gerüstet bis in die Fingerspitzen. In Mythen-Begriffen würde man sagen: eine Schaum- *und* Kopfgeburt, gleichermaßen aus Vernunft und Sinnlichkeit entsprungen. Bei aller Magie des Umrißhaften zählt und wirkt mehr, als man mitbekommt, das Feingearbeitete im Detail, verfangen die Zeichen und die Nuancen.

«Wer kann das spielen?» fragt sich der Autor, nachdem er eine Rolle entwarf, die Kontrolle über viel Komplikation und viel Affekt verlangt. Wer kann sie spielen? Nur Jutta wird es können, die hohe Artistin der Nuance.

Alt ist das Theater nur, wenn es nicht uralt ist. Wenn es nicht an seine Elemente rührt und irgendeine Art von Schauder erregt, wie das vergleichbar kein anderes Medium kann, indem es nämlich als Medium in einem früheren Wortsinn, als Medium für nicht alltägliche Anmutungen dient. Der Schauder im übrigen dringt bei Bedarf durch jeden Tag, jede Mode, jeden Stil. Außer durch den Panzer des zynischen Ulks.

Noch gilt das Gesetz der Periode, nach dem jeder seine Zeit hat auf der Bühne und dann spurlos von ihr verschwindet. Daß dem so ist, zeugt womöglich von der unangegriffenen Gesundheit des Theaters (wobei Gesundheit andererseits nicht zu den Voraussetzungen großer Kunst gehört). Ablösung muß sein um jeden Preis, selbst wenn auf das Bessere das Blödere, auf das Größere das Gröbere folgt. Wäre es anders, dann gäbe es ein Theater als Gedächtnis, ein Panoptikum der seligen Wiedergängerei. Und noch einmal träte Jutta Lampe aus den Wirren des ‹Parks› hervor, dieser aus dem ‹Sommernachtstraum› sich endlos fortsetzenden Metamorphose, erschiene uns wieder als jene «Frau aus der anderen Zeit», die wie ein gefangener Vogel unter den Gegenwartsmenschen weilt. Stumm und steif steht sie in ihrem altmodischen Kostüm, wird von jugendlichem Gelichter angerempelt und, wie es im Text heißt, als «Vergangenheitsschreck», als «Damals-Tante» verhöhnt. Aber es genügt eine leichte Berührung, sie legt einer Rocker-Braut bloß die

Hand auf den Scheitel, und das Mädchen stammelt mit schmerzverzerrtem Gesicht, als wäre eine unerträgliche Energie durch ihre Glieder gefahren: «Das kam von oben.»

Denn die Frau aus der Vergangenheit war ja die in ein menschliches Kostüm gefesselte Göttin Titania.

Leider besitzt unser Gestern keine übermenschlichen Kräfte. Es blieb im Gegenteil abgebrochen und unfertig zurück; vieles wäre noch zu tun, vieles wurde noch nicht ausprobiert, eine ganze Schar von ungeprüften Spielfiguren drängelt hinter den Kulissen und wartet auf ihren Auftritt. Ich fürchte, sie werden sich gedulden müssen. Gegenwärtig würden sie wohl zur Unzeit auftreten. Und wer zur Unzeit kommt, ist nirgends gern gesehen. Es dauert noch ein bißchen. Doch dann – um in die Schlußworte von Grillparzers ‹Libussa› einzustimmen:

Dann kommt die Zeit, die jetzt vorübergeht,
Die Zeit der Seher wieder und Begabten …
Bis dahin möcht ich leben, gute Schwestern,
Jahrhunderte verschlafen bis dahin.

Anstelle der Seher genügten uns Inspirierte und Phantasten, Träumer und Entdecker. Und die Begabten sollten nicht bloß Hysteriker oder kalte Könner sein.

Aber muß es wirklich so lange dauern?

Wie ich in der Nacht davonging, war da Musik: Lippen schweigen … und ich sah die einzigartige Jutta, meine geliebte Spielerin, halb schon in der Erde … den Lehár-Walzer auf den Lippen … die letzte überwältigende Metapher, Winnie …

Nun, wir haben unser Spiel gespielt. Man blickt zurück. Doch dürfen wir nicht sagen: Vorbei. Das war einmal. Wir hatten unsere Zeit und sind nichts mehr. Sondern wir müssen den steigenden Zins vom Wert des Getanen einstreichen und müssen vom Getanen in einen Höhenflug versetzt werden, wie ihn nicht einmal das Tun selbst kannte.

*

Ich möchte ein Gebärdensammler gewesen sein.

Ein Palimpsestleser, der bei jedem Menschen, den er betrachtet, die Erstschrift eines tieferen Lebens entdeckt. Dafür nutzte ich über viele Jahre das Theater als – im alten Wortsinn – ein Medium: insofern jedes Rollengeschöpf, das dort auftritt, nicht nur seine heutigen Eigenarten, sondern zugleich den Durchschein auf seine höhere Abstammung verkörpert und in die Anwesenheit ruft.

Christopher Orr
‹Descent›,
Öl auf Leinwand,
25 × 20 cm, 2004.

Christopher Or
‹Of Both Worlds›,
Öl auf Leinwand,
19 × 24 cm, 200

Christopher Or
‹The Unexplaine
Öl auf Leinwand
19 × 16.5 cm, 2

Christopher Orr
‹All We Need Is The
Air That We Breathe›,
Öl auf Leinwand,
17 × 11.6 cm, 2004.

Gerhard Richter
‹4. März 03›,
Öl auf Farbfotografie,
9.7 × 15.1 cm, 2003.

Gerhard Richter
‹11. Oktober 04›,
Öl auf Farbfotografie,
9.9 × 14.7 cm, 2004.

Govaert Flinck
‹Susanna und die beiden Alten›,
Öl auf Eichenholz,
49.6 × 37.8 cm, um 1650.

Rembrandt Harmensz van Rijn
‹Susanna und die beiden Alten›,
Öl auf Mahagoniholz ,
76.6 × 92.7 cm, 1647.

Odd Nerdrum
‹The Return of the Sun›,
Öl auf Leinwand,
106 × 157 cm, 1986.

Odd Nerdrum
‹Woman, killing injured Man›,
Öl auf Leinwand,
178 × 265 cm, 1993–94.

Henri Matisse
‹Lithographie sur le thème
«la Pompadour»›,
Lithographie,
52.8 × 38 cm, 1951.

Henri Matisse
‹Masque Mélancolique›,
Aquatinta auf Papier,
33 × 25.8 cm, 1947.

Bildnachweise

Christopher Orr ‹Descent›, Öl auf Leinwand, 25 × 20 cm, 2004. Courtesy Hauser & Wirth Collection Services, Zürich. – Christopher Orr, HDM Gallery, Beijing and London

Christopher Orr ‹Of Both Worlds›, Öl auf Leinwand, 19 × 24 cm, 2004. Los Angeles, Museum of Contemporary Art. – Christopher Orr, HDM Gallery, Beijing and London

Christopher Orr ‹The Unexplained›, Öl auf Leinwand, 19 × 16.5 cm, 2005. Courtesy Hauser & Wirth Collection Services, Zürich. – Christopher Orr, HDM Gallery, Beijing and London

Christopher Orr ‹All We Need Is The Air That We Breathe›, Öl auf Leinwand, 17 × 11.6 cm, 2004. Los Angeles, Sammlung Magnus Edensvard. – Christopher Orr, HDM Gallery, Beijing and London

Gerhard Richter ‹4. März 03›, Öl auf Farbfotografie, 9.7 × 15.1 cm, 2003. – © Gerhard Richter 2020 (0085)

Gerhard Richter ‹11. Oktober 04›, Öl auf Farbfotografie, 9.9 × 14.7 cm, 2004. – © Gerhard Richter 2020 (0085)

Govaert Flinck ‹Susanna und die beiden Alten›, Öl auf Eichenholz, 49.6 × 37.8 cm, um 1650. Berlin, Gemäldegalerie. – bpk / Gemäldegalerie, SMB / Jörg P. Anders

Rembrandt Harmensz van Rijn ‹Susanna und die beiden Alten›, Öl auf Mahagoniholz, 76.6 × 92.7 cm, 1647. Berlin, Gemäldegalerie. – bpk / Gemäldegalerie, SMB / Christoph Schmidt

Odd Nerdrum ‹The Return of the Sun›, Öl auf Leinwand, 106 × 157 cm, 1986. Privatsammlung. – © VG Bild-Kunst, Bonn 2020 (Archiv Panorama Museum Bad Frankenhausen / The Nerdrum Institute, Disena / Norway)

Odd Nerdrum ‹Woman, killing injured Man›, Öl auf Leinwand, 178 × 265 cm, 1993–94. – © VG Bild-Kunst, Bonn 2020 (Archiv Panorama Museum Bad Frankenhausen / The Nerdrum Institute, Disena / Norway)

Henri Matisse ‹Lithographie sur le thème «la Pompadour»›, Lithographie, 52.8 × 38 cm, 1951. Dauerleihgabe der Sparkasse Münsterland Ost im Kunstmuseum Pablo Picasso Münster. – © Succession H. Matisse / VG Bild-Kunst, Bonn 2020 (Foto: Kunstmuseum Pablo Picasso Münster / Hanna Neander)

Henri Matisse ‹Masque Mélancolique›, Aquatinta auf Papier, 33 × 25.8 cm, 1947. Dauerleihgabe der Sparkasse Münsterland Ost im Kunstmuseum Pablo Picasso Münster. – © Succession H. Matisse / VG Bild-Kunst, Bonn 2020 (Foto: Kunstmuseum Pablo Picasso Münster / Hanna Neander)

Die Wiederholbarkeit des Lebens
Erinnerung an Peter Lühr

1988

Selten hat die große, geräumige Metapher, die Bühne und Welt miteinander verknüpft, Rücksicht genommen auf die professionelle Wirklichkeit des Schauspielers. Auch eine ihrer berühmtesten Wendungen, ausgerechnet von einem Theatermann, die Shakespearesche vom Leben, das nichts weiter sei als «ein armer Komödiant, der spreizt und knirscht / Sein Stündchen auf der Bühn', und dann nicht mehr / Vernommen wird», hinterläßt den kleinen Fehlbetrag, daß eben der Schauspieler *per definitionem* keine Person sein kann, die nur ein einziges Mal die Bühne betritt und dann für immer ihr den Rücken kehrt. Der Schauspieler kehrt immer wieder, oder er ist keiner. Ohne die Konstruktion der Wiederholung ist dieses Wesen gar nicht lebensfähig. Allein der Nicht-Schauspieler verfällt der Einmaligkeit jeder seiner «Stündchen». Der Schauspieler verbringt, erlebt viele, sehr viele unter gleiche Bedingungen gestellte Stunden auf der Bühne. Sein Ritus erstrebt vielleicht sogar die vollendete Wiederholung, wie sie aus lebensphysikalischen Gründen unmöglich ist. Der vorige Abend kann niemals wiederhergestellt werden. Wie die heraklitische Sonne, die neu ist Tag für Tag, ist auch der Abend des Schauspielers je ein eigenes, neues Ereignis – die Kunst-Zeit beginnt immer wieder von vorn. Und doch bezieht jeder Abend sein Leben aus den Tiefen der Wiederholbarkeit, denen auch das berühmte einmalige Gelingen, die unübertrefflich gute Vorstellung abgewonnen sind.

Wenn ein großer Schauspieler stirbt, ist das immer ein etwas unsicheres Ereignis. Zu lange stand er auf der Bühne in der Gegensphäre des Todes, welche nicht das Leben ist, sondern das geschlossene Spiel und seine Zeit. Wer stirbt? Ein alter Mann. Den kannten wir nicht. Wir kannten die *persona*, seine Maske, sein Idol. Der Teil von ihm geht ein in die Gründe der Großen Wiederholung, vermehrt das Gedächtnis, das Theater heißt.

Ich war einmal sein Schreibgehilfe, saß neben ihm auf der Bühne, einer aus dem Chor der kleinen Mönche, Statist an den Münchner Kammerspielen, damals vor dreiundzwanzig Jahren, Peter Lühr im Purpurornat des Bischofs beim Verhör der Heiligen Johanna (von Shaw). Ich saß ziemlich weit vorn und schwitzte unter den Scheinwerfern in meiner Kutte, und wenn der Vorhang hochschnellte über der Szene, blickte ich zum ersten und vermutlich letzten Mal in meinem Leben in den unheimlichen Abgrund zur Bühne aufgerichteter Gesichter, die faul und fordernd wie fürchterliche Kinder alle in dieselbe Richtung ihre Blicke bohrten, und mir war, als ob Erwartung töten mußte, jedenfalls den, der sich nicht mit Spielen schützen und wehren kann, den Statisten, mich schwindelte bei jeder Vorstellung und heute noch.

Ich hatte darauf zu achten, was sein Zeigefinger trieb und wann er mir mit seinem broschengroßen Ring zu schreiben befahl. Abend für Abend an der gleichen Stelle, ich krümmte mich in meiner Kutte und kritzelte los, Abend für Abend sein gleicher Gang in die Mitte des Auditoriums der Inquisition, um der halsstarrigen Jungfrau ins Gewissen zu reden, Abend für Abend die gleiche Erregung des Peter Lühr, seine gerundete, helle Stimme, nie ohne geschmeidigen

Klang, doch mit empfindlichen nasalen Zwischentönen, abrupten Wechseln der Lautstärke und der Zuwendung, und die Hand immer unruhig, bewegt, ein Vorspiel der Stimme oder eine lose, ungebärdige Begleitung, scheinbar älter und bebender als der Mann, der in jedem Augenblick seltsam scheu und angespannt, flimmernd und durchdringend zugleich wirkte. Der helle, strenge Blick, so nah! Ich kannte ihn bis dahin nur aus den hintersten Zuschauerreihen, und nun traf er mich mit vollkommener Pünktlichkeit jedesmal, wenn er der Jungfrau den Rücken kehrte und zu seinem Sessel zurückschritt. Der Blick galt der Verständigung mit seinem Adjutanten, mit mir, der ich ja gar kein Partner war, sondern nur ein Statist, der nicht wagte, einem spielenden Schauspieler offen, also nichtspielend ins Auge zu schauen. Und doch hat dieser Blick, der mich anspielte, irgendwie verführt. Er verfolgte mich lange und zog mich schließlich über die Grenze: um mitzumachen am Theater.

Niemand erkundigt sich inständiger und ängstlicher nach einem anderen als der Schauspieler nach der Person, die er darstellen soll. So war es, Jahre später, als Peter Lühr auf den Proben zu ‹Prinz von Homburg› als Fragender, als der Arbeiter an der Rolle alles, von innen und außen, über den Kurfürsten zu erfahren suchte. Er fragte auf den Text ein, bis dessen Rationalität erschöpft war. Der Schauspieler fragt in der Regel, um etwas anderes zu erfahren als die passende Antwort. Sein Fragen gleicht eher der Stimmfühlung bei Singvögeln und gilt dem Bestreben, sein Terrain zu sichern. Er spürt sich vor durch Frage und halbvernommene Antwort zum deutbaren Grund der Rolle. Doch Lühr wollte es genau wissen: nicht wie's gemeint sei oder «anzulegen» wäre, sondern wie's zusammenhängt, daß … Er prüfte, was sich entspricht oder sich möglicherweise widerspricht, die Linien des Verhaltens, wie ein Personenarchäologe, der ein unbekanntes, ideelles Wesen zusammensetzen muß und in die Gegenwart transportieren. Um dann als Kurfürst bis zuletzt eine ungewisse, beinahe aleatorische Gestalt zu sein, ganz in den Erregungsverlauf des Geschehens eingespannt, so daß seine Willkür stets als eine ahnungsvolle erschien, aus der Erotik des Augenblicks geboren, wo Zufall und Notwendigkeit noch eins sind.

Erinnerung ist ein Zweites, Gedenken ein schwacher Reflex, primär ist Teilhabe. Einem Autor, der für Theater schrieb und den Menschen als undurchsichtige und augenblicksgewaltige Wesen interessieren, wurde es fortan unerläßlich, sich bei bestimmten, schwierigen Wenden vorzustellen, wie Lühr es gemacht hätte – bis in den Zweifel hinein, es selbst erfahren oder nur dem Schauspieler nachgetan zu haben. Etwas habe ich an ihm gesehen, das wollte ich weitergeben: Im Zentrum seiner Erregung stand stets der andere, nie er selbst. Er war auch als Hauptdarsteller nie monoman, immer ein Interagonist.

Wir können den toten Peter Lühr jeden Abend wiedersehen. Das Theater verkauft schon selber die Kassette. Der Schmerz über den Verlust des Schauspielers wäre aufhebbar durch die kultische Monotonie seines technischen Wieder- und Wiedererscheinens. Ein Peter Lühr, der derart weiterlebte, hätte wohl kaum noch etwas mit dem Schauspieler gemein, den wir über die Jahre hin gesehen und unterschieden haben. Wir könnten uns seiner nie wieder erinnern.

Die Kassette birgt den Schatz der verschwundenen Wiederholung. Was sie zeigt und preisgibt, ist das Gegenteil der Wiederholbarkeit, die das Theater erfand. Nicht weil kein lebendiger Mensch auftritt – das ästhetische Vergnügen wertet nicht unbedingt zwischen dem anwesenden und dem gefilmten Schauspieler –, sondern weil die Veranstaltung einer Theateraufzeichnung nur ein zeittotes, identisches Ding ist.

Die Stützen des Gedächtnisses sind zahlreich, die Speicher übervoll. Nichts bleibt in Erinnerung, alles besteht aus ihr. Angeschlossen einer immerjetzigen Zirkulation des Gewesenen und schon tief versunken in die Wiedersehen, haben wir gewisse Mühen, dem Vergänglichen noch recht zu trauen und ihm die alte Melancholie zu bewahren.

Wäre, wie wir leben, der Kritik noch ein Gegenstand und befände sie sich in ihrer altgedienten Rolle, so müßten ihr heute die Stützen des Gedächtnisses ebenso verdächtig sein wie einst im bürgerlichen Zeitalter die Stützen der Gesellschaft. Ja, sie könnte ohne weiteres als ihr Symbol die Sternheimsche Kassette der häuslichen Schatzbehütung gegen die der verlorenen Erinnerung tauschen. Doch Kritik besagt nichts mehr, es braucht ein anderes Sagen.

Sobald es als verpönt und unschicklich galt, von Begnadung und Magie bei einem großen Schauspieler zu sprechen, standen ihm prompt auch diese höheren Kräfte auf der Bühne nicht mehr bei. Was übrigblieb, waren das Können und die Ausdrucksmittel. Inzwischen hat die Nüchternheit ihr Soll erreicht, die alten Worte werden wieder jung, und man beginnt, die Weihe und das Kunst-Fromme auf dem Wege monologischer Exerzitien wieder einzutreiben. Nur, wenn jemand fünf Stunden lang allein den gesamten ‹Hamlet› vorführt, so spielt er ihn nicht. Wir erleben nicht den großen Schauspieler, sondern den Einzigen und sein Theater. Wir sehen irgend etwas zwischen Opferhandlung und Rezitationsabend. Wir gedenken der Kunst und erblicken auf der Bühne eine Art öffentlicher Eremitage. Das Ende des *Schauspiels* bestünde somit in der Verwandlung aller Stücke in ‹Das letzte Band›. (Ein Werk im übrigen, das den Monolog als *Rolle* zu einer solchen Vollendung führte, daß man meinen sollte, die monologische Erwartung der Moderne hätte sich bereits aufs schönste erfüllt und ihre Epoche gehabt; doch der Text, wie machtvolle Kunstwerke oft, legt eher eine Matrix vor, nach der sich die Eremitagen weiterverbreiten auf unseren Bühnen bis hin zum schwächlichsten Abkömmling.)

Offenbar haben die Göttlichen der Schauspielkunst in früherer Zeit nicht des Monodrams bedurft, um sich das Zentrum eines Theaterabends zu sichern. Es genügte die Hauptrolle. Sie erlangten ihre einsame Höhe dank und zusätzlich der anderen, mit denen sie die Handlung des Dramas zusammenhielten und die gewiß auch oft genug nur zu ihrem Dienst bestellt waren. Bei der Menge an guten und sehr guten Schauspielern, die heute bei uns die Ensembles bilden, ist es entsprechend schwieriger geworden, ein überzeugender Hauptdarsteller, ein legitimer Erster zu sein. Man erlebt im Gegenteil, daß selbst ein Laienspieler, ein interessanter Mensch für die schauspiellosen Stunden eines Monologs als rigoroser Virtuose überzeugt, während er wenig später in der Hauptrolle eines tatsächlichen Schauspiels nahezu nicht auffällt. Es scheint, der Schauspieler verliert zwischen autistischer Inspiration und Beschränkung seine herkömmliche Souveränität.

Peter Lühr galt mir immer als der Gegentyp des Monologisten, als einer der wenigen dialogfähigen, ja dialogabhängigen Schauspieler. Er war, soviel ich sah, wirklich groß mit Gleichstarken. Zum ersten Mal hielt es mich in Atem vor bald einem Vierteljahrhundert in der ‹Virginia Woolf› (mit Maria Nicklisch) und dann wieder vor ein paar Jahren in ‹Warten auf Godot› (mit Thomas Holtzmann). Dialogisch damals bis zum Duell, und später dann dialogisch in der listigen

Compagnie: einer des anderen erster und letzter ewiger Geselle zu sein.

Er mußte lauern können und auch hereinlegen, bestreiten und überraschen, um sehr gut zu sein; dazu braucht man den anderen.

Und ich sah auch seine späte Heiterkeit, den Spaßmacher aus verlorener Hoffnung in ‹Was ihr wollt›, den sonderbar albern-traurigen Entertainer – die Hände schlackerig jetzt nicht mehr durch Erregung, Drohung, Plötzlichkeit, sie brachten nichts mehr in Ordnung, verbargen nichts und deuteten nicht, sie schraubten mit am verdrehten traurigen Weltsinn. Ich sah, wie alles Schmuck und Klärung wird, was früher nervös und krisenhaft erschien. Auch in diesem Beruf löst das Alter die Spannung zwischen Artistik und Seelendunkel, erlaubt die freien Ornamente, die jonglierten Lasten. Es wird das ganze Spiel mit allen Finten und Gefahren noch einmal und letztlich als skurril erlebt.

Lühr, Name einer Erinnerung, also einer Stimulanz; eines schauspielerischen Verfahrens, wenn es darum geht, Eindrücke von einem gewissenhaften und undurchdringlichen Mann zu vermitteln. Es ist immer etwas von Lühr auf der Bühne, wenn dort einer dem anderen dialoghörig ist. Seltene Gabe, erhabene Schwäche.

Rudolf Noelte – ein bürgerlicher Fundamentalist

Gekürzte Fassung eines Gesprächs mit Amadeus Gerlach

1996

Im letzten Abschnitt Ihres Aufsatzes ‹Zehn unfertige Absätze über Tschechow, Noelte und das realistische Theater› schreiben Sie über Noeltes Inszenierung des ‹Kirschgarten›: Man entdeckt, «daß allein das altmodische realistische Theater, wenn es auf Kortners expandierende Dringlichkeit, wenn es auf Noeltes unerbittlichen Diskretionszwang stößt, Aufführungen ersten Ranges hervorbringt».

Ich weiß nicht, ob man diese erschöpften Realismusfragen heute noch stellen sollte. Schließlich hat man schon viel Realistisches gesehen, das innerlich vollkommen leer war.

Noelte war für mich immer einer der stärksten Stilisten am Theater. Das hat es später auf ganz andere Weise wieder bei Grüber gegeben. Alle anderen Regisseure, die ich kenne, sind viel flexibler in der Konfrontation mit einem Stück. Das Gegenbeispiel ist Peter Stein, der sich einem Stück assimiliert, selbst wenn er es äußerlich verändert. Das war bei Noelte so nie der Fall. Er hat sich die Stücke in seinen Gemütsraum hineintemperiert und sie so auf die Bühne gebracht, daß sie ihm keine Überraschungen mehr bringen konnten. Vermutlich genauso, wie er sie sich von vornherein, also schon beim ersten Lesen vorgestellt hat.

Ich glaube, daß Noeltes Meisterschaft aus einem ungewöhnlichen Stilvermögen entstanden ist. Dieses Stilvermögen hat sich auf die szenische Stimmung konzentriert und dort eine ganz strenge Askese ausgeübt, die sich durch Weglassen auszeichnet. Das ermöglichte die große Kraft der seelischen Strategien in Noeltes Inszenierungen.

Was genau hat Noelte weggelassen?

Er hat den Personen jede Form von innerer Widersprüchlichkeit genommen. Es ging ihm immer um das perfekte Gefüge von Pausen, Gängen, leisen Mitteilungen. Monochromie der Stimmung, nie aber Monotonie der einzelnen Stimmen. Er erreichte mit den strengsten Vorschriften die schönste, innerlich ungezwungenste Beweglichkeit des Schauspielers. Die Zeichnung insbesondere von Männerfiguren geriet ihm dabei oft so, daß ich zum Beispiel zu meiner eigenen Verblüffung in der Ibsenschen ‹Nora› nichts anderes als die Naivität dieses Thorvald Helmer, der von nichts etwas ahnt oder begreift, liebte. Nie habe ich eine männlich beschränkte Seele so glaubwürdig, ja geradezu unglaubhaft arglos dargestellt gesehen.

Hat das, was Sie von Noelte gesehen haben, einen Einfluß auf Ihre Arbeit als Theaterautor gehabt?

In einem Fall gibt es eine unmittelbare Verbindung. Das ist Hauptmanns ‹Michael Kramer›. Will Quadflieg als der alte Kramer war das Vorbild für den alten Schauspieler in dem Stück ‹Besucher›. Das ist direkt von der Noelte-Aufführung inspiriert. Quadflieg habe ich durch Noeltes Inszenierungen von ‹Menschenfeind›, ‹Eines langen Tages Reise in die Nacht›, ‹Ratten› lieben gelernt. Für mich ist Quadflieg ein Musterbeispiel dafür, daß man aus einer letztlich nicht sehr variationsreichen Rhetorik heraus einen Menschen in seiner Verschlossenheit, in seiner Formgebundenheit erfahren kann. Das wird unterstützt von einem bestimmten äußeren Faltenwurf, den Quadflieg wie kein zweiter beherrscht. Als das eigentlich Anziehende an einem Menschen empfinde ich nicht das, was ich in seiner Motivik durchschauen kann, sondern das, was mich ständig von seiner inneren Verfassung, von dem, was in ihm eigentlich vorgeht, abzulenken versucht. Mit diesen Dingen wird von Quadflieg ein meisterliches Spiel getrieben. Nie aber geht es dabei um eine Eins-zu-eins-Übersetzung, vom Inneren zum Äußeren, sondern es handelt sich um ganz bestimmte rhetorisch-musikalische Abläufe, die wie Musik eben unmittelbar auf ein Form- und Empfindungszentrum zielen und dann das ergeben, was Drama ist. All das kann nie aus dem Realistischen kommen.

Noelte hat entscheidend vorgeführt, wie Fallhöhen bürgerlicher Schicksale aussehen. Es ist ein extremer Ernst, es ist eine vollständige Aussparung von Ironie am Werk, und deshalb ist Noelte ein großer Purist.

Natürlich ist es zunächst anheimelnd, in eine Noelte-Bühne zu schauen, man meint sich den Menschen, die man dort sieht, verwandt. Aber in Wirklichkeit sind diese Inszenierungen rigoros wie griechische Tragödien und führen in eine Welt ohne Lächeln.

Er hatte nie die Absicht, einen Strauß zu inszenieren?

Nein. Meine Partituren sind vielfach gebrochen und bieten wenig Anlaß zu den suggestiven Schlüssigkeiten, die Noelte einfach braucht. Nein, da gibt es nichts, was ihn interessieren und er sich aneignen könnte. Ich denke auch, daß die psychologischen Voraussetzungen grundsätzlich verschiedene sind. Erstens bin ich weder tragisch noch monochrom. Zweitens bin ich von der Psychologie eines medialen Zeitalters gezeichnet, also von Nervositäten und Expressionismen neuerer Art, die für den Blick von Noelte auf Menschen vollkommen unverständlich sind.

Würden Sie es als konservativ bezeichnen, daß Noelte bei seiner Vorliebe für überzeitliche Stoffe nicht an die Veränderbarkeit des Menschen glaubt?

In Noeltes tiefer Stube und im bürgerlichen Kostüm werden elementare zwischenmenschliche Gegebenheiten hingenommen, erlitten, nicht relativiert und nicht entlarvt. Das Moment des Tragischen kann ich selbstverständlich durch den bürgerlichen Hausrock hindurch herstellen. Freilich geht das nur ohne jegliche Ironie. Und genau das hat Noelte geschafft. Bei ihm besitzen auch Tschechow-Menschen noch tragische Masse. In dieser eisernen Immanenz hat er stets ein größeres Volumen an kultureller Historie in seinen Aufführungen gehabt als die Leute, die meinen, sie könnten durch Verweise, Brüche und mit Hilfe von intellektueller Draperie uns ein Stück besonders nahebringen. Niemals hat Noelte irgendwelche derartigen Zeichen seinen Figuren aufgedrückt, im Gegenteil: Bei ihm sind die Bezüge wirklich restlos introvertiert, also im Inneren bewahrt. In dieser Hinsicht kann man höchstens sagen, daß Noelte ein konservativer Regisseur ist. In irgendeinem zeitpolitischen Sinne ist die Bezeichnung bedeutungslos.

Noelte hat aber auch ganz andere Texte inszeniert, schließlich auch antike Stücke, wie Sophokles' ‹Ödipus›. Und er hat fürs Fernsehen Sartres ‹Fliegen› gemacht. Als junger Mann habe ich das im Fernsehen gesehen wie so manch andere seiner eindrucksvollen Fernsehfilme, die mir gut in Erinnerung geblieben sind: zum Beispiel Wedekinds ‹Kammersänger› mit Quadflieg oder Fontanes ‹Irrungen, Wirrungen›.

In Ihrem Aufsatz stellen Sie fest, daß Noelte «in seiner rigorosen Textbearbeitung [des ‹Kirschgartens›] nicht ein Detail [hat] stehenlassen, das sich zur gesellschaftskritischen Reflexion des vorgeführten Endspiels anböte». Wie ließe sich das Verhältnis von dramatischem Ritual und gesellschaftskritischer Reflexion beschreiben?

Ich spreche ja nicht von Ritual. Das Wort «Ritual» ist in unserem Zusammenhang nicht gut verwendbar. Die Feinabstimmungen zwischen den Figuren, ihre Entfernung voneinander, ihre halben Zu- und Abwendungen, ihr Schweigen, ihr Warten, das alles gewinnt in seinem Mangel an Freiheit, an Willkür, an Kontingenz den Charakter von rituellen Verläufen, die eine damals aktuelle zeitkritische Auskunft streng verweigerten. Nun würde heute im Unterschied zu den frühen Siebzigern auch kaum jemand Anstoß daran nehmen, daß dem Trofimow alle sozialrebellischen Passagen gestrichen wurden. Na und? Natürlich sind sie gestrichen worden. Sie paßten einfach nicht in die Stimmung. Und ein einziger Stimmungsfehltritt ist das sofortige Aus eines solchen Theaters.

Trotz solcher politisch motivierten Vorbehalte, die in den siebziger Jahren Noelte gegenüber geäußert wurden, gab es doch eine Achtung vor diesem Regisseur.

Es gab nie einen Zweifel an dem Rang Rudolf Noeltes. Weder bei meinen Freunden an der Schaubühne noch bei irgend jemandem, der sich auch nur oberflächlich für Theater interessierte. Über bestimmte Verlautbarungen Noeltes, im Sinne von «Franz Josef Strauß ist mein Landesherr», hat man sich mokiert und es dann wieder spannend genug gefunden, daß ein so großer Regisseur ein so plumper Reaktionär sein konnte. Aus heutiger Sicht ist es doch viel interessanter zu erkennen, daß er eigentlich eine Pionierleistung erbracht hat. Betrachtet man statt der oberflächlichen politischen Vorbehalte sein Œuvre, dann wird der politisch besetzte Begriff des Reaktionärs obsolet und beansprucht bei der Beantwortung der Frage, was ein Reaktionär denn eigentlich sei, einen Sinn, der vielleicht mit «ein bürgerlicher Fundamentalist» zu umschreiben wäre.

Wie sähe so einer denn aus?

Zum Beispiel wäre es ein begründet pessimistischer Mann; aber nicht etwa, weil die Zeiten so schlecht geworden sind, sondern weil zu allen Zeiten des Menschen Lauf auf Erden bitter ist. Und damit ist er einzureihen in die Tradition der großen Reaktionäre – vom Prediger Salomo über Shakespeare bis hin zu Franz Kafka, die der Welt nicht zutrauen und in ihr wohnend dem Menschen noch viel weniger, daß sie jemals eine Wandlung zum Besseren durchschritten.

Noelte wurde oft als der «große Schwierige» bezeichnet …

Er ist, wie gesagt, ein Stilist von hohen Graden und arbeitet mit flaubertartigen Präzisionsansprüchen. Folglich darf man sagen: Er ist einer der wenigen Regisseure, die wirklich ein Œuvre geschaffen haben, das inzwischen wahrscheinlich abgeschlossen ist. Die Metatragik dieser Geschichte besteht darin, daß es sich als Œuvre nicht erhalten läßt. Ich wüßte jedenfalls nicht, wie. Es sei denn, jemand schriebe darüber einen großen Roman oder einen inspirierten Kommentar in einem größeren Sinne.

Schwierig für die Zuschauer war er wahrhaftig nicht. Es gehört sich auch nicht anders für ein Theater, das sich so stark auf den Schauspieler, den Menschenspieler, bezieht, daß es genügend

Publikum anzieht. Wie das zum Beispiel in der Volksbühne West bei seiner Inszenierung der ‹Ratten› und der ‹Wildente› auch der Fall war. Das ist zunächst für jedermann zugänglich, für jedermann einsehbar und einfühlbar. Es ist leicht zu erkennen, daß Noeltes Theater wie eine attraktive Illusionsfalle funktionierte. Umstandlos wird man in diese Stube entführt, die für die meisten zunächst nur die gute, nicht gleich die tiefe ist, um dann recht bald durch die unerbittliche Diskretion der leisen Töne auf Distanz gehalten zu werden.

Das ist seine hartnäckige und äußerst geläuterte Form des Illusionismus. «Illusionismus» ist da schon ein wichtigerer Begriff als «Realismus». Ich muß die Illusion haben, daß dies für mich als Zuschauer alles eine vertraute und in sich komplett stimmige Welt ist, von den Gladiolen, die dort in der Vase stehen, bis hin zum Türknauf. Niemals aber ist es bei dieser Welt geblieben. Sondern diese Welt war nur der vordere Plan, auf dem eine außerordentliche, metaphysische Geometrie entworfen wird. Mit «metaphysisch» meine ich die hohe, unkalkulierbare Abhängigkeit der Schauspieler voneinander auf der Bühne.

Dieser metaphysischen Geometrie lagen extreme Tempiforderungen zugrunde. Noelte hat sie mit der Stoppuhr und anderen metrischen Kontrollen realisiert. Der technische Aspekt ist sicher zur Sache gehörig. Es ist die überaus große Genauigkeit der auf Millimeterpapier eingezeichneten Konzeption bis hin zur schärfsten Überprüfung aller Auftritte und Stellungen. Bei Noelte gibt es ein Netz von Gängen, die man als die Uhr seiner Inszenierungen bezeichnen könnte. Die Unerbittlichkeit in der Abstimmung der Verläufe, der Läufe der Menschen im Raum, hat die besten Aufführungen von Noelte unverwechselbar gemacht. Eigentlich ging es immer ähnlich vonstatten. Es gab über alle Stücke hinweg ähnliche Auftrittsfolgen. Auch das seitliche Sitzen unter den Fenstern, überhaupt das Abweichen von der Zentralperspektive, das Leben an der Bühnentangente.

Worin sehen Sie die Ursache dafür, daß diese Menschen derart von den Wänden angezogen sind?

Es ist dieses kafkahafte Empfinden, sich immer nah an der Wand aufzuhalten. Das hat mit einer existentiellen Form der Scham und Schutzsuche zu tun. Menschen mit einem Gespür dafür stellen sich nicht einfach in den Mittelpunkt und präsentieren ihr Dasein. Man läuft an den Wänden entlang.

Warum sieht man Ihrer Meinung nach heute auf der Bühne nur noch so wenige Menschen, die ein solch sensibles Empfindungsvermögen auszeichnet? Natürlich war es auch eine andere Zeit. Aber zweifellos ist doch der Blick auf den Menschen ein anderer, womöglich ein oberflächlicherer geworden. Aktion, Bewegung ist an die Stelle von Empfindungen wie etwa Scham getreten. Castorf beispielsweise ist doch an solchen Empfindungen nicht interessiert.

Gewiß. Das ist nun ein eher anachronistisches Beispiel. Und steht für die genuine Häßlichkeit und grundsätzliche ästhetische Verspätung der DDR-Kunst. Es hat wohl kaum etwas mit künftigen Entwicklungen der Schauspielkunst zu tun. Das ist für mich ein völlig untragisches Schicksal, das aus der Verwerfungs-Periode der Wiedervereinigung verständlich wird, aber nicht als eigenständige künstlerische Obsession.

Etwas anderes ist vielleicht interessanter: Man führt einen Ibsen auf. Man versucht, möglichst viele Aha-Effekte zu erzielen, am Text entlang inszenierend. Es fehlt jedes Element der offenbarenden Geometrie, von der vorhin die Rede war. Und es fehlt sicherlich auch die Begabung und der Mut zu einer aufregenden Einseitigkeit oder Grundbefindlichkeit. In der Noelteschen Melancholie werden einem die Menschen nicht vorgestellt, sondern sie gehen einem auf. Sie gewinnen ihre Plastizität dabei durch enorme formale Obacht und Beschränkung. Und sie lassen mich schließlich alle Formfragen vergessen.

Natürlich kann man sagen, daß Verfeinerungen generell nicht ins ästhetische Konzept der Stunde passen. Wir leben nicht in proustschen Zeiten, und unsere *décadence* bleibt stur aufs Gesellschaftspolitische bezogen. Deshalb ist das Theater gegenwärtig ohne ästhetischen Zugewinn, es fehlt ihm an Kundschaftergeist, und seinen letzten originären Künstler hat es mit Bob Wilson vor einigen Jahrzehnten hervorgebracht …

Dennoch ist es sicherlich so, daß die Zuschauer von heute Noeltes Theater noch immer verstehen würden und damit offenbar noch ein Gespür für eine derartige Melancholie aufbringen.

Ich glaube, wenn Noelte heute zum ersten Mal ‹Drei Schwestern› inszenieren würde, sähen sie haargenau so aus wie 1965 in Stuttgart. Es handelt sich eben nicht um eine zeitbedingte «Interpretation», sondern um ein Kunstwerk sui generis, wenn es auch wie so viele andere verschwunden ist.

Im Gegensatz zu anderen, die mal dieses und mal jenes gemacht haben, durchaus nicht ohne Methode, ist Noelte ein bornierter und obsessiver Künstler. Er hat immer nur dasselbe Stück inszeniert, so wie manch großer Autor immer dasselbe schreibt. Der autonome Künstler als Theaterregisseur bleibt letztlich dennoch ein Unding. Das Theater lebt von seinen wechselnden Moden, Stars und Prädilektionen, seinen auf flüchtige Zeitgenossenschaft ausgerichteten Effekten und macht sich entweder den Form-Radikalen gefügig oder scheidet ihn aus, weil er irgendwann nichts Neues mehr bringt.

Es scheint so, als geht der Verlust jener Empfindungssphäre, über die wir sprachen, einher mit der zunehmenden Unfähigkeit, sich zu bewegen. Das fängt doch mit dem einfachen Gehen an ...

Viele Schauspieler haben mit ihrem Gesicht, ihrer Stimme, ihren Armen eine Menge zu sagen, aber in den Füßen haben sie keinen Geist. Es ist schon merkwürdig, daß Gänge auf dem Theater das Liederlichste sind, was man gewöhnlich in Inszenierungen zu sehen bekommt. Selbst bei einem guten Schauspieler bin ich oft darüber verblüfft, daß er nicht bemerkt, wie ausdruckslos er geht oder einfach fürchterlich unbesonnen. Offenbar gehört es nicht mehr zu seinem Programm zu kontrollieren, was ein Gang ist. Dennoch läßt sich das sicherlich bimsen, wenn ein Regisseur darauf Wert legt. Bei Noelte bewegten sich die Figuren oft mit einer Grazie der Schwermut – am wunderbarsten vielleicht bei der Warja im ‹Kirschgarten›. Das gehörte zum Zeremoniell einer Bürgerlichkeit, die nicht mehr vorhanden war. Insofern war es auch ein wenig Museum – das Museum ist ja heute vorrangig ein Ort der inszenierten Erinnerung.

Würden Sie die Menschen, die Noelte in diesen abgeschlossen wirkenden Räumen vorstellt, als Gefangene bezeichnen?

Noelte hat immer eine Höhle gebraucht. Diesen berühmten Welt-Kasten. Er zeigt eine unentrinnbare Welt, die vom Schema her mit einem beckettschen Reduktionismus vergleichbar ist. Reduktionismus, das wäre im Falle Noeltes Zurückführung auf die äußerste introvertierte Form des Existierens. Außerhalb dieses Raumes gibt es keine Existenz für diese Menschen. Und außerhalb – und deswegen ist die Höhle gewissermaßen eine platonische gewesen –, außerhalb des Theaters leben diese anscheinend so ebenbildlichen Menschen nicht. Sicher ist das alles unter das Gesetz einer vergehenden Zeit, einer vergehenden Epoche gestellt. Nur würde ich das heute nicht mehr so betonen, weil ich nach allem, was ich im Theater nach Noelte erlebt habe, bei ihm – wie bei einem Maler auf der Leinwand – die Vollkommenheit in der Schauspielkunst sah. Das ist etwas, wohin man immer wieder zurückfinden könnte, und ist also niemals «zeitgenössisches» Theater gewesen.

Noelte gerät zunehmend in Vergessenheit. Worin sehen Sie die Gründe dafür?

Nun, er arbeitet halt nicht mehr oder nur noch selten. Vielleicht liegt es auch daran, daß Noeltes Anspruch von keinem Schüler transportiert wird. Kortner hatte sozusagen seinen Schüler in Peter Stein gefunden. Er sah sich durch Stein verehrt und fortgesetzt. Zweifellos ist Peter Stein ihm treu geblieben. Allein in der Art, wie er sein Theater aus der Sprache hervorbringt, wie es sonst niemand mehr vermag, bleibt er von Kortner inspiriert. Insofern ist er ein Traditionalist, wobei man am Ende des Jahrhunderts darunter das genaue Gegenteil von dem zu verstehen hat, was Mahler an dessen Beginn bemerkte, daß nämlich Tradition Schlamperei sei. Dieser Umstand, der Stein in Deutschland manch rüde Schmähung einbrachte, wird bald schon dadurch eine neue Bewertung finden, daß die Traditionsfrage – nicht zuletzt durch die uns näher rückenden Traditionalisten anderer Religionsgemeinschaften – auch unserer kulturellen Identität förmlich aufgedrängt wird.

Natürlich finde ich es bitter, wenn ein junger Rezensent nebenbei bemerkt: «der längst vergessene Rudolf Noelte», wie ich kürzlich las. Anstatt daß er sich mal was Originelles leistet und eine der großen Noelte-Aufführungen, aus Belegen und Fama sie wiederherstellend, beschreibt, also so etwas wie eine Memory-Produktion für Theater versucht.

Aber ist nicht dennoch etwas Wahres dran? Ich meine, Sie kennen Noeltes Theater noch. Aber ein heute dreißigjähriger Schauspieler weiß doch mit dem Namen Noelte nichts mehr anzufangen.

Ja, ein Dreißigjähriger hat vielleicht nichts mehr von ihm gesehen. Aber wissen könnte er was von ihm. Genauso von Jessner oder von ...

Fehling.

Fehling, das ist ein gutes Beispiel. Bei Fehling gibt es mythenbildende Kräfte, die den Künstler in bescheidenem Umfang präsent gehalten haben. Kaum jemand meiner Generation hatte noch eine Aufführung von Fehling gesehen. Aber da gab es die Bannerträger unter den Schauspielern, allen voran seine Frau, Joana Maria Gorvin, die immer wieder von ihm erzählten. Außer Fotos gibt es keine Dokumente von den Aufführungen Fehlings. Wenn das Werk einer solchen Person in den Rang des Legendären erhoben wird, kann es auch jenseits von technischer und persönlicher Erinnerung fortleben. Und selbstverständlich will ich gerne mein Scherflein dazu beitragen, daß dies auch im Fall Noelte geschieht.

Dritter Teil BILDER

Descent
Christopher Orr, schottischer Maler, geboren 1967

2007

Wenn du auf einer langen Bergwanderung mitunter eine Schlucht, ein klüftiges Tal durchschreitest, spürst du vielleicht, daß dein Begleiter in einem Abstand zurückbleibt wie nach einem Zerwürfnis. Und wenn du dich nach ihm umschaust, dann siehst du ein stummes Findelkind, das dir anhänglich folgt.

Du warst also die ganze Zeit mit einem Unerfahrenen, einem Kasper Hauser unterwegs! So sieht es doch aus, wenn man das Bild, das sehr kleine, von Christopher Orr betrachtet, ‹Descent›, hinab und hinunter, ein einziges Hinuntergehen jahre-, jahrzehntelang, bis zur Bewußtseinswende eines Tages, nachdem dir Ursprung und Beginn deines langjährig treuen Begleiters bekannt wurden …

‹The Unexplained›

Da quoll ein blendendes Licht aus dem Fels und verstieß das Paar aus der Höhle. Es war das alte Nebellicht, das wir schon von den Stichen John Martins kennen. Verschlossen, vom Erzengel versperrt war die Rückkehr in den Garten. So wurden sie Davonziehende für alle Zeit.

Im Nebel fallen die letzten Hüllen. Zeit und Land, Nähe und Ferne, alles verliert sich. Und jeder Wanderer verliert seinen Nächsten. Es ist aber, als ob unsere sichtbare Welt ihr Kleid fallen ließe, um ihre unwiderstehliche Unsichtbarkeit zu entblößen.

Unmarked space, angrenzend der Raum, der uns hinüberzieht, Raum des Nebels, der unheimliche Nachbar, der ungemusterte Raum, der an die D-branes erinnert, mit denen (nach der String-Theorie) ein «anderes» Universum das unsere durchdringt – wie das Nichtsahnen unser Bewußtsein.

Das ist alles. In diesem lichtdurchwühlten alten, alten Nebel: Myriaden von schillernden Tröpfchen im Spinnennetz der Welt; und jedes einzelne enthält die ganze Seele des unteilbaren Nebels.

Ein Lichthieb durch die Finsternis: Dich trifft Selbstvergewisserung im Bereich einer Nanosekunde. *Das bist du*, doch so blitzschnell, daß dein Bewußtsein es nicht halten kann. Exakte Bestimmung im Bereich einer Nanosekunde. Licht, Wunde des Lichts.

Der figürliche Maler, Erzähler auf winzigen Formaten, Öl auf Leinwand, zehn Mal sieben Zentimeter, immer dem einzigen Ideal-Bild hinterher, zwei Menschen auf Felsvorsprung, Caspar David Friedrich, Rückenansicht. Aber je näher er dem Vor-Bild kommt, umso unausweichlicher sein Abirren. Die zwei sind auf einmal Mann und Frau, wie's beim Meister nicht vorkommt – und sie blicken vor sich tief in den Abgrund, darin der Nebel wühlt wie bleiches Feuer. Des Verfolgers einzige Lockung ist ja der Rücken des Verfolgten!

Übermalte Fotos
Über Gerhard Richter

2008

Jedes Foto ist ein getöteter Augenblick. Ein Insekt der Zeit, präpariert und aufgespießt.

Es ist unwahrscheinlich, daß Proust ein altes Foto seiner Tante in eine ähnliche Erinnerungsekstase versetzt hätte wie das Arom jenes muschelförmigen Gebäcks, das er einst in Combray bei ihr aß.

Das Abbild bleibt ein Medium des Realen und stimuliert das Gemüt oder limbische System niemals so unvermittelt wie der Geruch oder Geschmack. Die Entrückung in ein vergangenes Erleben geschieht jäh und unübersetzt, sie hat eigentlich mit Erinnerung nichts zu tun.

Das Foto mag daher ein Andenken bewegen, einen vergleichsweise langsamen Datenträger nutzen, es bleibt immer etwas Festgehaltenes, eine falsche Gegenwart und wiegelt das Gedächtnis weniger auf als das Strömende von Duft und Melodie.

Ein Foto mag auch beim Betrachter das Bedürfnis wecken, jenen gefangenen Zeitpunkt zu befreien, die Schreckensstarre des isolierten Abbilds zu lösen. Das Aus-dem-Leben-Gegriffene dem Fluß des Lebens zurückzugeben. Das kann am besten die immerfließende Malerei.

Es gibt den Drang, Gemälde zu zerstören, Kunst zu schänden.

Es gibt ebenso den Drang, Fotos zu zerreißen, weil man das Festgehaltene einer längst vergangenen Szene oder das ewige Lächeln einer inzwischen verhaßten Person oder überhaupt den Anblick des getöteten Augenblicks nicht erträgt. Das private Gelegenheitsfoto ist formal meist ebenso belanglos wie sein Gegenstand für Außenstehende. Während andererseits die sogenannte künstlerische Fotografie uns geschickt um ein Werk betrügt – sie setzt die Inszenierung und den Blickfang vor die Gestaltungsnot, das Arrangement der Ansicht vor das Schaffen aus dem Nichts.

Von solchen Künsten ist ja unser Alltag voll und übervoll. Die Entwertung der Kunst durch Raffinement beherrscht die Straßen und die Plätze. Wir sind dagegen abgestumpft oder erfreuen uns gar am Einfallsreichtum.

Aber man könnte sich auch einen Menschen denken, der nicht ohne photoklastische Anwandlungen durch die Stadt gehen kann. Es müsste nicht einmal ein religiöser Fanatiker sein. Eher ein ästhetischer Rigorist, der um der Ehre des Bildes willen einen Abbildersturm herbeisehnt.

Die Übermalung einer Bildvorlage kann eine anarchische Gebärde sein, ein Kontern.

Sie kann aber auch ein magischer Akt sein, der von einer urtümlichen Abbild-Scheu herrührt.

Man könnte das alte Foto zerreißen, um sich der trügerischen Gegenwart des Gewesenen zu erwehren. Aber man zerreißt ungern Fotos – in dieser Hemmung wirkt noch der alte Zauber nach und bleibt ein Rest von jenem Fluch erhalten, dessentwegen der scheue Wilde sich dagegen wehrte, fotografiert zu werden. Das Foto raubt die Seele. Die Übermalung macht das rückgängig.

Aber sind es Übermalungen? Sind es nicht vielmehr Einbrüche von Ölfarbe, die das Stillgestellte des Fotos, seinen Bann aufheben? Einbrüche des Unfigürlichen, von Wehungen, Bränden, Wogen, die das tote Reale, das figürliche Abbild, scheinbar wiederbeleben, indem sie es umfließen, bedrohen und zur Hälfte bedecken?

Die zivilen Szenen, sei es am Badestrand oder am Skihang oder im Kindertheater, werden von jähen Farbschüben bedrängt, die eher Interventionen des Himmels oder der Elementargewalten gleichen als den Launen eines dekorierenden oder verzierenden Maler-Kommentars. Manchmal wirken sie wie katastrophische Visionen. Blutrote Schneeflocken tanzen über dem weißen Firn. Hochhäuser im städtischen Morgenlicht zeigt das Foto – und die Ölfarbe setzt das schweflige Feuer zu, das sich vom Himmel über die Stadt ergießt.

Das Foto wird dabei nicht komplett verschlossen, es wird angegriffen, fragmentiert und schließlich verwandelt in ein *Combine*, das Vorlage und Malerei ästhetisch unzertrennlich werden läßt.

Oder: Einzig das Auge des Babys auf dem Wickeltisch bleibt unbedeckt von der schwarzroten Wehe, die sich von der linken Bildkante über die häusliche Ansicht breitet, Wehe des Lebens in den Farben der Erde und des Bluts.

All diese erlösten Abbilder verdanken sich der Montage aus nuancierten, heftigen Farbvorsprüngen und fotografischen Restpartien. Das Konterfei bleibt nie heil, es scheint nirgends im ganzen als Untergrund oder Palimpsest hervor. Beschädigt und geteilt dient es dem Bildaufbau als Material.

Dabei übernimmt die Chromatik des Malers oft Farbwerte des Fotos, befreit sie vom Gegenständlichen und komponiert sie neu.

Eigentlich vollzieht sich jedesmal im kleinen die kunstgeschichtliche Wende vom Figürlichen zum Abstrakten – mit der besonderen Variante der Koexistenz.

Stiller Abend am Flußufer, so das Foto. Von dessen Unterkante aufsteigend eine gemalte Fläche, die die Stimmung des Abbilds in der Essenz wiedergibt – kraftvoll, breit und überdeutlich. So bemalt wird es zum Fetisch, mit dem man das tote Reale beschwört, zurück ins Leben zu kehren.

Zuweilen widersetzt sich das Öl auch der Stimmung, die auf dem Foto herrscht.

Dort sieht man sonniges kahles Geäst, während im gemalten Vordergrund die blaurotgelben Fontänen aufsteigen in den Farben von Mohn, Kornblume und Weizen. Aufstand des Sommers, gemalt, gegen die Winterdürre, fotografiert.

Der merkwürdige Effekt entsteht, daß ausgerechnet der Akt der Kunst, die Bemalung des Fotos, einer Natureinwirkung gleichkommt. Wie fremde Wetter fallen Formen und Farben über die gelähmte Szene, die häusliche Ansicht aus dem Album her.

Häufig erobern florale und pflanzenförmige Auswüchse die Realkopie, gerippte breite Blattkeile, abstrakte Strauchfronten mit dick geäderter Struktur; aber auch Metamorphosen tierischer Schmuckformen, Pfauenkleid und Schmetterlingsflügel.

Ja, der Maler befreit tatsächlich den gefangenen Zeitpunkt des Fotos, seine Aktion löst den Bann des anhaltend Gestrigen, der über ihm liegt, und versetzt es in die zeitbereinigte Präsenz des Kunstwerks.

Inzwischen haben Digital- und Handykamera den festen Fotoabzug längst verdrängt und den einzelnen Schnappschuß durch die auswahllose Bildchenstrecke ersetzt.

Solches Material läßt sich zweifellos elektronisch vielfältig bearbeiten, jedoch immer auf gleicher Ebene, auf selbem Pixelgrund. Kein Fixierbad hält es mehr fest – das Bildchen verliert durch Leichtigkeit und Häufigkeit ohnehin jede Fixierbarkeit.

Der Künstler, der Papierabzüge bemalt, bleibt also an ein veraltetes Medium gebunden – es rückt in der Geschichte bildgebender Verfahren auf einmal ein Stück näher an die Leinwand heran. Jedenfalls muß er eine konsistente Oberfläche vor sich haben, um sie uneben zu machen, zu profilieren, körperlich werden zu lassen.

Die Reproduktion ist der Malgrund, die Bemalung bereitet der Vervielfältigung ein Ende. Sie führt zurück zum einmaligen Bild.

Kritik der Zweitrangigkeit
Govaert Flincks Gemälde ‹Susanna und die beiden Alten›

2013

Dieser Akt ist kein Objekt der männlichen Begierde. Der helle Rükken der Susanna ist nicht derselbe, den die beiden Lüstlinge sehen, die eben zu Richtern ernannten Greise, die wie kleine Goya-Fratzen aus dem Dunkel der oberen rechten Bildecke lugen. Er ist auch nicht derselbe, den der Maler Govaert Flinck vor sich sah, als er (wahrscheinlich) nach lebendem Modell sein Werk schuf, ‹Susanna und die beiden Alten› (um 1640).

Gleichwohl: Gaffende sind wir alle drei, der Maler, die Lustgreise und heute der Mann vorm Bild (im Untergeschoß der Berliner Gemäldegalerie). Kein Wunder, daß das Susanna-Motiv in der Kunstgeschichte angeblich über tausendmal variiert auftaucht. Reizvoller und listiger läßt sich eine *mise en abyme* kaum in Szene setzen. Der Maler relativiert seinen Blick mit dem verwerflichen und schließlich todbringenden der Lustgreise und lädt gleichzeitig den Bildbetrachter ein, an dieser riskanten optischen Verstrickung teilzunehmen.

Doch scheint es, als sei Flinck etwas Besonderes gelungen bei der Überführung des sinnlichen Affekts in die moralische Falle. Er hat ein feines erzählerisches Geweb in den stehenden Augenblick der bedrohten Susanna gesponnen.

Der Schüler Rembrandts war zu seiner Zeit (1615–1660) ein außerordentlich gefragter Porträtmaler, zu dessen Auftraggebern die führenden Herrscherhäuser Europas zählten.

Er gilt als derjenige von Rembrandts Schülern, der seinem Meister über eine sehr lange Schaffensperiode hin am engsten verpflichtet blieb. Man kann an seinen Werken studieren, was es für einen Künstler gleichwohl an eigener Beweglichkeit einbringen kann, beinahe zeitlebens im Banne eines Größeren zu arbeiten, von einem überragenden Vorbild geleitet und inspiriert zu sein. Man kann darüber sogar zu einer *Kritik der Zweitrangigkeit* gelangen und ihre gewöhnlichen Begriffe anzweifeln. Es ist nicht einfach so, daß es dem Abhängigen zu bloßer Fertigkeit wird, was das Genie einst als originale Leistung vollbrachte und sich lange erarbeitete, wie etwa in unserem Fall der bei dem Schüler immer etwas zu effektvolle Einsatz der Hell-Dunkel-Manier. Es trifft nämlich auch zu, daß der Schüler wächst und unverhofft sich wendet in der unausweichlichen Annäherung an sein Vorbild. Er kopiert oder imitiert vielleicht viele Male, bis irgendwann das Maß der Aneignung erfüllt ist und das unübertragbare Ingenium des Vorbilds berührt wird. Daraus geht dann, in einem Akt der Selbst-Überschreitung, ein eigenständiges unverwechselbares Werk hervor.

Die Pädagogik des Vorbilds ist ja in der Kunst bis heute nicht wirklich liquidiert, kaum ein namhafter bildender Künstler der Gegenwart, der nicht einem großen Vorbild seine Referenz erweist. Ganz anders als in den sozial-emanzipatorischen Bereichen, etwa des Schul- und Unterrichtswesens, wo die Handlung unter Gleichen Gebot ist und jede magische Abhängigkeit von einer überlegenen Größe verworfen wird.

Bei der malerischen Ausführung des Susanna-Motivs sind Lehrer und Schüler, Rembrandt und Flinck, erheblich voneinander abgewichen.

Zur Profilierung ihrer Unschuld und Keuschheit hat Rembrandt der jungen Gattin jede verführerische Schönheit verweigert. Mit ihrem kleinen Wuchs, etwas steifen Rücken gleicht sie einem armen Hascherl in höchster Not, das, von den Bösewichten bereits am Schleier gepackt, zu flüchten sucht und dabei – eine einzigartige Variante! – um Hilfe flehend den Blick des Bildbetrachters sucht. Keinerlei raffinierte Geometrie von Sehen und Gesehenwerden. Nur diese angerufene Zeugenschaft des (ebenfalls zweifelhaften) Kunstangaffers. (Seit wann und wie lange noch spricht man von «Voyeurismus»? Was sollen uns die «Ismen» der erotischen Aufklärung, was soll plumpe Terminologie im Falle der undefinierbaren Verführung?)

In der Geschichte, wie sie im Daniel-Buch der AT-Apokryphen erzählt wird, schreien beide Parteien in diesem Augenblick wie wild drauflos. Susanna um Hilfe, die Lüstlinge zum Schein, um den Dieb der Ehre, den sie niederträchtig erfunden haben, aufzuhalten.

Die beiden Richter verkehren seit längerem im Haus von Susannas Mann Jojakim, eines zu Reichtum und Ansehen gelangten babylonischen Juden. Sie hatten die für ihre Schönheit berühmte junge Gattin des öfteren beim Lustwandeln im Garten beobachtet. Aber das verbotene Sehen – anders als in der Diana-Aktaion-Mythe – ist in dieser Geschichte nicht der zentrale Skandal, sondern vielmehr die Erpressung, mit der sie später der Nackten im Bade zusetzen: entweder sich ihrer Begierde zu fügen oder das Opfer einer tödlichen Verleumdung zu werden, nämlich des Ehebruchs bezichtigt mit einem in flagranti erwischten, aber entflohenen Liebhaber. Bekanntlich geht die Geschichte am Ende blutig für die Denunzianten aus – dank der rechtsgeschichtlich bedeutsamen Erfindung der getrennten Zeugenbefragung, mit der der junge Daniel, von Gott erweckt, die beiden Schurken überführt.

Im Verborgenen jedes Susanna-Gemäldes wirkt noch der theophane Schrecken, der mit dem Erblicken der göttlichen Nacktheit, der Diana beim Bad, verbunden ist. Es ist der Augenblick eines folgenschweren Ver-sehens und der wilden gegenseitigen Überraschung, in dem die erblickte bare, offenbare Göttin mit ihrem sterblichen Erblicker vereint ist. Es ist gleichsam die *pluripotente Stammzelle* einer Paar-Beziehung, der Augenblick, in dem sich in unentwickelter Form das Gegensätzlichste ballt, Angst, Angriff, Begierde, Scham – sowie die angehaltene Unentschiedenheit einer nächsten physischen Reaktion auf beiden Seiten.

Der Rembrandt-Schüler malt eine andere Version. Stiller, in sich ruhender sieht man die Bedrohte kaum anderswo. Im Zentrum des Gemäldes der leicht gekrümmte, entspannte Rücken der nackten jungen Frau, der im Licht ohne Quelle oder im Eigenleuchten seiner Schönheit aus dem übrigen Bilddunkel hervortritt. Der strahlende Rücken, der stumm ist, Körper ohne entgegnendes Auge, ohne sprechendes Gesicht scheint also für die Gaffer tatsächlich zum «Objekt» zu werden, je länger sie die Ungeniertheit einer Frau bespitzeln, die sich wäscht am Teich oder Bassin und durchaus sich nicht beobachtet fühlt, die ihren Körper nicht vorzeigt, die keinerlei Anzeichen eines Gefallens an sich selbst erkennen läßt (im Gegensatz zu Tintorettos fülliger Dame, die sich in ähnlicher Position geradezu konspirierend mit den Spähern selbst im Spiegel betrachtet).

Das geöffnete rotblonde Haar fällt in zarten Locken auf ihre rechte Schulter, sie sitzt etwas erhöht über dem Wasser auf weißem Linnen, der linke Arm langt hinunter, um den Fuß oder die Fessel zu waschen.

Der Akt des Überfalls, des Aufruhrs, der Augenblick einer tödlichen Überraschung ist nicht der Gegenstand des Bilds. Jedoch sein unmittelbares Bevorstehen ist es. Die Gefahr wird, wie so oft, beschworen mit der friedlichsten Stimmung, dem genüglichsten Beisichsein der unschuldigen, ahnungslosen Frau. Je tiefer wir uns an ihre Schönheit verlieren, um so mehr wird der Körper zur Erscheinung, deren Präsenz nicht allein aus zeitlicher Gegenwart besteht. Die Worte, die später die Verurteilte im Flehgebet ausruft: «Herr, ewiger Gott, der du ... alle Dinge zuvor weißt, ehe sie geschehen» – bezeichnen auch die Aura *vor* dem Geschehen, die hier gemalt ist. Natürlich verhält es sich auch deshalb so, weil das Bild uns erzählt, was gleich passieren wird. Die biestigen kleinen Gesichter am äußersten Bildrand verraten es. Wir wissen ja, daß im nächsten Augenblick die Mittagsstille zerreißen und ein unerhörtes Geschrei anheben wird, zuerst der unschuldigen Susanna, dann der beiden teuflischen Verleumder.

Angesichts des Massenangebots von erotischem Billigfleisch kommt die subtile Schaulust, die sich einem altmodischen Akt auf der Leinwand widmet, beinahe einem spirituellen Vergnügen gleich. Hier ist die Blöße immer noch als erschreckend gemeint, und sie erschreckt wie jede Epiphanie mit Blendung und Konsterniertsein. Sie ist ein Akt, ein Einschlag, eine Barung. Vor ihr weicht zurück – falls noch empfänglich genug – der Menschenverstand, er beginnt zu erzählen und die lichte Blöße mit dem Schleier seiner Reflexionen zu bedecken.

Vor der Sprache

Odd Nerdrum oder Der Paniklauf der Paare

2002

Wird man je wieder der menschlichen Nacktheit begegnen? Oder ist sie für immer hinter dem Bilderschleier der Entblößten und Ausgestreckten dieser Erde verschwunden?

Nur plötzlich, nur in der Erscheinung kann sie wiederkehren, und so begegnet sie uns auf den düsteren Gemälden eines Norwegers, Odd Nerdrum, geboren 1944. ‹Twilight›, 1981. Rückenakt einer großen Frau, niederhockend in der Waldlichtung, defäzierend, das Hemd über die Rippen gerafft, die Fersen angehoben, nach vorn auf die Hände gestützt, die Schenkel ausgestellt. Was sie von sich gibt, gleicht einem Phallus, der aus der Erde in sie dringt. Die Ansicht ist in der Manier alter Meister, eines Lorenzo Lotto oder Caravaggio, wiedergegeben, nur daß hier die Verschiefung und Störung des Schönen und Wohlgestalten bis ins Bizarre getrieben ist, und doch geschieht etwas Aufwühlenderes als eine Reminiszenz, ein anderer Typ von Aufrührer als nur ein Exzentriker ist am Werk.

Drei blinde Mädchen mit weißem nacktem Augapfel, ineinandergeschlungen an einer Brüstung, der Sonne Geschwister, das Morgenrot grüßend mit wehenden Armen und lautem Gesang. ‹Return of the Sun›, 1986.

«Unserer Zeit mangelt's an Sonnenaufgängen», sagt der Maler in einem Interview.

Die feinste Art des Strichs kontrastiert mit dem abartigen Motiv. Verletzte, Verstümmelte, verrenkt Verzückte. Geschlossene Phantasiewelt wie bei Blake, doch keine Mythologie, keine Erzählungen, sondern rätselhafte Begegnungen, rituelle Choreographien, keine Individuen, keine Sozialwesen, sondern vollkommen Isolierte, vor die Geschichte Zurückversetzte, Re-Kreaturen. Morgenröte oft im tieferen Bildgrund; doch die zentrale Farbe ist Braungrau, Braunschwarz; Rembrandtsche, mit Goldfäden durchwirkte Finsternis. Unbewachsene Hochlandhorizonte, isländische Lavawüsten, die Erdkrümmung oft sichtbar.

Die Malerei hat seit langem nicht solche *Gesichte* gezeigt.

Eine Weile besteht ein Vorbehalt gegen das allzu inszeniert Gesehene, gegen den Schockkontrast von Technik und figurativem Inhalt. Man sieht, daß jemand zu seinen toten Freunden reist, den alten Meistern. Den Sirenenrufen der vormodernen Kunst erliegt – um dann in ihrem Licht seine ureigenen Ungeheuer auftauchen zu lassen, ohne als Künstler im Pasticcio, im Zitat oder im Kopieren zu verschwinden. Die Manier, der alte Stil ist wie ein Beschwörungszauber oder, wenn man will, wie eine Sonde, um hinter die Zeit zu sehen.

«I know I'm destroying the new with the old.» Was er aber aus seinem Untergang, der ihn um so stärker wiederkehren läßt, mitbringt, ist eine von niemandem je gesehene und nicht identifizierbare Bildwelt.

Mann und Frau sterbend, ‹Dying Couple›, 1993. Nackt, flach auf Tierfellen, gegeneinander (Kopf zu Füßen) ausgestreckt, beinahe eine Körperlänge Abstand zwischen ihnen. Kinn, Augen, obere

Vorderzahnreihe aufwärts gen Himmel. Sein rechter, ihr linker Arm angewinkelt, beider Hand nach innen geknickt, beider Daumen unter die Finger gezogen, beide sterbend mit der identischen Geste, Geste einer spastischen Scheu und Daseinsverlegenheit.

Zurückformung eines Schlafsacks in eine Larve, einen Mumienkokon, ‹Der schlafende Kurier›, 1986, mit seinem alten Gewehr neben einem kreisrunden Erdloch.

Rückformung einer alten nachkriegshaften Motorradmütze, schwarze Lederkappe, in die Kopfbedeckung eines archaischen Hirtenvolks.

Drei singende Frauen, ‹The Singers›, 1997/98, Terzett der Hochbeinigen, die vor dem Morgengelb tanzen und zu großem Schall die Münder aufreißen, aufspringen auf gestreckten Zehen, während die Zehen am rechten schwebenden Fuß sich bei allen drei gleichförmig nach innen krampfen. Drei identische Gestalten, die sich nur durch Kopfstellung und Blickrichtung unterscheiden und nur darin feine Varianten des einen lauten Jubels bilden.

Es kann nicht sein, daß diese Welt der rationalen Idiotie zum Opfer fällt, «rational foolishness», so der Künstler im Interview. Die moderne Kunst befindet sich in einer geradezu beruhigenden Wechselwirkung mit ihrer Zeit. Von der sich anbequemenden, der postmodernen ganz zu schweigen. Aber was ist stark genug, Bild-Keil genug, um sich zwischen uns und den Design-Müll zu schieben, zwischen uns und diese ansteigende Halde von ausgelöffelten Joghurtbechern?

Wahrscheinlich sind diese ekstatischen Elementarmenschen nicht nur vor der Zeit, sondern auch vor der Sprache. Sie sprechen nicht, obwohl einer heißt: ‹The Storyteller›. Doch an seinen dunklen Fels geschmiegt, verkneift er den Mund, erhebt die Faust (wieder mit eingeklemmtem Daumen), mit der er einen brennenden Zweig vor seinen Hörer warf. Sie sprechen nicht, sie singen, schreien, jubeln, krakeelen, gurgeln und brummen. Blinde, Verstümmelte, Verkrampfte, Gedoppelte, Spastiker, Einsamkeitssoldaten. Ein mystisches Hirtenvolk, das von jenseits der Geschichte bei uns auftaucht und nach seiner verlorenen Herde sucht.

Im höchsten Fall bilden sie Gemeinschaft als Schlafende oder zum Licht Singende. Jenseits von Mitteilung und horizontalem Blickwechsel halten sie Ausschau nur nach oben und in die unbegreifliche Ferne. Wem noch begegnen? Niedrigen Wolken, die festgeballt wie dunkle Felsen schweben und mit Unheil drohen. Mit der Wolke kommunziert der nackte Wanderer, ihre Form spricht zu ihm, und er ahmt sie gymnastisch nach: ‹Wanderer, imitating a Cloud›, 1990. Der Mensch vor Descartes und Newton, ein Stück der Natur, doch hilfloser als ein Holzstumpf, der im Wildwasser treibt und gegen den Stein prallt.

Nackter Torso einer fülligen Schönheit, mit Stummeln von Armen und Beinen, die die Rundungen der Brüste überbieten, auf dem Rücken ausgebreitet wie die barocke Odaliske, die indes, statt zu empfangen, etwas von sich gibt, im glänzenden Strahl uriniert, und die Pfütze erhellt zum Nimbus, das Gesicht aber (außer dem offenen Auge, das den Betrachter sucht) bleibt im Dunkeln. Im Hintergrund der schreiende Invalide mit der erhobenen Faust und sein Hund; noch tiefer im Grund, gegen das Frührot, der Verschlag, der Unterschlupf, wohin dieses Frauen-Rudiment nur rollen und robben könnte. Zum ganz unbekleideten Menschen gehören fehlende Arme und Beine, denn noch der Gang ist Kleid am Menschen, so wie es das lockende Auge ist. Niemand sollte die Schönheit in der Ungestalt, die Anziehung im Abstoßenden mißachten. ‹Pissing Woman›, 1997/98. So wenig wie die brutale Gewalt, welche die letzte Entblößung zwischen Mann und Frau in ihrer gottverlassenen Nacktheit ist: Das Paar in seinem Paniklauf hebt vom Boden ab, sie fliehen durch die Lüfte, die Frau mit dem Dolch in der Rechten jagt ihren schon verletzten, blutenden Liebsten, der sich mit verrenkter Schulter vorwärtsschaufelt – man kann nicht sehen, ob sie wirklich rasend fliegen oder vielmehr erzlangsam schweben. ‹Woman, killing injured Man›, 1994.

Soviel zum Humanismus dieses Heiden und Kunstanbeters. Viele stille Refugien gibt es für den bitteren oder freundlichen Anachronisten, aber dieser hier ist ein Epochenschänder, der sein Feuer aus der Erde holt. Selten hat ein Künstler so schneidend der Moderne widersprochen – nicht mit kritischer oder sarkastischer Polemik, sondern mit einem durchfigurierten geschlossenen Gegenentwurf, der sagt: Es gibt noch andere Welten *jetzt* als die der rationalen Idiotie. Erzogen wurde er auf einer anthroposophischen Schule, und eine Zeitlang war er Schüler von Beuys in Düsseldorf.

Die technische Zivilisation, eine Geschichte der Prothesen von Anfang an, ist inzwischen so subtil in unsere Sinne vorgedrungen, daß diese die Schönheit, den fleischlichen Glanz des ursprünglich invaliden Menschen, der auf jegliche Prothesen verzichtet, kaum mehr erfahren können. Diese ins Innerste vordringende technische Welt wird dennoch nicht das letzte Wort über die Greifbarkeit und Erfahrbarkeit der Dinge haben. Der Schleier ihres Zynismus ist so dünn wie jeder andere ideologische Vorhang der Zeit, der irgendwann zerreißt und sich auflöst.

Es gibt immer noch ein Kleid abzuwerfen, ein Band zu lösen, einen Ring vom Finger zu streifen, eine Spur zu verwischen ... Die Nacktheit des Menschen ist aus jeder Epoche neu zu bestimmen. Denn immer ist sie nur in Augenblicken unverhoffter Nebelrisse erschienen. Auch heute, zwischen *fakes* und Virtualitäten, heißt auf den nackten Menschen warten nur etwas länger im Nebel ausharren, um den wenigen Sekunden seiner Enthüllung beizuwohnen.

Die rationale Macht ist so groß, daß sie eine Menge Verrücktheit (zerstörte Lebensformen) unter sich mischt und uns zwingt, rationale Begriffe für diese Katastrophen zu verwenden.

Manch einer meint, daß das Werk Nerdrums eine Schande sei für die fortschrittliche Kunst Norwegens. Unerträglich erscheint vielen sein kentaurisches Künstlertum: technisch nahe den alten Meistern, indem er den modischen Fragmentarismus verwirft, dagegen in seinen Motiven und Erfindungen ein Archaiker und effektbewußter Visionär.

Allein gelassen von Kollegen und Kritik, vollzieht er plötzlich eine sonderbare Volte, nicht als Künstler, aber als Selbstinterpret. Ja, so schließt er aus seinem bisherigen Werk: Ich bin der König des Kitschs. Ich habe nur Kitsch gemalt. Ich wußte es nicht. Ich hielt es für die bestmögliche Kunst, die zeitlos ist und durch jeden ernsten Künstler wiederkommt. Aber das ist nicht der richtige Begriff. Der richtige Begriff heißt: Kitsch. Ich bin aber das Höchste, was diese Richtung bis heute hervorbrachte.

Non-finito, Ausgespartes, leere Stellen
Matisse-Reflexionen

2018

Und er hoffte, der weibliche Akt, Porträt einer Frau mit hohem Rükken, mit Stirnfransen, kurzem braunen Haar, werde etwas Gegenwart, Zeitgeschehen, Außenwelt auf ihn übertragen, wenn sie, vor ihm auf ihre linke Seite gelagert, auf den Ellbogen gestützt, den früchtetragenden Korb, Brust-Korb, angehoben, die Hüftrundung ausgestellt, Taillenmulde und Beckenrand in gutem Schwung – wenn sie vielleicht nur für eine Minute die rechte Hand, auf Außenkante gesetzt, zwischen ihre Brüste plazierte, den Daumen abspreizte, altes Zeichen der ungläubigen Nachfrage: Ich? Meinst du mich? … Daumen wie ein Bugspriet: Hier an meiner Unwetterfront. Und wenn ihr dabei unwillkürlich die Knie etwas aufgingen und ihre *leere Stelle* sehen ließen und sie also das kalte Auge des Malers empfinge in Gleichgültigkeit, ohne die so träge gelagerte Figur sonderlich zu bewegen, dann würde ihn dieser Empfang gleichwohl aufklären, schnell und unkompliziert wie eine Datenübertragung zwischen zwei Speichermedien (die schließlich Frau und Mann doch auch sind), über alles, was er gegenwärtig von der Gegenwart nicht weiß, und es würde ihm von ihrer Haut, dem Schimmer, der Muskelkraft übertragen das ihm unbekannte Bewußtsein, das so jemand heute besitzt, sie, die mit einem starken und festen Körper, der Daumen voraus, eine Hochgewachsene, die durch die Menge schneidet, wogenspaltend, Bug dieses nächtlichen Schlachtschiffs von Frau.

«Ich will jenen Zustand von Verdichtung der Empfindungen erreichen, der das Bild ausmacht» (Matisse).

Das Nicht-Reale ist nicht das Phantastische, sondern das *Realissimum* – in Form der höchsten Verdichtung des Realen.

Sie sagt: Ich bin schön – *geworden*. Der alte Spiegel hält nicht mit. Wo darf ich mich sehen? Vielleicht, endlich, auf deinen Blättern?

Und ich, sagte der Maler, bin der Unfertige *geworden*! Der Unausgeprägte erst in meinen späten Jahren. Die Züge des Gesichts gingen über das Charakteristische hinweg. Sie machten nicht halt an den markanten Stellen, das Gezeichnete verschwamm wieder, war zu früh an ein Ende gekommen, zu früh schon fertig. Die Falten, die das Erlebte grub, dehnten sich wieder. Die Kanten, die es schlug, rundeten sich wieder. Das fertige Gesicht verging in eine neue bildbare Masse der Erwartung, weich und gierig, als verlangte es nach dem Verzehr, der Tilgung sämtlicher Erfahrungen und intimster Gewißheiten: Was kommt jetzt Neues, was ist jetzt noch da, um mich zu formen? Mich, ein unersättliches Antlitz!

So war es das Sich-Bildende und Sich-Fort-und-Fort-Bildende, das ihn herausforderte; das sich ihm aufdrängte. In einem Alter, da er andere, Jüngere, hätte führen und anleiten müssen, war er der Unfertige geworden, unfertig aus Lernbegierde; viele Jüngere aber befanden sich im Stande alter Fertigkeiten und gingen *meisterlich* damit um, d.h., sie entsprachen den Erwartungen der Schulmeister.

Sie sahen wohl das Sonderbare, das Schöne und Bedeutungsvolle; sie erkannten und sortierten ihre Eindrücke sehr schnell. Doch keine Erkenntnis, keine Wahrnehmung besaß mehr als ein Fliegengewicht.

Der Sieg des gekonnten Griffs über die tastenden Versuche. Die meisten waren bereits am Ziel, während er noch über die Wege der Annäherung sich den Kopf zerbrach.

Wer anfänglich ist, sei's in der Farbe, sei's in der Kohle, wird sich nicht wiedererkennen im Spiegel. Beim *Entstehen* eines Werks befindet er sich in einem Alter, das kein Spiegel zeigen kann. Wie käme denn auf diese oberflächlichste Fläche etwas von seiner ungebärdigen Schaffensjugend?

Gedichtbildend in seiner empfindlichen Materie wirkt es, wenn ein Dichter einen Trakl-Vers bloß mit den Fingerspitzen berührt.

Bildzeugend in einem jungen Maler wirkt es, wenn er eine Matisse-Zeichnung bloß mit den Fingerspitzen berührt.

Man bewegt sich schaffend auf immer neue Verwandtschaften zu und geht Verbindungen ein, wenn diese auch instabil sind und sein müssen. Es gibt unendlich mehr Ähnliches auf der Welt als Unvergleichliches. In den Verbindungen stehen bedeutet noch lange nicht, daß ein Subjekt seine Originalität gefährdet. Es kann sich Abfärbung im kleinsten, sogar auf Partikelebene abspielen. Ein einziges Teilchen bitteres Rot kann das Einheitsblau eines großen Tintenfasses verderben. Oder die Abfärbung reicht «bis in die Wolle» hinein. In jedem Fall fördert sie so etwas wie schöpferische Unselbständigkeit. Da nach Aristoteles «wahrscheinlich jede Kunst und jede Philosophie nach Möglichkeit oftmals erfunden und wieder verloren wurde», so mögen auch die neuesten Ansichten «gleichsam deren Reste (*leipsana*) sein, die sich bis heute erhalten haben». Übrigbleibsel, Überlebsel. Zurückgelassenes: Artefakte.

Man sorgt sich um die Aufrichtigkeit von Empfindungen, von Schauder und Freude – man wünscht, daß zumindest das Zittern der Hand nicht aus zweiter Hand geschehe. Jedoch ein Reparaturbetrieb für das Unmittelbare ist nicht denkbar. Folglich wird sich die wachsende Spanne zwischen der Behelfsmäßigkeit des Existierens und technischer Beholfenheit kaum vermindern lassen.

Es scheint doch, als ob zu rühren ein Talent allein des Buch- und Film-Erzählers sei, das dem Maler der Moderne, der alles in die Entwicklung von Form und Farbe gab, kaum etwas bedeutete. Vielleicht auch, daß früh schon Pietà und Kreuzabnahme die Kraft zu rühren in der Bildenden Kunst tiefer erschöpften als die Gemütsregungen, die Drama und Roman in vielerlei Varianten evozieren.

Ein Maler von fünfzig Jahren, der auf seinen Wegen hin und wieder die beiden Arme weit ausstreckt, um die Länge der großen Zeit anzugeben, die ihm verstattet war, deren Umfang, den Kopf nach rechts und links wendend, er gar nicht abschätzen konnte, sondern nur andeuten mit dem Klaftermaß seiner ausgebreiteten Arme. Zeit, die sich erfüllt hat und für die er unendlich – und auch das ist: so weit die Arme reichen – dankbar war.

Die Sonne des Frosts und die Sonne der Dürre sollten je einen eigenen Namen tragen.

Glitzer eines hauchzarten Libellenflügels über dem Wasser, blauer Puls auf eines alten Schädels dünner Schläfe. Ulanenblau: der Himmel in Uniform. Wie kam die Ferne an den Abendhimmel? Der Morgen weiß voraus. Der Abend weiß.

Die Moderne, eine Klassik-Epoche, reich und stiftend, ein Beginnzeitalter. Ihre Höhengrate zu bewandern ist kein leichtes Ausflugsziel für ihre Bewunderer. Sie werden die Erstbesteiger immer aufs neue beneiden, sich berauschen an derselben hauchdünnen Luft, die jene einst atmeten, bis der Höhenkoller einsetzte angesichts gewisser Gipfelstürmereien. Der Weg bergab fällt dann bedeutend leichter, manchmal eine Spielerei, aber vielleicht ähnlich den Ungezwungenheiten des späten Matisse, Scherenschnitte, *Gouaches coupées*, lauter unwahrscheinliche Kleinstlebewesen. Oder eben: freilebende Hieroglyphen.

Gedämpftes Gemüt. Nicht unansehnlich, aber ohne Ruf im Gesicht, ohne Glanz. Aber gerade sie reizte den Maler zu seinem nie ausgeführten Porträt einer Frau mit Pfauenrad, das ihr aus dem Rükken wächst und sie überragt. Er sah und schilderte an ihr das aufgefaltete Gefieder des Frauen-Möglichen. Federn mit vielen Flecken und Ocellen, also mit jenen Stimmungs- und Gelegenheits-Augen bestückt, die den vorderen Hennenleib der matten Person überstrahlen. Eine Glanzlose, hinter der, von Farben sirrend, ein prachtvolles Körperteil Werbung für sie treibt. Eine Ahnungslose, die ein weit geöffnetes Liebes-Fächer-Rad im Rücken trägt. Sie selber sieht's ja nicht. Ihre Stunden bleiben voll vertaner Zeit. Dann aber sieht sie sich, flüchtig nur, in einem ersten Entwurf, ein Blatt, das der Zeichner sogleich zerknüllt, aus dem Skizzenbuch gerissen, und in die offene Flamme wirft. Sie betrachtet und bewundert sich, bis schon das Blatt vom Rand her schwarz und fransig wird, vom Luft-Entzug ganz fein und blättrig, obwohl es zur Hälfte noch die Phantasie-Figur erkennen läßt, bevor das Papier verkruschelt und verkruspelt und zerfällt zu Asche.

Was ist Vergeblichkeit? Ist Vergeblichkeit nicht auch wörtlich: das vergebens Vergebene? Da war der alte Künstler, der erschrak darüber, was er im Laufe der Zeit an so viele Menschen hingegeben hatte und wovon bei diesen Beschenkten keine Spur geblieben war; die nichts davon *behalten* und die die Gabe keineswegs zu *Begabten* gemacht hatte.

Ein Meisterwerk fesselt den Betrachter und gibt ihn gleich wieder frei. Er geht zum nächsten. Eben noch Jackson Pollock, nebenan Vermeer. Zwischendurch Morandi und Antonello. Von allen Werken widersetzt erfolgreich nur das eigne sich dem flüchtigen Interesse. Der Maler, der ein Jahr lang an seinem Stilleben saß, haßt jeden, der später in zwei Minuten seine Arbeit überblickt und zur nächsten eilt. Ein Erzähler, der vier Jahre an einem Roman schrieb, verachtet den Menschen, der nur vier Tage braucht, um ihn «durchzulesen». Vielleicht macht einer nur deshalb etwas, bringt's hervor, um nicht unterzugehen in den tobenden Wassern des Interessewechsels und der allseitigen Empfänglichkeit.

Porträt eines Modells in der Pause: Frau auf samtbezogenem Stuhl mit hoher Rückenlehne, das linke nackte Bein angezogen, bis die Ferse auf dem Stuhlrand sitzt, mit beiden Händen den linken Fuß umfassend, Zehen und Ballen knetend, Wange und halb geöffneten Mund gegen das Knie pressend, Mund eines vorgestreckten Nakkens, das Knie küssend, das kindsköpfige runde.

Des Künstlers Schweigen hatte längst von ihr Besitz ergriffen. Er schwieg und malte sie, und sie schwieg. Eine Frau in Gedanken, er umriß ihre Gedanken – und sie verloren jeden Zusammenhang ...

Schönheit – *promesse du passé.* Ihre Schönheit ist ihr blühendes Einst. Sagenhafte Schönheit. Sie umgibt in jedem Augenblick die Aura der Legende. Ich sehe dich an / du kommst mir in den Sinn – das ist eins.

Ein Mensch für sich ist grenzenlos.

Der Maler konnte jeden Tag dasselbe sehen und dabei immer weiterkommen, die Strecke war nicht absehbar, Vollendung nicht in Sicht. Ihm war, als ob die Dinge immer durchscheinender würden, transparent bis auf den letzten lichten Tag, da sie jeden Umriß verloren.

Mit einem je *vollendeten* Stilleben hätte er den Tumult der stillen Dinge heraufbeschworen.

Er weiß, daß Bilder ja wie Siegel sind, die vor uns das Unsichtbare verschließen. Und manchmal sind die bewegten nur der flackernde Widerschein von tief hinter dem Sichtbaren vollzogenen festlichen Zeremonien.

«Die Phänomene geben Sicht auf das Verborgene». Anaxagoras.

Mit anderen Worten: Wir kennen die Welt nur inkognito.

Zuletzt vielleicht dann schemensüchtig. Nur noch von Umrissen, Schatten und Strichen verführt, wird dem späten Maler die ganze, die volleibliche Person zur Last, eine Gestaltlast. Nur den Schemen sehen, Menschen, scharf umrissen, denen die innere Füllung fehlt.

«Sie sehen dich nicht, denn Schemen sehn sie nur», nämlich die Mütter im zweiten ‹Faust›.

Zu vieles wird gern aufgespießt gesehen, minuzienhaft, botanisierend, anstatt mit den Phänomenen frei sich selber strömen zu lassen: den seidenen Rändern nach, dem Rouge und dem lauten Herzen der erregten Frauen. Uneins sein mit diesen Erscheinungen, getrennt durch Blick und Abstand, das macht den Mann, der malen wird.

Wie ja der Fluß in breitem Lauf von sich sagt: Ich bin nie entsprungen. Vielmehr *heißt* es nur: Ich sei entsprungen. So heißt es vom Zeichner: Sein Werk sei der dünnen Spitze des Stifts entsprungen. Sie sei die Quelle der fließenden Linien, in die der Körper des Modells sich auflöst. Doch wird er erwidern: Ich habe nie gezeichnet, nur immer, vom ersten Impuls an, *überzeichnet.*

Augen, recycelt aus ihren sonnenlosen Resten; verblaßtes Auge, geschreddert, zerdrückt, wird neu gefaßt und gleicht nun dem winzigen Flachbildschirm im Fingernagelformat. Denn die Leute sind kleiner geworden, an ihnen ist alles kleiner geworden und fortwährend kleiner werdend.

Als ob an ihnen außen zum Vorschein käme, was sie innen nicht mehr enthalten: Ihre Stirn war ein ruheloses Display, auf dem streamten die Bilder, Zeichen und Hieroglyphen, die sie selbst nicht mehr deuten konnten; ihnen unerklärliche Nachrichten aus ihrem Unbewußten liefen im Endlos-Band über ihre Stirn. So erging's nun den Geformten aus Deponie, den aus Alt-Gut Gepreßten.

Zuerst die Stille der Zeichnung, durchlässige Membran, durch die Vorzeit in die Gegenwart eindringt. Selbst aus dem dickfelligsten Zyniker bricht irgendwann die uralte Gebärde des Flehens hervor.

Ausgespartes, Lücken, leere Stellen – bei den Zeichnern der Renaissance zuweilen eine künstlerische Absicht. Das Mitmach-Bild. Es fordert vom Betrachter ein Sehen, das ergänzt. Die Non-finito-Stellen auf den Landschaftsstudien Dürers.

Er hatte sein Talent immer wieder der Studie oder Skizze zugewandt und sich mit Freuden der Vorläufigkeit und dem Vielversprechenden verschrieben. Die Übung wurde ihm unentbehrlich, so daß kaum etwas je bleibende Gestalt gewann; die Kunst um des Flüchtigen willen, die ihr eigenes Dahinziehen, Auf-und-davon-Ziehen hervorbrachte, sie war wie ein eiliges, springendes Wasser. Sie höhlte sein Gefühl für Gegenstand und Festigkeit, sie wusch aus ihm den Stoff, mit dem er hätte bauen und gründen können.

Der Künstler reagiert auf ein Haus, das einstürzt, mit einem Achselzucken. Er reagiert indessen mit Alarmsignalen, sobald sich auf glatten weißen Wänden die ersten Haarrisse zeigen.

Von der menschlichen Komödie sei er keinen Schritt gewichen, je näher der Abgrund rückte. Der Menschen fehlende Gesichter seien seine Erfindung, so habe sie niemand vor ihm gezeichnet.

Seine Blicke flechten einen Korb aus grauen menschenfernen Himmelsfarben. Es ist alles dienlich, was ins Auge fällt, aber es muß sein Nutzen erst entdeckt werden. Ob das Erblickte ein Behelf sein kann in seiner Robinsonade, in der Ausgesetztheit auf der Insel des Sehenden. Sondern und Sondieren von Farben, Licht, Geflügel und Pflanzen, alles ist Arbeit an der Hütte. Sehen, das ist: Sich eine Herberge schaffen.

Wenn man eine Sache sehr lange studiert, wie ein Maler die Haltung einer Hand, so muß man ein Wetterleuchten von handelnden Händen abwarten, bis man endlich zum Wesen der ruhenden Hand vorstößt.

Beobachten, sich abwenden und noch einmal hinsehen. Unfertig, erschöpft, ungläubig wegsehen. Zurückgeworfen, noch einmal hinsehen. In Mutlosigkeit dasselbe sehen, das man soeben in einem Anfall von Übermut bereits erobert zu haben glaubte. Die

Hand! In tiefe Partnerschaft mit dem Gesehenen einrücken und zu entdecken suchen, was einen daran nicht losläßt. Dann wieder auseinanderrücken und es in Ehrfurcht sehen bzw. zu entdecken suchen. Dann es plötzlich als etwas Unwichtiges, als eine Bagatelle ansehen – aber soviel nicht loskommen könnendes Sehen, an eine Bagatelle verschwendet? Schwacher Versuch, schlechter Schluß. Also wieder wegsehen und abwarten, bis die Hand bereit ist, ein Stück ihres Geheimnisses preiszugeben. Geduld!

Geduld destilliert man aus viel Erduldetem. Man wartet geduldig, man erkrankt geduldig, man erzählt geduldig, ja man weint sogar geduldig.

«Seine Bilder wurden dunkler und strenger, als er sein Programm der fortschreitenden Eleminierung weitertrieb ...» Spurling, ‹Matisse›, Bd. II, S. 166.

Der Maler fragte sich mehrmals: Sitzt vor mir eine Frau, von der ich ein Modell für viele andere entwerfen soll? Oder sitzt dort jenes Modell, von dem ich eine unbekannte, unnachahmliche Frau erschaffen soll?

Frauen, lehnende, abgeschlossene, manche kugelrund wie Tränen, gleichsam einer gewissen Hast entsprungen, als ob man mit doppelten Atemzügen mehr vom Leben erwischte als mit einem tiefen.

Sie, sein Modell, dachte zu Beginn noch siegesgewiß: Seine Sicht! Wie er mich sieht, darin werd ich ihn beherrschen! Wie er mich sieht, darin werde ich zu seinem Meister.

Nach der zwanzigsten Sitzung bemerkte sie seine Sicht kaum noch, sie erschien ihr gewöhnlich, veraltet und klein. Inzwischen war sie überzeugt: Er hat mich nie gesehen. Oder es ist nur eine sehr eingeschränkte Ansicht gewesen. Ach, sie empfand nichts als kalte Vernachlässigung: Wie hatte sie einmal groß und feierlich ihr Gesehenwerden geordnet! Kein Wunder also, daß eines Tages lange behaarte Mannesarme den Plafond des Ateliers durchbrachen und diese Frau aus dem warmen Lehnstuhl hoben, in dem sie ihm so geduldig gesessen hatte, und der Maler sah sein Modell zum Dach hinausgezogen, geraubt.

Er will nichts Umwerfendes mehr erreichen, das ist vorbei. Er will von den schnellen Oberflächen in die festen unbewegten Hintergründe blicken.

Altsein interessiert nur, wenn es zu den Alten der Kunst aufschließt. Wenn die eigne abnehmende Welt um die Vorderen wieder zunimmt, wenn aus dem geschäftigen Dahinleben ein Erleben aufsteigt, das seine Kraft aus der schieren Bewunderung nimmt. Sobald man das Unerreichbare der Vorderen gegen das Unerreichte im eigenen Werk hält, regt sich Ironie mit dem heimlichen Bedenken, ob sich dies eigene Unerreichte für die Späteren nicht in ein ihnen Unerreichbares wandeln könnte? Das setzt freilich voraus, die Begabung der Bewunderung erhielte sich über die Zeiten dem Künstler.

Das Herrliche oder gar die Herrlichkeit eines Gemäldes, lange vor Augen, reinigt Hirn und Sinne von großen Mengen visuellen Abfalls.

Die Gesten, Gebärden – die Sprache des Körpers auf alten Gemälden unterscheidet sich im allgemeinen kaum von der heutiger Menschen. Die Sprache des Munds hingegen, die Worte, die zu einer Geste gehören, würden sich gewiß sehr viel stärker unterscheiden.

Stil und Charakteristika der Rede ändern sich in kürzeren Perioden. Doch kommen auch neue Gesten hinzu, die zeittypisch sind. Die Handhabung der Fernbedienung oder des Schaltknüppels, Armbeuge und Ohrbedeckung mit dem Handy etc.

Aber die (für sich) sprechenden Gesten sind ohne Dinge. Hände in die Hüften gestemmt, Ellbogen abstehend. Umfangvergrößerung, zeitlos, tierisches Erbe.

Eine junge Frau, die das dunkelblonde Haar am Hinterkopf zu einer vertikalen Rolle zusammengesteckt hatte, breitete in ihrem taubengrauen T-Shirt die Arme weit aus. Sie trug und faßte am seitlichen Rahmen ein Gemälde, das sie von der Wand abgehoben hatte und auf dem sie selbst als liegender Akt posierte. Sie stand jetzt mit festen, gespreizten Beinen und hielt das Großformat vor ihren Körper wie einen allzu breiten, unumarmbaren Mann. Die Flügelspanne der Arme ließ die Binnennäherung der Schulterblätter unter dem Hemd hervortreten: das weite Auslegen der Arme, die Kraft des Anhebens hatten eine Straffung des Rückens, eine sichtbare Muskelspannung in den Oberschenkeln und Gesäßwangen zur Folge. Wer ihre Dehnung und Kraft bemerkte, sah auch die durch die Kleidung sich abzeichnende *Skulptur* des angespannten Körpers. Wäre ihm dieser Anblick *vor* der Entstehung des Bilds möglich gewesen, vielleicht hätte der Maler der konventionellen Aktpose seines Modells die Figur einer ein breites Gemälde fassenden Frau vorgezogen.

Das Gemälde zeigte den Akt einer Frau, die auf einem Gemälde ihren Akt betrachtete. *Mise en abyme*, die Ansicht, die sich in ihrem Doppel verliert. (Bei Jean Paul heißt es: «das Wirtshaus zum Wirtshaus.») Jedoch Selbstbezüglichkeiten, Reflexionen, Velázquez-Anklänge waren seine Sache nicht. Seine Kunst vermied das Spiel mit dem Spiegel und die ironische Brechung. Wenn er an große Werke dachte, dann nur an solche, in deren einfachen *abyme* er sank.

Der Maler sagte es kurz und bündig: Ich interessiere mich nicht für den sozialen Schmonzes. Zu meiner Zeit kam das Volk immer irgendwie zurecht, nur der Einzelne hatte immer zu kämpfen.

(Dergleichen hätte Matisse 1940 von seinem Volk kaum sagen können. Doch schien die erhöhte Gefahrenlage in Europa seine künstlerischen Kräfte eher anzustacheln. Er malte in Nizza mit erhöhter Konzentration Akt um Akt, gelangte zu einer vorher nicht gekannten Reinheit und Strenge seiner Ausdrucksmittel.)

Niemand liegt gefangener als das Modell in seiner weiblichen Nacktheit. Sie liegt, die Große und großmächtig Nackte, in unsichtbaren Fesseln, in ihrer Größe und Masse gebunden wie Gulliver im Lande Liliput. Ohne diese Gefangenschaft besäße sie keine erotische Macht. Wie kaum etwas sonst gehört Nacktheit zur Ereignissphäre der Erscheinung, der zeitbereinigten Unmittelbarkeit. Entblößung, die den Betrachter blendet und den Geblendeten zum Schauenden macht. Er sieht, sieht nichts, erfindet. Die *absolute* Nacktheit ist frei von erklärlichen Umständen, von bildlichem Zubehör, bildlichem Geschwafel.

Das digitale Bild erlaubt eine Unzahl von unterschiedlichen Formaten, Wandlungen und Manipulationen, doch nicht die eine zentrale Überwindung: die des Abbilds, und sei es noch so verpixelt und gemorpht. Das keiner Fotografie oder Animation erreichbare *Inbild*, das ikonisch gewahrte Geheimnis eines Kunstwerks. Es bleibt von der Gesamtheit bildgebender Verfahren unberührt, denn es bleibt unsichtbar.

Es gibt immer den einen, an den alle anderen abgeben, den Höchstmögenden.

Um den bahnbrechenden Künstler sammelt sich eine Menge Vorläufer und eine Menge Folgende, die an ihn abgeben, vor und zurück, damit er als ihr Wahrzeichen sie überrage.

Jener Gustave Moreau, Lehrer von Henri Matisse, wäre in seiner heutigen Version jemand, der wie sein kunstgeschichtliches Vorbild als der Unzeitgemäße provozieren möchte, also könnte er zu einem seiner Schüler sagen: «Ich kann mich nicht entschließen, um dieser Kunst willen, die mir nicht gefällt, noch einmal ein wacher Zeitgenosse zu werden, da ich, nun ein wenig somnambul geworden, erhebliche Vorteile genieße, indem sich mir ungeahnte Zugänge zu den alten Meistern öffnen. Lieber möchte ich für den Rest meiner Tage ungestört ihre ganze Schönheit für mich entdekken und mich ihrer Herrschaft unterwerfen. Ich ziehe es also vor, ganz persönlich vom Reichtum großer Werke zu profitieren, und versuche, mit alter Inbrunst zu leben.»

Darauf erwidert der Schüler: «Mir scheint, bei etwas mitzumachen, das noch neu und unausgereift ist, birgt für den Künstler mehr Chance als Geschmacksverirrung. Es ist keineswegs von Vorteil, zu früh das ‹Unwesentliche› zu unterscheiden und von sich fernzuhalten. ‹Konzentriere dich auf das Wesentliche!› Gewiß. Aber man begegnet ihm ohnehin nur schlagartig und durch Zufall – mitten in der Fülle, im Ansturm des Überflüssigen! Mitten im begierigen Spiel mit den fabelhaften Neuigkeiten fallen die Würfel des uralten Glücks.

Kein Werk entsteht aus Unterordnungsdrang. Jedes neue Werk schafft etwas Niedagewesenes, tritt durch Individualität aus dem Schatten eines Größeren. Es gibt zu den verschiedensten Zeiten Künstler von hoher Beginnfähigkeit, die nicht nur ein Werk schaffen (gar nicht unbedingt ein größtes), sondern zugleich ein prototypisches, ein Matrix-Werk, das zahllose fruchtbare Folgen in der Kunstgeschichte zeitigt.»

Darauf erwiderte der Meister seinem Schüler: «Meinetwegen. Man braucht wohl das Neue schon deshalb, um die Zündung im Herzen auszulösen, damit plötzlich auffliegt, was trotz allem Neuen, in allem Neuen am schmerzlichsten vermißt wird. Um also das Vermißte mit ganzer Gewalt in Erinnerung zu rufen. So wie der Kranke besser als jeder Gesunde um die Qualität von Gesundheit weiß, so erkennt auch der an der Überfülle von Komfort fast Erstickende erst die wahre Qualität einer sorglosen Bescheidenheit. Hat man denn je einen Armen, gar einen Bettelarmen von der Bescheidenheit schwärmen hören? Er wird sich niemals zu ihr bekennen.

Wir erblinden an Ansichten. Nur der Baum der Formen kann uns wieder sehend machen. Die Ansichten sind alle geäußert. Ausgespien. So widersinnig es klingen mag, aber wir suchen letztlich nach dem Schlüssel zum Nichtswissen, zum Nichtssehen. Und dieser Schlüssel wird bei den tiefen Bildern sein. Chiffren sind's, *verkappte* Gesichte ... Bildkappen, darunter der Himmel der Welt.»

«Natürlich, der Kubismus interessierte mich, aber er hat mein tiefes Gefühl für die Sinne und meine große Liebe für die Linie, die Arabeske, jene Trägerin des Lebens, nicht angesprochen» (Matisse).

Altersberuf: sich nichts vormachen! So weiterhin der neuere Moreau zu seinem Schüler. Es sei weder opportun noch erstrebenswert, die Spur der einseitigen Liebe, die man für gewisse Werke hegt, im Alter zu verlassen, auch wenn diese Spur für andere längst zur Überholspur wurde. Gleichwohl ist man ein solcher Liebender, der auf den Schlag und ganz präzise mitbekommt, wie ein vertrautes, geliebtes Kunstwerk, das Jahrzehnte unangefochten wirksam war, plötzlich an Haftung verliert und der vorgänglichen Zeit entgleitet. Die kühne Linie eines Kubisten wird auf einmal lose, verliert ihre Repräsentanz, der Widerhall schwindet, eine Stimmung, eine Geste werden zeitalterfremd, markieren schonungslos den Epochenwechsel allgemeiner Vorlieben und Interessen. Und also sinkt der getreue Liebhaber in tiefes Nachsehen.

Die lange Melodie eines Gesichts, über Generationen setzt sie sich fort in einer Familie. Begegnet der Maler einem solchen herkünftig-zukünftigen Gesichtszug, so vermag er ihn in einer gegenwärtigen Stunde kaum zu isolieren. Denn er hört im selben Augenblick die Melodie bis in die einzelnen Töne von fern her kommen und hört sie auch schon weiterziehen.

«Ich male nicht die Dinge, ich male nur die Unterschiede zwischen den Dingen» (Matisse).

Jenes Dies vom Das zu unterscheiden ist des Malers Fleiß, wenn ihn zuweilen auch die Versuchung plagt, daß er am liebsten einmal das Detail übersähe, es unerwähnt ließe zugunsten der unabsehbaren perlgrauen Fläche, zugunsten des Ununterscheidbaren selbst. Spürt er nicht oft genug das Kleinliche des ehrgeizigen Unterscheidens?

Die Details, in denen nur deshalb der Teufel steckt, weil sie eben Details sind. Einzelheiten, Sprengsel, Abspaltungen, Sonderheiten.

O daß sich der enge, zentrierte Blick einmal zum *Überblick* befreite! Das weite Meer, das weite Land, die weite Menschenmenge, die weite Zeit und schließlich die ganze weite Wüste. Doch das Unabsehbare selbst ist nicht zu überblicken! Das Wort umschreibt vielmehr das Ende allen Sehens. Nur Aus und Vorbei sind wahrhaft unabsehbar.

Was heißt: «Du gehst deinen Weg?» fragte der Maler sein Modell. «Was sagst du zu dem Weg, den du nun nicht mehr gehen wirst?

Denn *ich* gehe um dich herum. Du hättest mir zuvorkommen können und deinerseits den Weg um mich schlingen; um deine Existenz ein wenig auszudehnen. Jetzt gehe ich den Ring um dich. Und er hindert dich. Er schließt sich um dich. Du gehst nicht mehr. Du wirst umgangen.»

Auch das schweigende Gesicht spricht. Das gleiche Siegel benutzen Himmel und Abgrund. Heil und Unheil.

Matisse läßt oft Gesichter leer, etwa bei den sakralen Figuren in der Kapelle von Vence. Oder, besonders nicht-gemalt, fast magisch penetrant das fehlende Gesicht der ‹Jungen Engländerin›, Porträt einer jungen Frau im weißen Kleid von 1947.

Was wir gewonnen haben, sind Formen, die uns formen. Auch wo wir ihrer kaum gewahr werden, Formen über Formen. Noch das Kleinste, das Scheinbarste wie Unscheinbarste besitzt sie, auch in Bereichen, die dem Auge unzugänglich sind, gibt es die geprägte Gestalt. Unsere Ordnungslust wird immer als ein Apriori Mitwirkende sein beim Formerkennen. So kommt es, daß wir auch Riten und Zeremonien noch unterscheiden im banalsten Geschehen, im heillosen Durcheinander. Ob Formen existieren nach äußerer Notwendigkeit oder ob sie ein Kognitionsprodukt sind, gewissermaßen Gratifikationen für unsere Daseinstreue, das wird man nicht mit letzter Sicherheit unterscheiden können. Wenn wir ein Gleichnis sind, dann wiederholen sich die ersten Sekunden der Schöpfung nun im Nanosekunden-Takt, geschieht unablässig dieses *Filling-in* von Ordnungen und von Formen, mit dem das Menschenhirn stets von neuem Nichts, Chaos, Leere überwinden muß.

Die späten Linien des Zeichners, die den Betrachter entführen, bewegen sich scheinbar im Rahmen seiner früheren Arbeiten. Doch entführen sie gerade deshalb über den Rahmen hinaus, weil in der späten Zeichnung nun eine frühere durchscheint. Der Betrachter wird mit Remineszenz und Anspielung beschäftigt. Der Blickfang ist das trügerisch Bekannte. Man würde gar nicht angezogen, wenn es nicht das Schon-einmal-Gesehene wäre, das einen täuschte.

Durchlässig wird dann die Ansicht eines Modells auf ihre Vorgängerin vor 45 Jahren in der gleichen Pose. Sogar die seitdem im realen Leben gealterte Frau, die diese Vorgängerin inzwischen ist, taucht auf unter den flüsternden Schatten der Wiederholung. Der Zeitschichteneffekt verdankt sich indes der einen unverwechselbaren Stunde Gegenwart, in der dem Zeichner die Illusion der doppeltunddreifachen Ansicht gelang. Die Stunde des Schaffens, sagt er, ist oft ein Fächer vielfältiger Zeit! In jedem beliebigen Augenblick läßt sich das dürftige Jetzt mit reicherem Damals hintergehen!

Niemand hatte aufgeschaut, als er vorbeiging. Und jetzt, vorbei, mußten alle erkennen, daß das große Verblassen nicht mehr aufzuhalten war. Vor allem rückwärts griff es um sich, bedrohte Geschwister, Eltern, alte Freunde. Vergeblich versuchte man, Fotos von Mutter und Vater vor diesem wie im Zeitraffer beschleunigten universalen Verblassen in Sicherheit zu bringen. O dies verheerende Blassen, Sich-Entziehen, dies unaufhaltsame Entweichen von Schrift, Gesichtern, Gemälden!

Der alte Kerl, sein Rüstzeug richtend, nicht geschaffen für das abgestumpfte Sei's-Drum, das ihn schützen soll vor der Nachglut des ungebärdigen Feuers: weibliche Blöße, sobald sie *in ihre Erscheinung* tritt. Welcher Art die Epiphanie auch sein mag – angesichts der *dea revelata*, der ganz und gar Enthüllten, hält kein Meister still. Er schreit, jauchzt, grollt, psalmodiert, bekennt – und greift zum Stift.

Er muß vor dem Haus gesessen sein, Sommeraufenthalt, er ahnte seine Anwesenheit dort eher, als daß er sie vollzog. Zum Meer hin ausblickend, war er durchaus eine männliche Gestalt, fühlte sich so, obwohl seiner selbst seit langem nicht ansichtig. Zum Land hin ausgerichtet, war er ein schmaler, halb schon verwehter Mensch, der allerdings wie ein ausgelassener Affe im Geäst seines Bewußtseins tollte. Wieviele Perioden noch, in denen man die Zeit anstiert und Unlust herrscht, einen weiteren Zeitraum zu betreten? Ach, die Perioden, die Wechsel, die Fortunastöße – um am Ende wieder in das früh erlernte, geduldige Verweilen vor dem Haus zu münden.

«Beachten Sie bitte, daß alle meine gezeichneten Blätter das rührende Weiß des Papiers haben» (Matisse).

Vierter Teil ZEITGESCHEHEN

Anschwellender Bocksgesang

1993

Gerade so eben noch ginge es ... Brunnenwasser glitzert, Ampelfarben wechseln, der Duft von einer Crêperie im Straßenwind, braun und roh die leeren Bäume der Allee, Zeitungsblätter werden umgeschlagen, die Kellnerin zieht ihre Börse unter der Schürze hervor, Beschäftigte eilen ihren Tag entlang, eine Turmuhr schlägt in den großen Schallraum eines Volks. Das alles bleibt und dehnt sich noch, lange bevor die ersten Schüsse fallen ... Gerade so eben noch, im Gleichgewicht. Zwei Frauen vor der Haltestelle weinen. Kleine Mädchen springen übers Seil, Sprünge unverändert aus aller Zeiten Kindertagen, daneben rasche Pulse blöder Farben von den Automaten eines Spielsalons. Nichts berühren, nichts im einzelnen erkennen – das Zeitalter der Nuance ist abgelaufen. Eine Überprofilierung der alltäglichen Dinge gefährdete ihr Gleichgewicht, das Eben-Noch. Die kleine Menschenmenge, das versammelnde Anhalten vor der Ampelkreuzung, gleiche Ausrichtung inmitten kreiselnder unzähliger Richtungen, so etwas wie Konfrontation über die Fahrbahn hinweg, das Zwangsgegenüber vor dem vielsträhnig gemischten Verkehr. Nur die Krähe auf dem kahlen Platanenzweig streckt die Kehle angriffslustig, stößt den einzig nicht gedämpften Laut in diese gerade so eben noch befriedete Wintergemeinschaft – und daß sie nun die Straße überqueren und eilig durcheinandergehen, ohne einer den anderen umzuschmeißen!

Jemand, der vor der freien Gesellschaft, vor dem Großen und Ganzen, Scheu empfindet, nicht weil er sie heimlich verabscheute, sondern, im Gegenteil, weil er eine zu große Bewunderung für die ungeheuer komplizierten Abläufe und Passungen, für den grandiosen und empfindlichen Organismus des Miteinander hegt, den nicht der universellste Künstler, nicht der begnadeteste Herrscher annähernd erfinden oder dirigieren könnte. Jemand, der beinahe fassungslos vor Respekt mitansieht, wie die Menschen bei all ihrer Schlechtigkeit *au fond* so schwerelos aneinander vorbeikommen, und das ist so gut wie: miteinander umgehen können. Der in ihren Geschäften und Bewegungen überall die Balance, die Tanzbereitschaft, das Spiel, die listige Verstellung, die artistische Manier bemerkt – ja, dies Miteinander muß jedem Außenstehenden, wenn er nicht von einer politischen Krankheit befallen ist, weit eher als ein unfaßliches Kunststück erscheinen denn als ein Brodelkessel oder als die «Hölle der anderen» (Sartre) ...

Mitunter aber will es ihm scheinen, als sähe er gerade noch die Letzten, denen die Flucht in ein Heim gelang, vernähme ein letztes Vibrieren des Gleichgewichts. Danach: nur noch das Reißen von Strängen, gegebenen Händen, Nerven, Kontrakten, Schulterschlüssen, Netzen und Träumen.

Gleich ob sie: morden oder beten, Revolutionen stiften oder freie Parlamente wählen – irgendwann zerbricht jede Form, die Krüge zerbrechen, und die Zeit läuft aus. Und man wird anschließend wiederum alles aufklären und nachträglich die trügerischen Vorhersehbarkeiten, die trügerischen Gesetzmäßigkeiten bloßlegen bzw. rekonstruieren.

Vielleicht waren es aber auch nur kurze Eruptionen, war es das schwerverständliche Rumoren aus dem Inneren dessen, was wir mit unseren Erfolgen und Fortschritten so alles angerichtet haben.

Das Angerichtete bringt auch seinen Kraftschwund hervor. Jedenfalls schützt Wohlhabendsein ein Volk nicht vor der Demontage des Systems, dem es ihn verdankt.

Welche Transformierbarkeit besitzt dies Angerichtete noch? Dem Anschein nach keine wesentliche. Wir sind in die Beständigkeit des sich selbst korrigierenden System eingezogen. Ob das noch Demokratie ist oder schon eine Art Demokratismus, der einem kybernetischem Regelkreis eher entspricht als einem unruhigen selbstbestimmten Gemeinwesen, bleibe dahingestellt. Sicher ist, dieses Gebilde braucht wie ein physischer Organismus den inneren und äußeren Druck von Gefahren, Risiken, sogar eine Periode von ernsthafter Schwächung, um seine Kräfte neu zu sammeln, die dazu tendieren, sich an tausenderlei Sekundäres zu verlieren. Es ist bislang konkurrenzlos, weder Anarchie noch Theo- oder Monokratie brächten etwas Besseres zum Wohl der größtmöglichen Zahl zustande als dieses System der zweckgebundenen Freiheiten. Natürlich gilt das nur so lange, als wir davon überzeugt sind, daß nicht «Werte», sondern in erster Linie der ökonomische Erfolg die Abhängigen formt, bindet und sogar erhellt. Nach Lage der Dinge dämmert es manchem inzwischen, daß Gesellschaften, bei denen der Ökonomismus nicht im Zentrum aller Antriebe steht, aufgrund ihrer geregelten, glaubensgestützten Bedürfnisbeschränkung im Konfliktfall eine beachtliche Stärke oder gar Überlegenheit zeigen werden. Wenn wir Reichen nur um minimale Prozente an Reichtum verlieren, so zeitigt das in unserem reizbaren, nervösen System nicht nur innenpolitische Folgen, sondern vor allem abrupte Folgen der politischen Innerlichkeit in Gestalt von Unduldsamkeit und Aggression.

Wir warnen etwas zu selbstgefällig vor den nationalistischen Strömungen in den osteuropäischen Neu-Staaten. Daß jemand in

Tadschikistan es als politischen Auftrag begreift, seine Sprache zu erhalten wie wir unsere Gewässer, das verstehen wir nicht mehr. Daß ein Volk sein Sittengesetz gegen andere behaupten will und dafür bereit ist, Blutopfer zu bringen, das verstehen wir nicht mehr. Wir halten es sogar in unserer liberal-libertären Selbstbezogenheit für falsch und verwerflich. Womöglich werden wir aber jetzt und künftig belehrt, daß wir sozusagen auch sittlich über unsere Verhältnisse gelebt haben, da hier das «Machbare» kaum je an eine Grenze stieß. Und im Zuge dessen bekommen wir zu spüren: daß die alten Dinge nicht einfach überlebt und tot sind, daß der Mensch, der einzelne wie der gemeinschaftliche, nicht einfach nur von heute ist.

Zwischen den Kräften des Hergebrachten und denen des ständigen Fortbringens, Abservierens und Auslöschens wird es Krieg geben. Wir werden nicht zum Kampf herausgefordert durch feindliche Eroberer. Wir werden herausgefordert, uns Heerscharen von Hungerleidern und heimatlos Gewordenen gegenüber mitleidvoll und hilfsbereit zu verhalten, wir sind per Gesetz zur Güte verpflichtet. Im Grunde müßte dem eine Rechristianisierung unseres modernen egoistischen Heidentums vorausgehen.

Da die Geschichte nicht aufgehört hat, ihre tragischen Dispositionen zu treffen, kann niemand voraussehen, ob unsere Gewaltlosigkeit den Krieg nicht bloß auf unsere Kinder verschleppt. Dabei befindet sich der Moderne heute in der paradoxen Lage des rationalen Gesundbeters. Er versucht, so unmöglich es ist, mit Aufklärung zu beschwören, den guten Zauber zu bewirken.

Die öffentliche Moral, die jederzeit tolerierte (wo nicht betrieb): die Verhöhnung des Eros, die Verhöhnung des Soldaten, die Verhöhnung von Kirche, Tradition und Autorität, sie darf sich nicht wundern, wenn ihre Worte in der Not kein Gewicht mehr haben. Aber in wessen Hand, in wessen Mund sind die Macht, das Sagen gelegt, die Schlimmeres von uns abwenden?

Uns scheint undenkbar, daß jemand in den Verhältnissen, in denen er lebt, die letzte und beste Erfüllung des gesellschaftlich *möglichen* Zusammenlebens erfährt. Wer vermöchte schon der Apologie der Schwebe, des Gerade-eben-noch einen glaubwürdigen Ausdruck zu verleihen?

Von ihrem Ursprung (in Hitler) an hat sich die deutsche Nachkriegs-Intelligenz darauf versteift, daß man sich nur der Schlechtigkeit der herrschenden Verhältnisse bewußt sein kann; sie hat uns sogar zu den fragwürdigsten Alternativen zu überreden gesucht und das radikal Gute und Andere in Form einer profanen Eschatologie angeboten. Diese ist mitterweile so sturzartig in sich zusammengebrochen wie gewisse Sektenversprechen vom nahen Weltenende.

Zuweilen sollte man prüfen, was an der eigenen Toleranz echt und selbständig ist und was sich davon einem verklemmten deutschen Selbsthaß verdankt, der die Fremden willkommen heißt, damit hier, in einem verhaßten Vaterland, sich die Verhältnisse endlich zu jener berühmten («faschistoiden») Kenntlichkeit entpuppen, wie es einst (und heimlich wohl bleibend) in der Verbrecher-Dialektik des linken Terrors hieß.

Intellektuelle sind freundlich zum Fremden, nicht um des Fremden willen, sondern weil sie grimmig sind gegen das Unsrige und begrüßen, was es zerstört. Wo solche Gemütsverkehrung ruchbar wird, scheint sie geradezu bereit und begierig, einzurasten mit rechtsextremem Nationalismus. Selbstverständlich muß man sich den literarisch altgedienten Spott gegen den «Typus» des Deutschen um des Deutschseins willen bewahren dürfen. Die Würde des bettelnden Zigeunerweibs sieht man auf den ersten Blick. Nach der Würde – ach, Leihfloskel vom Fürstenhof! – meines vergnügenslärmigen Landsmannes in seiner ganzen Anspruchsunverschämtheit muß ich lange, wenn nicht vergeblich suchen. Wie sähe wohl mein protziger Nächster aus, wenn ihn der jähe Schmerz oder die Verelendung träfen? Vielleicht träte zum Vorschein dann seine Würde. Man muß sie doch wenigstens einmal gesehen haben, bevor man sie ins gesetzliche Glaubensbekenntnis aufnimmt. Die meisten Überzeugungsträger, die sich heute vernehmen lassen, scheinen ihren Nächsten überhaupt nur als den grell ausgeleuchteten Nachbarn in einer gemeinsamen Talkshow zu kennen. Sie haben offenbar das sinnliche Gespür – und das ist oft auch: ein sinnliches Widerstreben und Zurückweichen – für die Fremdheit *jedes* anderen, gleich welcher Herkunft, verloren.

Außerhalb der politischen Orientierung ist «links» von alters her ein Synonym für das Fehlgehende, Nicht-Beherrschte, die falsche Seite. Auch innerhalb des Politischen bleibt ja die Konnotation mit dem Verhexten und Verkehrten erhalten, doch hat man seine Politik ja gerade mit dem Beweis der Machtlosigkeit von magischen Ordnungsvorstellungen begründet.

Rechts zu sein, nicht aus billiger Überzeugung oder aus fraktioneller Zugehörigkeit, sondern von ganzem Wesen, das ist, die Übermacht einer Erinnerung zu erleben, die den ganzen *Zeitgenossen* ergreift, weniger den Staatsbürger, die ihn auch vereinsamt und erschüttert inmitten der modernen, aufgeklärten Verhältnisse, in denen er sein gewöhnliches Leben führt. Diese Durchdrungenheit von Einst und Jetzt bedarf nicht der abscheulichen und lächerlichen Maskerade einer hündischen Nachahmung, des Griffs in den *second hand shop* der Unheilsgeschichte. Es handelt sich um einen anderen Akt der Auflehnung: gegen die Totalherrschaft der Gegenwart, die dem Individuum jede *Anwesenheit* von Vergangenheit, von geschichtlichem Gewordensein, von mythischer Zeit rauben und ausmerzen will. Anders als die linke, Heilsgeschichte parodierende Phantasie malt sich die rechte kein künftiges Weltreich aus, bedarf keiner Utopie, sondern sucht den Wiederanschluß an die lange Zeit, die unbewegte, ist ihrem Wesen nach Tiefenerinnerung und insofern eine religiöse oder protopolitische Initiation. Sie ist immer und existentiell eine Phantasie des Verlustes und nicht der (irdischen) Verheißung. Eine Phantasie also des Dichters, von Homer bis Hölderlin.

Der Rechte in solchem Sinn ist vom Neonazi so weit entfernt wie der Fußballfreund vom Hooligan, ja mehr noch: der Zerstörer innerhalb seiner Interessensphäre wird ihm zum ärgsten, erbittertsten Feind. (Freilich: dürfen von uns verwahrloste Kinder zu unseren Feinden werden?)

Der Rechte – in der Richte: ein Außenseiter. Was ihn zutiefst von der problematischen Welt trennt, ist ihr Mangel an Passion, ihre frevelhafte Selbstbezogenheit, ihre ebenso lächerliche wie widerwärtige Vergesellschaftung des Leidens und des Glückens, ihre brutale Verdrängung von Existenz.

Es müßte unterdessen aufgefallen sein, daß dieser Andersdenkende nicht mehr so aussieht, wie ihn die gesellschaftskritische Intelligenz und Literaturgeschichte seit Dezennien hagiographiert, antibürgerlich und subversiv. Links ist – da mag in Osteuropa geschehen, was will – bei uns nach wie vor dort, wo sich die kulturelle Mehrheit befindet. Ohne großen Unterschied ist es die öffentliche Intelligenz, sind es die gewitzten und zerknirschten Gewissens-Wächter, die ihren aufrechten Gang im wesentlichen nutzen, um zum nächsten Mikrophon oder Podium zu schreiten, und die gegenwärtig allesamt sich der erbitterten Anstrengung unterziehen, mit *rationalen* Mitteln eine Beschwörung zu betreiben, als erstrebten sie, wenigstens für sich und ihre Rede, gerade jene magische oder sakrale Autorität, die sie als aufrechte Wächter aufs schärfste bekämpfen.

Die Modernität wird nicht mit ihren sanften postmodernen Ausläufern beendet, sondern abbrechen mit einem Kulturschock. Der Kulturschock, der nicht die Wilden trifft, sondern die verwüstet Vergeßlichen.

Das jetzt vernehmbare Rumoren, die negative Sensibilität gegenüber den «Fremden», die sofort in Tollheiten des Hasses umschlägt, wirkt wie das seismische Vorzeichen einer größeren Bedrängnis, in die unsere abgelebten Verhältnisse schon bald geraten könnten. Nicht verwunderlich, daß es jene zuerst betrifft, deren unmittelbare Zukunft auf dem Spiel steht. Das «Deutsche», das sie meinen, ist nur ein Codewort, darin verschlüsselt: die weltgeschichtliche Turbulenz, der sphärische Druck von Machtlosigkeit, die Verunsicherung und Verschlechterung der näheren Lebensumstände, die Heraufkunft der «teuren Zeit» im Sinne des Bibelworts; es ist der Terror des Vorgefühls.

Nach Dezennien der kulturellen Gesamtveranstaltung Jugendlichkeit, deren Stimmungsgeschichte von vielerlei «Befreiung», von Herkunftslösung und Vaterhaß geprägt war, reift nun diese häßliche Frucht heran, eine rechte Jugend, die letzte Progenitur der Nachkriegszeit, die aus der Vereinigung eines verordneten mit einem libertären bis psychopathischen Antifaschismus hervorging.

Die Gesellschaft ist schuld! Die Erziehung hat versagt! hört man sie ungerührt rufen im alten Stil, die Moderatoren. Wie blind und hilflos erscheinen jetzt die kritisch Aufgeklärten, die keinen Sinn für Verhängnis besitzen und nur noch zwischen verschiedenen Gesellschaftsbewegungen unterscheiden können.

Der Kulturpessimist hält Zerstörung für unvermeidlich. Der Rechte hofft hingegen auf einen tiefgreifenden, unter den Gefahren geborenen Wechsel der Mentalität, auf die endgültige Verabschiedung eines nun hundertjährigen «devotionsfeindlichen Kulturbegriffs» (Hugo Ball), der im Gefolge Nietzsches unseren geistigen Lebensraum mit Spöttern, Atheisten und frivolen Insurgenten übervölkert und eine eigene bigotte Frömmigkeit des Politischen, des Kritischen und All-Bestreitbaren geschaffen hat.

Bis hierher und nicht weiter, haben zuerst die Ökologen eindrucksvoll herausgerufen und es mit einigem Erfolg uns eingeschärft. Das Limit-Diktum ließe sich übersetzen ins Politische, Sittliche und gewiß auch Sozialökonomische. Die Grenzen der Freiheit und der Erlaubnis scheinen im Angerichteten deutlich hervorzutreten.

Das *System* zu analysieren heißt die Schuldlosen zählen. Das System bringt seine eigne Verüppigung, seinen eigenen Zerfall und vielleicht seine eigene Wiederherstellung hervor. Das System hat es so gewollt. Wirklich einschneidende, wirksame Maßnahmen lassen sich schon aus *System*gründen nicht durchführen …

Wenn man bedenkt, wie schnell der Feuerball der Narreteien wächst und sich dem kleinen Planeten des Geistes nähert. Vielleicht morgen schon hat er uns alle verbrannt, und nur das Mundwerk läuft weiter munter vor sich hin, wir merken's nicht einmal mehr, jeder bereits ein Unterhaltungsschreck, ein Gespenst des Infotainments. Vielleicht rast er aber auch an uns vorbei.

Der Abgesonderte war immer und ständig von den Gewalten des Blödsinns, die in seiner Zeit entfesselt waren, umgeben und bedrängt. Heute sind die Kräfte nur appellativer geworden, es schallt aus allen Ecken – doch gibt es noch genügend schallfreie. Die ganze Veränderung liegt im Grunde darin, daß die Werbung, mit der das Unwesentliche für sich zu interessieren sucht, so bedeutende Fortschritte an Raffinement und Plazierung gemacht hat.

Der Außenseiter-Heros wird aber heute und künftig andere Züge tragen als der verdiente *poète maudit* oder libertäre Rebell, schon deshalb, weil es erstens keine Bürger-Philister mehr gibt, die man erschrecken könnte, und weil zweitens für den Medien-Philister jeder nur erdenkliche Schrecken zu seiner Unterhaltung beiträgt. Das Verbotene kann man suchen wie das Magische – schwer zu finden dort, wo man es bereits einmal fand.

Immer wieder die (armselige) Hoffnung, daß die Strömung einen großen Bogen nehme und die erstickende, satte Konvention des intellektuellen Protestantismus, das einzige geistige Originalerzeugnis der Bundesrepublik, hinter sich lasse. Daß ein Satz, den angeblich Max Frisch zu einem Kollegen gesagt hat: «Werde im Alter nicht weise, sondern bleibe zornig» – als der Gemeinplatz kritischer Bequemlichkeit erkannt wird, der er in Wahrheit ist. Was muß ein Mensch auf sich nehmen, um weise zu werden! Was darf er nicht alles außer acht lassen, um seinen Zorn zu konservieren! Sie haben Heidegger verpönt und Jünger verketzert – sie müssen jetzt dulden, daß der große Schritt dieser Autoren, Dichter-Philosophen, ihr braves Insurgententum wie eine trockene Distel zertritt.

Der Leitbild-Wechsel, den ich ersehne, wird niemals stattfinden. Zum Sturz des faulen Befreiungszaubers, des subversiven Gemütskitsches wird es nicht kommen. Das alles geht über in eine endlose Prolongation durch technische Wiederaufbereitung.

Dabei: so viele wunderbare Dichter, die noch zu lesen sind – so viel Stoff und Vorbildlichkeit für einen jungen Menschen, um ein Einzelgänger zu werden. Man muß nur wählen können; das einzige, was man braucht, ist der Mut zur Sezession, zur Abkehr vom Mainstream. Diese Demokratie benötigte von Anfang an mehr Pflanzstätten für die von ihr Abgesonderten. Abschnitte, Orte, wo ihre Rede nicht herrscht und die inzüchtige Kommunikation unterbrochen ist. Ich bin davon überzeugt, daß die magischen Orte der Absonderung, daß ein versprengtes Häuflein von inspirierten Nichteinverstandenen für den Erhalt des allgemeinen Verständigungssystems unerläßlich ist. Nicht zuletzt deshalb steht man jetzt vor einer gigantischen Masse an Indifferenz unter den Jugendlichen, weil die politisierte Gesellschaft sich ausschließlich mit korporierten Minderheiten beschäftigt hat und keinerlei Prägemuster für den Einzelgänger zur Verfügung stellte.

Diejenigen, die zu meiner Zeit das Zeug zum Außenseiter besaßen, fanden sich schnell zusammen im gerichteten Strom, auch wenn dieser von einer «anderen Akzeptanz» getragen wurde, als sie die Mehrheit der Normalbürger aufbrachte. Dann war es eben der kollektive Befindlichkeitsstrom der Rock- oder Underground-Szene, des politischen Anarchismus etc. Heute benutzen Majorität und Minderheit, gleich welcher Sparte, durchweg dasselbe konforme Vokabular der Empörungen und Bedürfnisse.

Demgegenüber werden sich strengere Formen der Abweichung und der Unterbrechung als nötig erweisen; man wird sich daran erinnern, daß in verschwätzten Zeiten, in Zeiten der sprachlichen Machtlosigkeit, die Sprache neuer Schutzzonen bedarf; und wär's allein im Garten der Befreundeten, wo noch etwas Überlieferbares gedeiht, *hortus conclusus*, der nur wenigen zugänglich ist und aus dem nichts herausdringt, was für die Masse von Wert wäre. Tolerante Mißachtung der Mehrheit. Schief und verquält stellen sich jetzt nur noch diejenigen an, die sich zu Vermittlern berufen fühlen. Der gut schreiben könnende Analphabet ist das gängige Paradox in den Zeitungen heute.

Es stärkt nur die Gleichgültigkeit, was in Dutzenden Kanälen ausgestrahlt wird. Es bedarf keiner Beschwerde, keiner Klage mehr. Es ist der Mars auf Erden, so kalt, so leblos, vieldurchfurcht und ohne Atmosphäre. Was alle angeht – und kalt läßt, kann nur auf solchem Mars stattfinden. Die Schande der modernen Welt ist nicht die Fülle ihrer Tragödien, darin unterscheidet sie sich kaum von früheren Welten, sondern allein das unerhörte Moderieren, das unmenschliche Abmäßigen der Tragödien in der Vermittlung. Aber die Sinne lassen sich nur betäuben, nicht abtöten. Irgendwann wird es zu einem gewaltigen Ausbruch gegen den Sinnenbetrug kommen.

Wir haben unser Bestes zur Stärkung des Systems und zum Ausgleich der Kräfte gegeben. Setzt dieses aus oder wird empfindlich gestört, so stehen wir selbst ohne eigene Stärke da. Weder Militär noch Volk besitzen die geringste Verbindung mit Prinzipien der Entbehrung und des Dienstes, wie etwa die preußischen Tugenden, die sich ein Hitler noch nutzbar machte. Eher würde diese Republik mit einem Wimmern als mit dem großen Knall, der Resurrektion des Führers, untergehen. Es wird vermutlich so sein, daß die nachlassende Gesellschaft Zug um Zug – ohne ihr System aufzugeben – in die Hände einer systemkonform arbeitenden Schattengesellschaft fällt. Daß hinter den schwachen Drahtziehern dann die stärkeren Drahtzieher auftauchen und diese in ihre Züge nehmen.

Hellesein ist die Borniertheit unserer Tage. Die High-Touch-Intelligenz, alle immer miteinander in Tuchfühlung, unterscheidet nicht mehr zwischen Fußvolk und Anführern. Was einmal die dumpfe Masse war, ist heute die dumpfe aufgeklärte Masse.

Ich sehe zwischen einem Schau-Gespräch und einem Schau-Prozess nur graduelle Unterschiede in der Methode, Menschen öffentlich vorzuführen. Wer sich bei einer privaten Unterhaltung von Millionen Unbeteiligter begaffen läßt, verletzt die Würde und das Wunder des Zwiegesprächs, der Rede von Angesicht zu Angesicht und sollte mit einem lebenslangen Entzug der Intimsphäre bestraft werden.

Das Regime der telekratischen Öffentlichkeit ist die unblutigste Gewaltherrschaft und zugleich der umfassendste Totalitarismus der Geschichte. Es braucht keine Köpfe rollen zu lassen, es macht sie überflüssig. Es kennt keine Untertanen und keine Feinde. Es kennt nur Mitwirkende, Systemkonforme. Folglich merkt niemand mehr, daß die Macht des Einverständnisses ihn mißbraucht, ausbeutet, bis zur Menschenunkenntlichkeit verstümmelt. Es herrscht der Drill des Vorübergehenden, gegen den keine Instanz der Erde sich noch auflehnen kann. Dieser wird im wesentlichen mit «Schnitten» ermöglicht; aber die Schnitte haben entgegen dem Wortsinn nichts Trennendes, sie bringen es vielmehr zustande, daß eine unendliche Kette der Berührungen entsteht, daß letztlich alles mit allem in Berührung gerät.

Auch das Mißverständnis, sogar das Mißverständnis wird einem menschlich teuer – es ist nahezu aufgelöst im Verkehr der öffentlichen Meinung. Jeder Meinende versteht den anders Meinenden. Da gibt es nichts zu deuten. Die Öffentlichkeit faßt zusammen, sie moduliert die einander widrigsten Frequenzen – zu einem Verstehensgeräusch.

Das Mißverständliche wird um so mehr zum Privileg des Kunstwerks, das Deutung fordert und nichts meint.

Ich habe keinen Zweifel, daß Autorität, Meistertum eine höhere Entfaltung des Individuums befördert bei all jenen, die sich ihr zu verpflichten imstande sind, als jede Form der zu frühen leichtgemachten Emanzipation. Die herrenlose (und widerstandslose) Erziehung ist für niemanden gut gewesen, sie hat nur eine Vermehrung der Gleichgültigkeit hervorgebracht, eine jugendliche Müdigkeit.

Es ist schade, ganz einfach schade um die verdorbene Überlieferung. Ja, sie verdirbt draußen vor den Toren wie eine Fracht kostbarer Nahrung, auf die die Bevölkerung wegen irgendwelcher Zollstreitigkeiten verzichten muß. Die Überlieferung verendet vor den Schranken einer hybriden Überschätzung von Zeitgenossenschaft, verendet vor der politisierten Unwissenheit jener für ein bis zwei Generationen zugestopften Erziehungs- und Bildungsstätten, Horste der finstersten Aufklärung, die sich in einem ewig ambivalenten Lock- und Abwehrkampf gegen die Gespenster einer Geschichtswiederholung befinden: «Wehret den Anfängen!» ... Ach! Setzt selber einen brauchbaren!

Der Widerstand ist heute schwerer zu haben, der Konformismus ist intelligent, facettenreich, heimtückischer und gefräßiger als vordem, das Gutgemeinte gemeiner als der offene Blödsinn, gegen den man früher Opposition oder Abkehr zeigte.

Die Minderheit! Ha! Das sind bei weitem schon zu viele! Es gibt nur das Häuflein der versprengten Einzelnen. Ihr einziges Medium ist der Ausschluß der vielen.

Elitär! – nach wie vor ein Schimpfwort, wohingegen «Elite» inzwischen wieder gesellschaftsfähig wurde – für unsere Zwecke gleichwohl ein lächerlicher Begriff angesichts der Tatsache, daß nur noch in engsten literarökologischen Enklaven, in Denk- und Empfindungsreservaten ein Überleben möglich ist. Alles übrige: überdüngtes Gewässer, infolge von Abfalleinleitung aus den öffentlichen Kanälen.

Es ist überhaupt keine Frage, daß man glücklich und verzweifelt, ergriffen und erhellt leben kann *wie eh und je*, freilich nur außerhalb des herrschenden Kulturbegriffs.

Was sich stärken muß, ist das Gesonderte. Das Allgemeine ist mächtig und schwächlich zugleich.

Falls man denn aufhörte, von Kultur zu sprechen, und endlich kategorisch unterschiede, was die Massen bei Laune hält, von dem, was den Versprengten (die nicht einmal eine Gemeinschaft bilden) gehört und daß beides voneinander durch den einfachen Begriff des Kanals (für die laufenden Programme) getrennt ist …

Die Wiederkehr der Götter, wie Malraux und Jünger sie vorausgesehen, die Hoffnung der Weisen – nur: wie heißen die Künftigen, und wer empfängt sie? Wer steht in «fürchtigster Frömmigkeit» (Rilke) vor ihnen und kennt dann ihre Namen nicht? Und wenn sie sie bilden wollen auf ihren Lippen, kommen nur technische Floskeln heraus, Kürzel und Kauderwelsch. Solche Wiederkehren kämen dem Einbruch des Unbekannten gleich, unter Umständen sogar: des einmalig Fürchterlichen.

Harte, schmucklose, dramatische Dichotomie: Es ist verwerflich ohne jede Einschränkung, sich an Fremden zu vergreifen – es ist verwerflich, Horden von Unbehausbaren, Unbewirtbaren ahnungslos hereinzulassen. Die Deutschen sind nach wie vor zu jeder Schandtat bereit und ebensofort bereit, die begangene Schandtat aufgebracht zu bereuen. Vierzig Jahre zivilisierte Lebensform haben nichts an der Volksseele geändert. Die schweigende Mehrheit, nämlich 51 Prozent, gibt heute ihre Meinung kund, der Grölspruch «Deutschland den Deutschen» käme auch ihr aus dem Herzen, um morgen mit gleichem überwältigenden Votum Abscheu und Entsetzen über ihre gestrige Meinung zum Ausdruck zu bringen.

Wenn die Diktatur des Vorübergehenden, an die die Medien das Volk gewöhnt haben, neben ihrer moralischen Verwerflichkeit nur das eine Gute hätte, daß man nämlich auch diesmal nach kurzer Zeit der unentwegten Brennpunkte und Trommelfeuer plötzlich nichts mehr von Ausländerfeindlichkeit hören und sehen will und deren medialer Tod beschlossen wäre, so würde sich dies gewiß günstig auf die tatsächlichen Gegebenheiten auswirken, vielleicht sogar einschläfernd auf die Kräfte des Bösen. Der Verlust der Medienpräsenz gilt ja nicht nur für diese heute so viel wie der Verlust der halben Existenz.

Aber hierzubleiben, wo es nicht schwer wäre für unsereinen, außer Landes zu ziehen wie manch andere, die sagen: Ich lasse mir doch meine Seele nicht verderben in meinem Vaterland; die Seele, sagen sie – ich bin Dichter! –, ist mein höchstes Gut, weit höher als das ganze Vaterland ... und hierzubleiben trotzdem, weil, was geschieht, eben doch ein Teil auch dieser *Seele* ist ...

Die Schamverletzungen, die die anarcho-fidele Erst-Jugend um 68 herum beging, sind nun von rechts beerbt worden. Die neuen Jugendlichen tun zunächst nichts anderes als die ihr vorausgegangene Generation – sich großtun, Initiation betreiben durch Tabuzertrümmerung.

Doch handelt es sich auch bei den Schändungen, die Neonazis jetzt begehen, im besonderen bei ihren antisemitischen Ausschreitungen, keineswegs um militante Akte der Gegenaufklärung. Denn diese, im strengen Sinn, wird immer die oberste Hüterin des Unbefragbaren, des Tabus und der Scheu sein, deren Verletzung den Strategen der kritischen Entlarvung lange Zeit Programm war.

Die Verbrechen der Nazis stehen zuletzt außerhalb der Ordnung des Politischen. Sie können nicht erinnert werden. Sie stellen den Deutschen in die Anwesenheit der Untat, in die Erschütterung, als sei sie gerade geschehen. Wenn es ihm ernst wäre, gliche er dem gläubigen Juden, der den Auszug aus Ägypten über alle Zeiten in unmittelbarer Gegenwart erfährt. Eine über das Menschenmaß hinausgehende Schuld wird nicht durch moralische Scham oder staatsbürgerliche Gedenkstunden über ein paar Generationen «abgearbeitet». Sie wird den Nachlebenden vielmehr zum Verhängnis in der sakralen Dimension des Wortes, indem sie ihr geschichtliches und gesellschaftliches Leben auf Dauer entstellt.

Auch fällt auf, wie gierig der Mainstream das rechte Rinnsal stetig zu vergrößern sucht, das Verpönte immer wieder und noch einmal verpönt, nur um offenbar immer neues Wasser in die Rinne zu leiten, denn man will's ja schwellen sehen, die Aufregung soll sich lohnen. Das vom Mainstream Mißbilligte wird von diesem großgezogen, aufgepäppelt und ausgehalten. Das Bleichgesicht der öffentlichen Meinung und die verzerrte Visage des Fremdenhassers bilden den politischen Januskopf – denn alles im Politischen läßt sich seitenverkehrt in einem Kopf vereinen.

Unvereinbarkeit besteht heute im Grunde vornehmlich zwischen dem Reich, das die politisch-gesellschaftliche Hegemonie über Geist, Moral, Wissenschaft und Glaube erstrebt, und, auf der anderen Seite, der entschiedenen Bestreitung solcher Hegemonialansprüche. Es gibt gewissermaßen ein politisches Externum zur Bekämpfung und Leugnung der Allmachtsansprüche des Politischen. Eine geistige Reserve, die im Namen der Weisheit der Völker, im Namen Shakespeares, im Namen der Rangabwertung von Weltlichkeit, im Namen der Verbesserung der menschlichen Leidenskraft gegen die politischen Relativierungen des Daseins ficht.

Sobald Chaos und Unheil heraufziehen, fahren die ersten Wirbel unter die Vernunft und lösen sie aus ihren geschickten Verhaftungen. Man spürt es daran, wie unangemessen Vernunft auf einmal spricht, unangemessen der Größe der drohenden Schatten ... Irgendeine tiefere Ablenkung geht durch die Gesichter und die Rede. Niemand ist mehr ganz bei der Sache, wenn er auch noch so ergeben von der Sache spricht. Irgendein Strom, der durch alle geht, aus allen kommt und sie heimlich abzieht aus den Räumen ihres gewohnten Bewußtseins. Aus dem Menschenraum im ganzen, dem All aller, werden seltsame Töne, wie Bocksgesang, empfangen.

Der mit dem Vogelkopf und dem zerfransten Toupet, rötlich-braunes Nest von leblosen Fasern, trug eine so dicke Brille, daß man seinen Gesichtsausdruck nicht mehr erkennen konnte, er war nicht mehr feststellbar. Er saß auch im Winter draußen vor seinem Kramladen (außer Militaria lauter Plunder) dicht bei seinem Freund, dem Kristalleuchterflicker, dem Großen mit dem runden Kopf und den langsamen, vorquellenden Augen, ja. Sie starrten beide in die gleiche Pfütze, wenn es regnete, sie kauerten rechts und links der Regenrinne unter der Markise, und sie fürchteten sich maßlos, so sehr, daß sie nicht mehr miteinander sprachen.

Es klang zuerst wie ein rauhes Nebelhorn, aber doch so tief und tot, als käme der verlassene Klang aus dem gesamten Hohlsein dieser Welt, die fern im Sternenstaub (zuletzt nun doch) eine andere grüßte.

Der Stier des Phalaris! schoß es beiden durch den Kopf, das abscheuliche Monstrum, in dem der Tyrann seine Gegner verbrennen ließ. Er hatte Flöten an dem ehernen Gestell anbringen lassen, die die Schreie der Opfer in Musik verwandelten.

Von der Gestalt der künftigen Tragödie wissen wir nichts. Wir hören bis jetzt nur Opfergesänge, die im Inneren des Angerichteten schwellen. Die alte Tragödie gab ein Maß zum Erfahren des Unheils wie auch dazu, es ertragen zu lernen. Sie schloß die Möglichkeit aus, es zu leugnen, es zu politisieren oder gesellschaftlich zu entsorgen. Denn es ist Unheil wie eh und je; die es trifft, haben nur die Arten gewechselt, es wahrzunehmen, es anzunehmen, es zu nennen mit abgetönten Namen.

Wir haben von jeder nur möglichen Katastrophe ein Bild, lange bevor sie eintritt. Das Weltbild im Wechsel von Dante zum Computerszenario gleicht sich doch darin, daß es im Durchschein des Künftigen leuchtet und Licht verteilt. In den Grundbildern ist kein Raum für das Unbekannte. Hier ist alles vorausgesehen. Im Hort der Symbole, im gedichtet Zusammengefaßten, erschöpft sich die menschliche Vorstellungskraft wie aber auch die weltliche Ereignispotenz.

«Denn während Sie mit Auge und Herz den neuen Dingen zugewandt sind, lebe ich mit jedem Atemzuge in einer Vergangenheit, die nie war und welche die einzige Zukunft ist, die ich ersehne. Ich bin allerorten fremd» ... Nationalismus und Rassismus treten – vornehmlich unter Gebildeten, wie im Fall des zitierten Paul Lagarde – auch auf als Triebsubstanz von Einsamkeit und Verbitterung. Und nicht einfach in dem Sinn, daß man sich Schuldige wählt für sein eigenes mißglücktes Dasein. Die Namen werden oft nur einem namenlosen Unmutsgefühl angedient. Selbst Judenhaß deckt dann nur einen gewissen Teil des tiefen Hasses gegen Unbekannt. Jeder große Haß ist altertümlich und bezieht Nahrung aus primordialen Depots; Rassismus und Fremdenfeindlichkeit sind «gefallene» Kultleidenschaften, die ursprünglich einen sakralen, ordnungsstiftenden Sinn hatten. In ‹Das Heilige und die Gewalt› schreibt René

Girard: «Der Ritus ist die Wiederholung eines ersten spontanen Lynchmords, in dessen Folge in der Gemeinschaft wieder Ordnung herrschte ...» Der Fremde, der Vorüberziehende wird ergriffen und gesteinigt, wenn die Stadt in Aufruhr ist. Der Sündenbock als Opfer der Gründungsgewalt ist jedoch niemals lediglich ein Objekt des Hasses, sondern ebenso ein Geschöpf der Verehrung: Er sammelt den einmütigen Haß aller in sich auf, um die Gemeinschaft davon zu befreien. Er ist ein metabolisches Gefäß. Anderswo übernimmt diese Dynamik des Heils der Stammesherrscher, der König: Er inkorporiert die Macht der Finsternis, zieht alles Übel auf sich, um es dann in Stabilität und Fruchtbarkeit zu wandeln. Der Herrscher übernimmt die Funktion des kultischen Opfers. (Entsprechend hätte etwa der linke Terrorismus seine Rolle im *play of kingship* gespielt, da er seinen Haß ausschließlich gegen die Herrschenden richtete und seine Opfer aus ihren Reihen wählte. Er hat damit nicht für größere Unordnung in der Volksgemeinschaft, sondern im Gegenteil für die beinahe einmütige Bekräftigung der bestehenden Ordnung gesorgt. Bei der rechten Gewalt, die vom «feigen Mord» mit elektronischer Fernsteuerung zurückgeht zum Lynchmord, der Zerreißung unter dem Lärmgott, besteht die Gefahr, daß sie nicht einmal die negative Einmütigkeit stiftet in der Ablehnung der Greuel und daß aus dem Weh kein Wohl entspringt. Wir fürchten es, wir wollen es mit aller verbliebenen Macht verhindern und haben doch kein sicheres Mittel zur Abwehr, wenn in unsere hochrationale Welt Bromios, der laute Schrecken, einschlägt und das angeblich so wirklichkeitsbezwingende Gefüge von Simulakren und Simulatoren von einem Tag zum anderen ins Wanken gerät. Die Wirklichkeit blutet wirklich jetzt.)

Postscriptum 1994

Es ist so gut wie unmöglich, Anmerkungen zur Psychopathologie deutscher politischer Befangenheiten zu machen, ohne selbst in sie verstrickt zu werden. Hier ist niemand Arzt, sondern alle sind Leidende, Befallene. Hier gibt es keine *freie* Rede und Gegenrede, sondern in erster Linie Probleme krankhafter Reizbarkeit – offenbar der letzte Lebensnerv eines im übrigen eiskalten und indifferenten Öffentlichkeitsbetriebs.

Wer den Autor jenes Beitrags ‹Anschwellender Bocksgesang›, den Autor etlicher Theaterstücke und Prosabücher auch nur in entfernte Verbindung zu Antisemitismus und neonazistischen Schandtaten bringt, ist jemand, der keine Differenz mehr erträgt. Folglich ist er entweder ein Idiot oder ein Barbar oder ein politischer Denunziant. Oder eben jemand, der beinahe willenlos öffentliches Gerede durch den eigenen Mund rauschen läßt, ganz so wie es in jenem inkriminierten Artikel als eine der gespenstischen Entwicklungen einer aufgeklärten Gesellschaft benannt wurde.

Überhaupt besteht der eigentliche Skandal dieses Beitrags darin, daß ihm das Zutreffende zum nicht geringen Teil erst nachträglich, in nicht enden wollenden Reaktionen angeliefert wurde. Vielleicht hat hier auch die Form, der sprachliche und gedankliche Manierismus dafür gesorgt, daß die Sache nicht so glatt durch den Tag rutschte. Die kurze schlanke Gescheitheit ist nur scheinbar sehr zeitgemäß, in Wahrheit erfaßt sie nichts vom Labyrinth der jetzt erlittenen Welt.

Jenes «Rechte», um das der Streit noch geht (und für mich ist es zuerst das Rechte des gegenrevolutionären Typus von Novalis bis Rudolf Borchardt), ist inzwischen ein intellektuelles Suchtproblem geworden. In erster Linie wohl deshalb, weil es in besonders spannungsreichem Verhältnis zu *der* Rechten steht, der revolutionären und totalitären, die Staat und Volk ins Verderben führte. Hier ist die kategorische Unterscheidung noch längst nicht so geläufig wie auf Seiten der Linken, wo niemand gegen einen Literaten, der für den demokratischen Sozialismus eintritt, den Vorwurf erhöbe, er mache Stimmung für die Wiederkehr stalinistischer Blutbäder. Aber bekanntlich gilt vielen schon dieser Symmetrie-Gedanke als Frevel.

Und tatsächlich wird er in Zukunft an Bedeutung verlieren: Es droht von der Linken keinerlei geistige Anregung mehr; sie wird sich allenfalls beteiligen an der Organisation des gesellschaftlichen Zerfalls in Form der politischen Korrektheit.

Der Konflikt

2006

Während man vor Jahren in Frankreich Le Pen mit 25.000 Euro bestrafte, weil er polemisch bemerkte, daß es im Land demnächst 25 Millionen Muslime geben werde, an denen die Franzosen dann mit gesenktem Haupt vorbeigehen müßten, denken heute auch liberalere Geister heimlich (meist immer noch heimlich) an Reconquista und erinnern sich der erfolgreichen Abwehrkämpfe gegen den arabischen Ansturm bei verschiedenen Gelegenheiten der europäischen Geschichte. Wie lächerlich und bedeutungslos ist es, gegenüber einer zur Mehrheit aufsteigenden Bevölkerungsschicht in unseren Städten die müden süßen Töne von «Toleranz» beizubehalten! Und welche Begriffsschändung ist es, jemanden, dem das nicht gefällt, einen Rassisten zu nennen! Die für die absehbare Zukunft prognostizierte muslimische Bevölkerungsmajorität von Amsterdam und anderen Metropolen braucht unsere Toleranz nicht mehr. In wessen Namen diese Blindheit? Zu welchem Zweck die feige Heuchelei? Wohinaus leben wir?

Das sah Nietzsche allerdings ganz anders. Er warf Karl Martell vor, uns mit seinen Feldzügen gegen die Araber im 8. Jahrhundert schmählich um die Segnungen und Reichtümer der sarazenischen Kultur betrogen und unsere glückliche Islamisierung verhindert zu haben. Ob er in seinem tiefen antichristlichen Rigorismus dies

Urteil auch angesichts der Terrorschläge von Salafisten und Dschihadisten aufrechterhalten hätte? Vermutlich. Nichts bleibt unerbittlicher und eifernder als eine Anti-Passions-Passion.

Niemand von geradem Gewissen wird sich von der Köterspur des Rassismus samt seiner xenophoben Abarten reizen oder verführen lassen, aber wenn sie den deutschstämmigen Spielkameraden, der sich ein Foul leistet, auf dem Fußballplatz ein «Christenschwein» rufen, junge deutsche Türken, dann zuckt man zusammen, selbst wenn man sich vor der Beschimpfung nie als Christ gefühlt oder bekannt hätte. Ein Widerwille gegen jegliche Form von spiritueller Okkupation ergreift einen, mit allen banalen Ansprüchen der Revierdominanz und sogar des Reconquista-Affekts.

Sogleich folgt jedoch die zaghafte Nachfrage: Dominanz? In nicht so fernen Tagen wird der junge christliche Kicker auch in diesem Stadtteil zur kulturellen oder ethnischen (sagt man dann noch so?) Minderheit gehören. Man wüßte nur gern, ob sich die anderen in ihrer Mehrheit dann ebenso empfindlich der Abwägung zwischen Toleranz und Dominanz befleißigen werden. Integration, darunter versteht man bei uns nicht viel mehr als Assimilierangebote. Am demokratischsten wäre der Verzicht auf Glaubensidentität und Sittenprägung. Freiheit und berufliches Fortkommen fußen auf ersprießlicher Profanie.

Folglich gehört der Junge, der gläubige Christ, das Kind, das Heimat kennt und Heimat fordert, so oder so zu einer verschwindenden Minderheit. Es wird ihm im übrigen sein inneres Hab und Gut eher geraubt von den Unsitten der Vorteilssucht und des Karrieredenkens als von den Sittengestrengen des Propheten. Im Gegenteil, die letzteren können ihn in seinem Glauben nur bestärken – er wird sich ihnen gerade in dem Maße entgegensetzen, wie sie ihm in ihrer religiösen Bindung nachahmenswert erscheinen.

Wenn man Regeln für das friedliche Miteinander in der Unvereinbarkeit festlegen könnte, so hätte als eine der ersten zu gelten, daß man Christen nicht als «Ungläubige» bezeichnet.

Wie oft beschrieben, bezieht der Islam seine stärkste Wirkung aus seiner sozialen Integrationskraft. Seine diesseitigen Vorteile läßt man leicht außer acht, wenn man sich mit dem politisch-spirituellen Konflikt beschäftigt. Gleichwohl werden liberale Systeme mit ihrem Integrations«angebot», ihren Assimilier-Forderungen immer mit der innerislamischen Integration konkurrieren. Mit anderen Worten, die angebliche Parallelgesellschaft ist eigentlich eine Vorbereitungsgesellschaft. Sie lehrt uns andere, die wir von Staat, Gesellschaft, Öffentlichkeit abhängiger sind als von der eigenen Familie, den Nicht-Zerfall, die Nicht-Gleich-Gültigkeit, die Regulierung der Worte, die Hierarchien der sozialen Verantwortung, den Zusammenhalt in Not und Bedrängnis. Selbstverständlich ist es für den aufgeklärten Westeuropäer der Born der Finsternis, der dies Leben in der Gemeinschaft ernährt und gut organisiert. Die Aufgeklärten, die sich durch keine Krise, so hart sie auch sein mag, zur Selbstüberprüfung, gar zur Selbstzensur veranlaßt sehen, werden das, was sie für den Born der Finsternis halten, niemals überwinden, nicht mit optimistischen Wohlstandsszenarien, nicht mit militärischer Gewalt und auch nicht, indem sie ihren eigenen «Born der Finsternis» wiederentdecken und ihn geschwind umtaufen zu einer «neuen Quelle der Religiosität», die oft nur für die Dauer eines Kirchentags kräftig sprudelt.

Für andere von uns aber kommt die wesentliche Inspiration gerade daher, daß es in unserer unmittelbaren Nähe (des Gewissens oder Gefühls, nicht des Orts) diese fremde und gegnerische spirituelle Potenz gibt, gegen die wir geheißen sind unser eigenes Bestes aufzubieten, es neu zu bestimmen oder wiederzubeleben:

das Differenziervermögen an oberster Stelle, das Schönheitsverlangen, geprägt von großer europäischer Kunst, Reflexion und Sensibilität – lauter Sinnes- und Geistesgaben, die in der westlichen Gesellschaft der Gegenwart von geringer Bedeutung, geringem Ansehen sind. Wir sind ja nicht bloß eine säkulare, sondern dabei eine weitgehend geistlose Gesellschaft. Schon das macht den «Dialog» eher schwierig. Für die Vorbereitungsgesellschaft wäre zwar auch unser Bestes an Kunst und Geist nichts als Häresie und doch – gäb's je ein globales Toledo, zumindest eine kurze Blütezeit west-östlicher Synergien, dann führte der Weg dorthin weniger über die Weltmärkte, über technische Innovationen, über Sport und Reisen, sondern wiederum über die Annäherung und den Disput zwischen zwei Schriftkulturen.

Der Konflikt ist nicht zu lösen, dafür aber festumrissen, und er beendet die Periode der «neuen Unübersichtlichkeit». Mit der westlichen Einfühlung in einen unüberwindlichen Antagonismus, sakral/säkular, ist die herrschende Beliebigkeit, sind Synkretismus und Gleich-Gültigkeit in eine Krise geraten. Vielleicht darf man sogar sagen: Wir haben sie hinter uns. Es war eine schwache Zeit!

Herrschen und nicht beherrschen
Zur Rhetorik der Krise

2011

Der Souverän hat einen neuen Widersacher. Diesmal nicht die römische Kirche, nicht den Kommunismus, sondern «die Märkte». Sie zu beruhigen, unternehmen die Regierungen des Euro-Verbunds ganz altmodische diplomatische Manöver der Täuschung, Verschleierung und Falschaussage – bis hin zum (noch immer uneingestandenen) Bruch vertraglicher Vereinbarungen und institutioneller Regeln.

Wie jeder ungreifbare und unangreifbare Feind werden deshalb nun die Märkte dämonisch entrückt.

Dabei gilt nach dem Wort Friedrich von Hayeks der Markt eigentlich als ein «Entdeckungsverfahren», indem er seine Teilnehmer über Vor- und Nachteile ihrer Investitionen orientiert – aber eben auch, indem er die desolate Finanzlage von kredithungrigen Staaten bloßstellt, die die nationale Politik mehr oder weniger geschickt zu verbergen sucht.

Diese als schonungslos kapitalistisch empfundene «Aufklärung» durch die Märkte wird von den Betroffenen meist empört zurückgewiesen – gegenüber den Märkten reagiert jede Regierung spontan um einen Ruck linker, als sie es vielleicht ist, und sucht die sozialen Verpflichtungen, die sie gegenüber der Bevölkerung wahrzunehmen hat, gegen die Zumutungen der schnöden Zinswirtschaft – in Form der anmarschierenden schier endlosen Zahlenkolonnen der Refinanzierung – abzuschirmen.

Das Volk interessiert sich nicht für Ökonomie. (Wir benutzen hier – für den Schriftsteller gewöhnlich unerträgliche – begriffliche Großformate: der Staat, die Politik, die Märkte, der Souverän, also auch: das Volk). Geld ist, über die persönlichen Zuflüsse hinaus, kaum der näheren Erkundigung wert.

Zwar werden alle unentwegt, unterstützt von graphischen Modellen, über die «Mechanismen» des Geschehens (was funktioniert eigentlich noch mechanisch im IT-Imperium?) aufgeklärt – aber worüber sind wir nicht schon bis über den Rand unseres Verstands aufgeklärt, ohne daß es uns anhaltend beschäftigte?

Wichtiger als aufklären wäre in diesem Fall vielleicht ein instruierendes Werben für die Materie selbst, die heute genau wie zu bürgerlich pietistischen Zeit als anrüchig gilt, vielleicht nicht mehr aus Gründen asketischer Scham, sondern eher aus saturierter Verachtung. Die kurzfristigen, die Ad-hoc-Erläuterungen komplexer Marktvorgänge in den TV-Nachrichten treffen weitgehend auf ein volkswirtschaftlich unvorbereitetes Publikum.

Gerade angesichts der Krisenkette zur Einleitung des neuen Jahrtausends wäre es ratsam, ein Pflichtfach Ökonomie für höhere Schulklassen einzurichten. Nicht um noch gerissenere Marktteilnehmer zu erziehen, sondern um der gefährlichen Bequemlichkeit sich forterbender antikapitalistischer Affekte, der im Volk wahrscheinlich am weitesten verbreiteten intellektuellen Einschränkung, entgegenzuwirken. Das «Anti» in Form von streitbaren Antipoden und konkurrierenden Schulen versammelt das marktwirtschaftliche Denken in sich zur Genüge.

Es ist jedenfalls anregend und spannend, die verschiedenen Methodenlehren der Nationalökonomie und Geldpolitik zu verfolgen – so weit zu verfolgen, bis man zur tieferen Unschlüssigkeit der gesamten Entwürfe vorstößt und sich der Ablösbarkeit und Widerlegbarkeit so gut wie jeder Schule bewußt wird. Schumpeter, Eucken, Müller-Armack, von Mises, erst recht Keynes und Friedman gehören nicht nur zur Theorie-Geschichte des 20. Jahrhunderts. Im Vergleich zu anderen Denkern, Historikern oder Philosophen nahmen einige von ihnen einen erheblichen Einfluß auf die Politik und das soziale Leben.

Wenig fruchtbar ist in der Folge allerdings die Aufteilung der gegensätzlichen Schulen auf politische Parteien und Parteiungen. Der Liberale wird immer mit seinem ordnungspolitischen, der Grün-Linke immer mit seinem keynesianischen Derivat handeln (also für mehr Schulden zur Stimulierung des Arbeitsmarkts, des Konsums plädieren). Keiner weicht von seiner Linie ab, bei keinem reißt sie irgendwo oder verbindet sich mit der Gegenlinie.

Wir haben es auf diesem Gebiet zu oft mit Ideologen zu tun, die gar nicht mehr merken, daß sie keine Ideologie mehr besitzen, da diese längst in ihre pro- oder antikapitalistischen Affekte diffundierte. Und solche Ablagerungen sind oft störrischer und beständiger als dogmatische Prinzipien.

Im Vorschlag, auf dem Wege von Eurobonds die gegenwärtige Schuldenschwemme auf alle Euro-Länder zu verteilen und dies als ein Gebot der Solidarität auszugeben, versteckt sich eine Version des alten antinationalen Affekts der Linken und im Kern die sozialistische Aporie: Am Ende sind alle Habenichtse.

Das Volk ist verwöhnt, bequem, leicht reizbar und hypochondrisch. Auf dem Gebiet, von dem sein Wohlergehen am meisten abhängt, ist das Volk ein Stümper. Die Entscheidungsträger haben sich daran gewöhnt, zu ihm durch Gesetze und Regelwerke zu sprechen.

Ein Wort, das vielleicht allgemein aufhorchen ließe, wurde von einem Politiker seit langem nicht vernommen. Die Autorität, die er vielleicht kraft seines Amtes noch besitzt, leidet in der Regel, sobald er den Mund aufmacht. Jedermann ist des Gewäschs überdrüssig. Man will nie wieder etwas von einem Schritt in die richtige Richtung hören. Selbst wenn er getan würde, was offenbar nur selten der Fall ist, blieb er in solcher Sprache ungetan für den Zuhörer, die Floskel isoliert ihn hermetisch vom Tatbestand.

Prägnante, nicht etwa «gewählte» Sprache vermittelt Autorität. Wer seine Muttersprache beherrscht und nicht auf ihrer glatten Oberfläche dahinschlittert, dem traut man auch zu, das Sagen zu haben.

Nun meint man leicht mit Goethe, der Handelnde sei immer gewissenlos, das ist modern: ohne Reflexion. Das mag zutreffen, wenn die geschichtliche Stunde einen Politiker zum Handeln erwählt. Die unzähligen Untätigen der Geschichte aber, die Abend für Abend in den TV-Studios herumlungern und ihre Fertigteil-Sprache absondern, erregen selbst beim breiten und doch feinhörigen Publikum den Verdacht, daß ihre mangelnde sprachliche Ausdruckskraft keinen guten Schluß auf ihre Handlungsstärke zuläßt.

Nicht-Beherrschbarkeit in der Szenerie der Krise läßt sich natürlich nicht auf die rhetorische Schwäche der Verantwortlichen zurückführen, zumal sie womöglich nur teilhat an dem magisch-medialen Machtverlust, den Sprache an sich heute erleidet, im Bereich der Künste nicht anders als bei der öffentlichen Rede. Kommunikation schleift den Stil und gleicht die Zungen einander an.

Die Börse ist seit jeher ein Ort, an dem persönliche Autorität keine Rolle spielt, ausschlaggebend ist am Ende allein das Schwarmverhalten. Soll das in Zukunft auch – mit Rücksicht auf Facebooks Millionenschwärme – für die Politik gelten?

Kein rhetorisch begnadeter Politiker, keine noch so unanfechtbare Autorität könnte die Nicht-Beherrschbarkeit des derzeitigen Schuldendilemmas mit Worten durchdringen oder gar bannen. Gleichwohl: ein einziges nachdenkliches Wort! Wäre jemand von Amt und Rang dazu imstande – es würde den Handelnden nicht nur Glaubwürdigkeit zurückgewinnen, sondern das Thema, das Dilemma, die Katastrophe für einen bemerkenswerten Augenblick aus dem Schattenreich medialer Indifferenz herausgeführt haben.

Stattdessen ist im Zusammenhang mit den Finanzstrategien der EZB ein anderes einziges Wort wiederaufgetaucht, das noch aus Maggie Thatchers Zeiten stammt und Regierenden dazu diente, eine zu ihrem Vorteil gefällte Entscheidung den Anstrich der Unumgänglichkeit zu geben: *Tina*, «there is no alternative». Da gegenwärtig Not und Notwendigkeit nicht mehr vorgegeben werden müssen und den Handelnden kaum eine Wahl bleibt, kann die Losung eigentlich nur mit knirschenden Zähnen als Fluch ausgestoßen werden. Die Kritiker dieser Losung, die einst die «Alternativen» hießen, was würden sie heute vorschlagen? Auflösung des gesamten Pakts, nördliche Kernzone für den Euro, staatliche Insolvenzen zulassen, niemals um jeden Preis etwas retten, das so nicht zu retten ist? Die «Alternativen» von heute sind die Ökonomen, die nicht in politischer Pflicht stehen.

Vom Allgemeinen soll man gemeinverständlich reden. Doch gehört es zu den verderblichen pädagogischen Usancen, das Niveau zu senken, um den Rezipienten dort abzuholen, wo er steht. Er braucht nicht abgeholt zu werden, sondern wird angezogen, nähert sich von selbst, wenn jemand von einer etwa zehn Zentimeter höheren Warte zu ihm redet.

Die Lektion von der Nicht-Beherrschbarkeit erteilte als erste die kernspaltende Reaktortechnik. Ihr Karriereknick erfolgte, weil man bei einer hochentwickelten Technologie zuerst den Nutzen abschirmend vor die Gefahr stellte, dann aber in einem jähen Gefühlsumschwung – der Erkenntnisakt war längst vollzogen – die Priorität umkehrte.

Es ist sicher – jedenfalls für deutsche Verhältnisse – ein Novum, mit einer erfolgreichen Industrie radikal zu brechen, ohne die Entwicklung einer kompensierenden Technologie der verstärkten Sicherheit und, im speziellen Fall, der Entschärfung des Endlagerproblems abzuwarten.

Stattdessen beginnt man eine Operation mit völlig offenem Ausgang, auch wenn sie vermutlich herausfordernd genug wirkt, um eine Fülle von Initiativen und marktbelebenden Tätigkeiten zu befördern. Eine Operation, die freilich zur Hälfte lediglich aus Überzeugung, Gewissen und Gesinnung besteht.

In den Stunden des japanischen Supergaus bildeten sich bei uns, fern der Bedrohung, Menschenketten, und auf den Gesichtern schien manchmal unter dem Ernst der Anteilnahme auch das heimliche Frohlocken der Katastrophengewinnler hervor.

Deren Interessen wurden bisher nicht mit Profitgier, dafür aber mit dem Eifer eines engstirnigen Sektierertums verfolgt. Die Wolke eines pathetischen «Nie wieder wie zuvor» senkte sich über die ganze Republik, überwand rasch eine geistige Distanz, die die atomare gottlob nicht zurücklegte.

Hier interessiert nicht der umstrittene Gegenstand «friedliche Nutzung der Kernenergie». Man würde bei uns auch den Teufel am

Werk sehen, wenn statt der Kernspaltung die Kernfusion zur Energiegewinnung eingesetzt würde, obschon sie keine vergleichbaren Gefahren und Belastungen mit sich bringt. Das «Atom» wird niemals entdämonisiert. Hier interessiert lediglich die plötzlich freie Bahn, auf der Gewissen jegliches Wissen überrennen konnte, dabei den sogenannten Druck der Straße aufbauend, dem die Regierung prompter, als es der politische Anstand erlaubt, sich beugte, möglicherweise um nicht im Handumdrehen zum Volksfeind zu werden wie ein arabischer Autokrat, ganz sicher aber nach kommenden Wahlen schielend – und das verringert das verantwortungsvoll scheinende Handeln gegenüber der Tragweite des Beschlusses auf ein schäbiges Motiv.

Tatsächlich hat die politische Szene mit einem Schlag den Antagonisten verloren. Es gibt keine Parteien mehr, es gibt nur noch Atomaussteiger. *Tina!* Das «Positive», derart allein gelassen, wird einen deutlichen Spannungsabfall im Bereich des Streitens und Argumentierens zur Folge haben. Es ist ja, als habe der Deutsche seinen Faust, der ohne den Teufel sich nicht erweitern kann, gänzlich neutralisiert. An Stelle der zwei Seelen ist der eine Hasenfuß getreten.

So viel Neues! Vielleicht ist das Jahr 2011 so etwas wie ein zeitlicher St.-Andreas-Graben, in dem die Platte der alten Gewißheiten sich gegen die Platte neuer Ungewissheit mit Getöse verschiebt. Arabischer Tyrannensturz, Erdbeben mit Supergau, Schuldenexuberanz, nicht beherrschbare Kommunikationssysteme, die hier eine Volksbefreiung befördern, dort ein Monster hervorbringen, den eiskalten Massenmörder, Ausgeburt der weltweit vernetzten Isolation ... So viel Neues!

Abschied vom Außenseiter
Von den meisten und den wenigen

2013

Zu Beginn des 21. Jahrhunderts ist der Typus des Außenseiters aus Gesellschaft wie Literatur so gut wie verschwunden. Der Einzelgänger, der sich fern von neuen Foren hielte, besäße heute keinerlei Prestige mehr, sondern erschiene wohl den meisten als schrullige Figur. Konformitäten, Korrektheiten und Konsensivitäten, die das *juste milieu* der kritischen Öffentlichkeit regeln, werden von den Bakterienschwärmen neuer Medien lediglich verstärkt. Der Hauptstrom kann nur immer breiter, launiger und machtvoller werden – und dabei seine unersättliche Gemeinschaftsbildung mit immer raffinierterer Technik betreiben.

Wenn alle meinen, es käme noch am entlegensten Ort darauf an, sich genügend Gesellschaft online zu verschaffen, so kommt dem Unverbundenen eine neue Rolle zu.

Idiot: der Unverbundene, der anderen Unbegreifliches spricht. Privatperson. Gemeinschaftsstümper. *Idios:* beiseite, abseits befindlich; den einzelnen betreffend, dem einzelnen zugehörig. *Idioteía:* Privatleben. Torheit.

Der *idiot savant*, wie man zuerst den Autisten nannte, wäre als Begriff zu entlasten und vielleicht verwendbar für jene Abenteurer, die anders verbunden sind als nur untereinander. Das Verbundensein wiedererstarkt in der Absonderung.

Der Abgesonderte ist ja der *idiotes* im antiken Wortsinn. Er dreht sich wie eine abgerissen Rose im Flußstrudel zielstrebiger Menschen – Menschen im Konsens. Eingemeindete, Zugehörige eines wundersamen Einvernehmens. Zielstrebige Leute, doch über ihr Ziel täuschen sich alle.

Wozu noch *Ich* sagen? Man wird sich daran gewöhnen, daß nicht Subjekte etwas fühlen, sondern konsensitiv Assemblierte etwas zum allgemeinen Erlebnis bringen. Das Subjekt selbst bleibt lustlos.

Die Bereiche des Geschehens, der Entwicklungen, der Zustände, für die man keine eigene Zunge hat, sondern nur eine, die mit tausend anderen in dieselbe Schwingung versetzt wird, so daß sie über die hinderlichsten Tatbestände hinweggaloppiert, diese Bereiche vermehren sich, drängen den *Idiotes* hin zu den Idioten der Belange.

Seid umschlungen, Millionen, hielt man die längste Zeit für eine gewagte poetische Hyperbel, bis sich zeigte, daß sie die Zukunft der Facebook-Freundschaften, das Alle-Welt-Gefühl des Stubenhockers besang. Darin sind alte Einsamkeit und alte Geselligkeit gleichermaßen verloren. «Eine verstreute Dynastie von Einsiedlern hat das Antlitz der Erde verwandelt» (Borges).

Die klassische Proportion, die den Transport der Kultur ermöglichte, beruhte auf der substantiellen Trennung der vielen oder Ausgeschlossenen von den wenigen Einbeschlossenen. Noch Borchardts Kritik an der Humboldtschen Bildungsreform betonte, es komme eben nicht darauf an, daß viele Griechisch lernen, sondern wenige. Die vielen verdünnen das Gut, jene wenigen aber erhalten es.

Der ästhetische Urfehler rührt vom Plurimi-Faktor: *die meisten* zur obersten Interessensphäre zu machen. Das Breite zur Spitze zu erklären.

600 Millionen Autoren brauchen kein Buch – sie füllen Rückstände von Schon-Geschriebenem in ein Unbuch. Von Massenbewegungen fasziniert, unterschlägt der intellektuelle Götzendienst vor dem Populären die banale Erfahrung, daß diese Anrufung, immer der Quote nach, stete Anpassung nach unten verlangt.

Inzwischen paktiert auch die Kunst liebedienerisch mit Quote und breitem Publikum. Kaum einer, der Verbreitung nicht für Erhöhung hielte. Er müßte denn schon seiner Erfolge überdrüssig sein und aus purem Snobismus die Überzeugung hegen: Die Frage des Niveaus wird in Zukunft wieder von der Begrenzung des Zugänglichen abhängen.

Wir anderen müssen neue unzugängliche Gärten bauen! Zurück zur Avantgarde! Den Kunstbegriff gilt es auf Brennpunktgröße zu verengen. Das natürliche Bedürfnis gegenüber dem schrankenlos inkludierenden System geht nach dem ausgewählten Zirkel. Man halluziniert in der Schwemme die Weihen des George-Bunds. Gewiß ohne den Stern, ohne Geschichtsprophetie. Der Typus Meister und Führer ließe sich ohnehin nicht wiederbeleben, so wenig wie das paternale Familienoberhaupt oder der Reitergeneral. Den Führer gibt es nur noch als schräge Figur – entweder an der Spitze eines abwegigen Staats, oder er heißt Influencer und ist jederzeit durch einen stärkeren verdrängbar. Ein geistiges Myzel indessen, eine untergründige Verbundenheit, ein ausschließendes Prinzip, wäre wohl dienlich der Abwehr anmaßender Dürftigkeit. Nicht feind der Demokratie, jedoch der Demokratisierung sämtlicher Lebensbereiche, feind der Total-Demokratie.

Der Reaktionär läßt, was niemals war, geschehen sein. Er verklärt als der echte Epiker das Gewesene, um es jederzeitlich zu machen. *Das war nie und ist immer*, die Definition des Mythos (bei Walter

F. Otto nach einem Wort des Sallust), behauptet auch der Reaktionär. Es macht ihn zum Geschichtsmythologen. Als solcher verfolgt er Ordnungsphantasmen, die sich einer fabulösen Eingebung eher verdanken als einem politischen Kalkül.

Man sollte meinen, daß inzwischen die mediale Zunft weiß, was sich diesem Typus literarisch zuordnen läßt, nämlich eine bestimmte Zucht von Gedanken, die das, was höher rangiert als sie selbst, erstens erkennt und zweitens nicht stürzen will, sondern sich ihm in der Hoffnung auf Teilhabe unterwirft. Man muß aber erleben, daß trotz de Maistre und Cioran mit dem Begriff nach wie vor nur der Bierschaum des politischen Stammtischs assoziiert wird. Die Mühlen des öffentlichen Bewußtseins mahlen leider nicht langsam, sondern immer wieder das schon gemahlene Mehl.

Der Reaktionär ist Phantast, Erfinder (der Konservative dagegen eher ein Krämer des angeblich Bewährten). Gerade weil nichts so ist, wie er's sieht, noch gar nach seinem Sinn sich entwickelt, steigert er die fiktive Kraft seiner Anschauung und verteilt die *nachhaltigsten* Güter des Geistes und des Gemüts. Oder die lange anhaltenden. Oder die im Erhalten sich erneuernden (um der entleerten Vokabel ein wenig variablen Sinn zu unterlegen).

Wir drängen den Gläubigen und Andersgläubigen neben uns unentwegt unsere Freiheiten auf, denken aber nicht daran, auch nur das Geringste von ihrer Freiheitsbeschränkung durch Ritus und Religion nachahmenswert zu finden oder auf uns abfärben zu lassen. Das Abfärben soll nur einseitig geschehen. Dabei täte etwas mehr Familie, etwas väterliche Stärke einem Erziehungsverhalten gut, dessen Schwächen allenthalben von staatlich geförderten Hilfen kostspielig kompensiert werden. Autorität zu bezweifeln gehört jedoch zu den Pflichten, die der demokratischen

Übereinkunft selbstverständlich erscheinen und die ihr leichtfallen.

Neugier und Respekt gegenüber den uns fremden Gesetzestreuen bleibt den wenigen vorbehalten, die es sich zumuten, die Sache in den schärfsten Kehren der Ambivalenz zu ertragen. Die meisten wenden sich bereits mit Empörung ab, sobald ihrem gewohnten Lebensstil aus religiösen Gründen mit Distanz begegnet wird. Im Zuge des Bevölkerungswandels könnten sich andere Prioritäten herausbilden, als sie heute gültig sind.

Die es nach dem Strafgericht der Entbilderung verlangt, die ihr Leben unter den Buchstaben ihrer Religion stellen, wenn nicht gar in den Dienst einer Rück*verwortung* der Welt, werden unter radikalisierten Umständen freilich auch unseren Schatz an bildlichen Kunstwerken nicht verschonen. Doch hieße, vom westlichen Lebensstil zu lassen, nicht auch: sich abwenden von Kubrick und Mark Rothko? Die meisten könnten das, die wenigen können es nicht.

Man könnte behaupten, daß die Frage nach dem Unzeitgemäßen sich nicht mehr stellt, da wir im Grunde nur noch *erneuerbare* Gegenwart kennen. Inzwischen kann nicht einmal der gelernte Zeitgenosse sicher sein, daß sein Handwerk noch *à jour* ist, indem sich ihm von nah und fern aufdrängt, daß sehr ungleiche Zeiten sich die eine Gegenwart teilen.

Dabei geschieht jedem seine Unzeitgemäßheit Tag für Tag beinah unfreiwillig. Etwas in seinem Handeln, Denken, Empfinden und Sprachgebrauch ist mit Sicherheit *heute* von gestern.

Auch im Begreifen liegt immer etwas Gestriges. Wir begreifen ja das Neueste in vorgeprägten Formeln, die längst abgegriffen sind.

In ihren Vergleichen hütet die Alltagssprache Utensilien der Vergangenheit, die aus unserer Gebrauchswelt seit langem verschwunden sind: Die Wirtschaft muß man ankurbeln. Wo in unserer digitalischen Welt findet sich die einfache physikalische Vorrichtung der Kurbel noch? Sie war einmal: am Auto, an der Filmkamera.

In die sprachlichen Vergleiche dringt kaum Gegenwart. Man hält an den bewährten Metaphern aus Ahnenzeiten fest. Wissen und Technik unserer Tage setzen zwar jede Menge Idiome und Begriffe ab in die lebendige Sprache, sie scheinen jedoch nicht chiffrierfähig. Jeder in seinem *Schmelztiegel* achte einmal: wieviel von seinem geläufigen Verstehen auf frühindustrieller Metaphorik beruht.

Man kann aus keiner Wolke mehr fallen, wie etwa Benn aus der Wolke Spengler-Nietzsche fiel: Untergangszauber! Der freilich auch günstig der Selbstberauschung des Artisten war und dem erhöhten Ausblick übers Abendland diente. Aber wir erben, erben und erben. Die Artistik läßt sich nie wieder so verfeinern, der Wörterglamour nicht erneuern. Man geht jetzt nüchtern vor und regt in Kommissionen Maßnahmenkataloge an.

Das Untergangsfeuerwerk bestand aus funkelnden Worten, das *millenarische* Gefühl (Hofmannsthal) verlangte nach Endzeit-Fête, dergleichen wiederholt sich nicht, Prognosen schläfern ein. Doch lieber so eine rauschende Ballnacht des Geistes als noch eine Klimakonferenz.

Nicht die graue Sorge, die den rastlos Tätigen erblinden läßt (Goethe), nicht die Sorge, die zum Wächter des Seins bestellt ist (Heidegger), sondern allein die geschäftig-geschäftliche Zukunftssorge ist es, die zur Kritik der Gegenwart dient. Man möchte zu gern einigen Späteren beim historischen Erwägen unserer Dilemmata zuhören! Ob sie nicht vielleicht unser Epochenbewußtsein einmal für das vergrämteste und krämerischste halten werden, voll unschlüssiger Berechnungen, ideologisch verdorbener Analyse und anthropozentrischer Halbwahrheiten?

Wenn ich nur wüßte, welche die größte Naivität meiner Zeit gewesen sein wird!

Noch spärlicher an der Zahl als stille Leser von Gedichten sind diejenigen, die sich vor Schmerz krümmen, wenn sie sehen, wie mitten im Frieden eine vom Dichter besungene Landschaft verheert vor ihnen liegt, so gemein und hochmütig, so um sich greifend und im Unmaß aufragend, Horizonte sperrend, rücksichtsloser als Feuersbrunst, Rodung, Industrialisierung zusammen ... Zum Glück zeigt sich die Unterwelt aufgeschlossen gegenüber den neuen Sorten ewiger Büßer und stellt frische Marterqualen bereit: Jene nämlich, die mit Windkraft moralische und unmoralische Geschäfte machten, Schänder der Landschaftsseele, sieht man jeden einzeln auf ein Rotorblatt gefesselt und bis auf den Jüngsten Tag im Höllensturm sich drehen.

Inzwischen zählt der Dichter nur noch als veranstalteter. Sein Werk findet bei Gelegenheit statt. Es ist nur im Rahmen eines Festivals präsent und findet dort sogar vorübergehend das Gehör der großen Schar.

Man muß wissen, «daß nämlich heute auf fünf Autoren ein Leser kommt ... Schreiben können viele, lesen aber nur wenige» (Teixeira de Pascoaes, der große mystische Dichter Portugals im 20. Jahrhundert, in einem Gespräch mit seinem Übersetzer Albert Vigoleis Thelen).

Gegen den Markt des breitgetretenen Quarks, dessen Autoren in digitalen Massen sich vordrängen, zuletzt gegen Verbreitung überhaupt, muß das Buch immer dichter und verschlossener sein. Es wird sich resakralisieren. Wobei in dem hochtrabenden Wort die Ironie mitklingt, mit der der Verleger Stendhals dem Autor über den mangelnden Verkaufserfolg von ‹Über die Liebe› berichtete: Ihr Buch ist heilig. Niemand rührt es an.

Wenn wir irgendwo den ‹Othello› sehen, sehen wir zuvörderst, daß ein Werk von dieser Größenordnung nicht mehr faßbar ist für heutige Bühnenkunst. Es quält wie Lustzensur, unentwegt zu spüren, daß es jederzeit erschüttern könnte, weil zum Erschüttern geschrieben, aber stattdessen nicht einmal mehr kitzelt.

Desgleichen: Spaßhaben mit ‹King Lear›. Überall steht das Publikum für Schnäppchen an. Billig muß etwas sein, das man begehrt, auch der Witz, den man aus einem Kunstwerk macht.

«Saturn» und «Apple-Store» sind daher die wahren Kult- und Feierstätten, Festungen, die nächtlich belagert werden, wo die Hype-Heuschrecken niedergehen, schwarze Wolke, die abräumt, sobald eine Neuerung oder Preissenkung ruchbar wird.

Man will mir weismachen: Parzival, Tristan, Lancelot – die Helden, die Werke berührten lediglich die heterosexuelle Konvention, dahinter verberge sich durchweg schwule Leidenschaft. Es gibt keine sexuelle Normalität – daher ist auch eine Gender-Usurpation der Liebesgeschichten der Weltliteratur genauso überflüssig wie zuvor eine marxistische, freudianische, dekonstruktivistische. Theorien überleben sich in kurzen Zeiträumen, im vergangenen Jahrhundert bestimmt ein gutes Dutzend an der Zahl. Die Werke haben dazu nur den Kopf geschüttelt.

Der Reaktionär ist dem Wortsinn nach jemand, der reagiert – während andere noch stumm und willfährig bleiben. Er reagiert ohnedies nur idiosynkratisch und bezweifelt, daß es sich um sittlichen Fortschritt handelt, wenn sich im Zeichen des Eros Lobbyisten sammeln und die einst schöpferischen Kulte des Andersseins, die Ehre des Außenseiters den Strategien sozialer Vorteilsbeschaffung geopfert werden. Er blickt skeptisch auf die Eigendynamik von Liberalisierungen und Egalisierungen, die, obwohl von der Allgemeinheit eigentlich gar nicht gefordert, immer neue Anwendung verlangen und finden. Es scheint fast, als ob der Staat aus apotropäischen Gründen um so aufdringlicher für Toleranz Propaganda macht, als sie in den realen Untergründen der Mehrheit zunehmend bedroht ist – entgegen den bigotten Bekundungen bei Erhebungen und Umfragen.

Doch im Politischen bleibt die rhythmische Wiederholung ein und derselben Phrase ohne jede magische Wirkung.

Die Überwachung des neu-bürgerlichen Lebens regeln die Vorschriften des politisch Korrekten und Guten. Es ist dieser entpaarte Teil der Moral, das Gute allein, oft nur eine Form der Wiedergutmachung, die vertretungsstarken Minderheiten zukommt, die früher einmal lauter tüchtige Individuen waren, Außenseiter eben. Dabei gibt sich auch ein gewisser Fanatismus des Guten zu erkennen. Denn es ist ja nicht in erster Linie eine rechtliche, sondern überwiegend eine sittliche Bekenntnisoffensive, welche die gleichgültige Mehrheit darüber belehrt, wie man zur Verbürgerlichung abweichender Lebensformen gelangt. Diese wird es ohne Aufmukken hinnehmen, findet sie doch ihren sozialen Frieden mitsamt wirtschaftlicher Erfolgsgeschichte durch ihre Gleichgültigkeit aufs neue bekräftigt. Widerspruch gegen das Gute gehört sich nicht. Sieht man etwas genauer hin, erkennt man sehr wohl den despotischen Umriß des hinkenden Guten.

Eine moralische Position, die man mitunter «rechts» nennt, gibt es nicht korporiert. Rechts kann nur der Neugierige abseits stehen. Er hält eigentlich keine Position, sondern ist, wie gesagt, ein Idiosynkrat, den kollektive Selbsttäuschung, routinierter Gesinnungsbetrieb, intellektuelle Liebedienerei erschrecken. Er ist mithin eher eine Alarmanlage für eingeschlafene Füße des Geistes, ein Menetekel, daß «jeder erkletterte Thron zum Fußschemel eines neuen einschrumpft» (Jean Paul).

Da inzwischen jeder Autoreifen einen Kulturbegriff für sich beansprucht, muß, was früher tatsächlich einmal kultiviert wurde, umbenannt werden und im weiteren Sinne einer *Aristokratie des Beisichseins* zugezählt.

Die Geste der Neuzeit, so Hofmannsthal, sei der Mensch mit dem Buch in der Hand, wie der kniende mit gefalteten Händen die Geste einer früheren Zeit war.

Die Geste am Ausgang der Neuzeit ist das Handy am Ohr (oder der einsam vor sich hin Quatschende mit Headset, die getreue Kopie des Idioten). Das Beisichsein des Lesenden wie des Knienden war die Voraussetzung seiner Teilnahme. Das «Netz» ist hingegen das Kürzel für eine unbegrenzte Menge von Teilnehmern, die nichts und niemanden ausschließt. Nur ein Beisichsein schließt sie aus.

Vielleicht bleibt noch die eine oder andere Liebesnacht geheim, aber sonst stehen alle Türen offen. Was gäbe es außer Mafiazirkeln, das nicht jedermann zugänglich wäre? Transparenz! Doch was ist aus der Kunst der Diskretion geworden, die einst die Individuen untereinander vor den gröbsten Unverschämtheiten der Selbstentblößung bewahrte? Diskretion wäre heute das zentrale Widerwort zu allem, was da läuft, sich äußert und outet. Man hat schnell vergessen, daß die bisher einzig würdige Form der «Kommunikation» unter Menschen auf der Voraussetzung von Diskretion beruhte.

Die innere Figur der Demokratie ist so selbstgewiß und stattlich, ihre Formgebung ist so einflußreich und suggestiv, daß sie mühelos auch die niedrigsten Parteiungen zu Parteien bindet und ihre nichtigsten Vertreter in Form bringt und sich anpaßt. So besitzt sie im Kern ihrer Stärke Assimilationsautorität.

Sie könnte es sich inzwischen leisten, jenseits der demokratischen zur Rehabilitation großer und klassischer Tugenden beizutragen. Worte wie Gehorsam, Ehre, Standhaftigkeit, Treue, Demut und Würde werden für peinlich unzeitgemäß abgetan, obwohl man davon im Bedarfsfall und bei höherer Erregung gern mal eins ins Plenum ruft.

Zumindest zwei der alten Kardinaltugenden stehen entweder im Verfassungsrang oder als verpflichtende Maxime über politischem Handeln, Gerechtigkeit und Maß (Verhältnismäßigkeit, Augenmaß, Besonnenheit). Während die beiden anderen, Weisheit und Tapferkeit, als nicht diskutierbare moralische Qualitäten dem Parlament für seine «Sternstunde» vorbehalten bleiben.

Doch das so sehr von sich eingenommene «demokratische Selbstverständnis», das Tugenden aus vordemokratischen Verhältnissen vorzugsweise für politisch inkorrekt hält, mit tieferem Gedächtnis auszustatten, ist etwa so vergeblich, als versuchte man die *condition courtoise* in Freizeitkursen zu erlernen. Es sei denn, es würde als besonderer *hype* gesehen, durch Nachahmung formvollendeter Zeremonien sich Wohlbefinden zu verschaffen. Das zumindest wäre nicht bloß eine leere Geste – enthielte sie doch das Eingeständnis, daß die Geschichte der Vorbildlichkeit nicht erst mit einer vorbildlichen Verfassung beginnt. Welche im übrigen kaum Einfluß nimmt auf die gänzlich vorbildlosen Zonen unseres Privatlebens, wo sogenannte Therapien wie die Geier über den Übeln kreisen und sich an verdorbenen «Beziehungen» und traumatisierten Erziehungsopfern laben. Oft sind es Folgen von explizit alten Untugenden wie Rücksichtslosigkeit, Feigheit und Verlogenheit, gegen die therapeutisch wenig auszurichten ist, da sie sicher eingelassen sind in die überall praktizierte *condition salaud*, das Programm der schlampigen Lebensführung, das konkurrenzlos den gewöhnlichen Alltag beherrscht.

Während Intelligenz zur Massenbegabung wurde, sind Klugheit und Einfalt nahezu ausgestorben. Den Idioten gibt es daher in doppelter Gestalt, auch als Januskopf: Nach vorn blickt die Parodie des Informierten, der Info-Demente. Zurück blickt die Heiterkeit des Ungerührten. Der heitere Idiot in der Welt der Informierten zu sein heißt, ohne eine Regung von Zukunftsunruhe, ohne Angst zu leben. Stattdessen aber in einer den Informierten ungültigen Redeweise sich mitzuteilen, die jedoch ungemildert und unverzerrt die Vibrationen eines rumorenden Untergrunds wiedergibt.

Reform der Intelligenz

2017

Zur Zeit herrscht Unruhe, und jede Entwicklung kann sich überstürzen.

Oft ist es ein jähes Geschehen, das dem Bedenken zusetzt, weil es sich in die Ordnung des früheren, bereits bedachten Geschehens nicht fügen will. Jedoch, indem es nun einmal das menschliche Ermessen herausfordert, und Menschen es nach ihrer Gewohnheit irgendwie unter Dach und Fach bringen müssen, bemerken die wenigsten noch, daß dies jähe Geschehen ihr Dach und Fach längst in Stücke schlug.

Eine «grundlegende Reform der Intelligenz» forderte Ortega y Gasset 1916 im ‹Buch des Betrachters›, nämlich eine, die sich vom öffentlichen Gebrauch, den Normen des öffentlich Denkbaren, abwendet. Das hieße heute: *wider* die durch Kommunikation ausgeleierte, erschöpfte, die nie und niemanden überraschende sozialkritische Intelligenz. Stattdessen *für* ein *sacrificium intellectus*, dargebracht dem Unerschließbaren, dem Staunen, der Verwirrung und dem Schweigen. Bei Ortega heißt es dazu noch: Der Geist ist nur etwas wert, wenn er niemandem nützt und aus der «tönenden Einsamkeit» des Lebens (Juan de la Cruz) aufsteigt.

Das kritische Bedenken der Lage erfährt seine eigene Krise. Der untergründige Strom billigen Meinens ist so stark, daß auch feinere Sondierungen in seinen Strudel geraten.

Äußerungen, die mehr bringen wollen als promptes politisches Bekennen, leiden häufig an der nämlichen Schwäche: Sie sagen nichts als das Naheliegende. Gute Reflexion entfernt indessen ihren Gegenstand, bis er sich etwas befremdlich und damit vielleicht erkenntnisergiebiger ausnimmt als im direkten Zugriff.

Ein Weltführer, der sich schlecht aufführt, stiftet Verwirrung, ein Volksentscheid (Brexit) wider bessere Einsicht stiftet Verwirrung, eine Regierungschefin, die die Tragweite ihrer Entscheidungen nicht überblickt, stiftet Verwirrung, ein Terrorakt auf dem Weihnachtsmarkt, eine rechte Partei mit wachsendem Stimmenanteil stiften Verwirrung. Vielleicht legten die Verlautbarer besseres Zeugnis ab, wenn sie eine Weile die Verwirrung aushielten, statt unverzüglich sich mit den alten Ordnungsklischees zu behelfen.

Ist es politische Unbeholfenheit, ist es mangelndes Sprachgedächtnis, ein und dasselbe Volk, sofern es sich richtig verhält, *demos*, wenn aber nicht, dann abschätzig *populus* bzw. populistisch zu rufen?

«Es besagt wenig, wenn man bei der Bezeichnung des Souveräns vom Griechischen ins Lateinische wechselt, der *demos* ist nicht besser als der *populus*. Und der Populist ist lediglich ein ungeschminkter Demokrat. Sobald es einmal nicht gelingt, Volkes Stimme mit der Stimme einer regulativen Öffentlichkeit zu überlagern, wird jener das edle Griechische aberkannt und das vulgäre Lateinische angehängt» (vgl. ‹Der Untenstehende auf Zehenspitzen›).

Es erweist sich wohl als Illusion, daß dem «neuen Menschen», dem Vernetzten, ein entwickelteres Sensorium entstünde für dicht verwobene Hintergründe, Beziehungen und Zusammenhänge, die jemandem, der sinnlich gleichsam auf «analoger» Stufe zurückblieb, niemals zugänglich wären. Im Gegenteil: Von gesteigerter Empfänglichkeit, unruhigem Vorausgefühl in Zeiten des Umbruchs ist wenig zu spüren. Auch das hohe Erwarten ist aus der Schar (oder dem Schwarm) verschwunden. Der menschliche Instinktersatz, das einst hochentwickelte Ahnen anstelle der Witterung wird von der nüchternen Präzisionspflicht, welche Wissenschaft und Technik auferlegen, einerseits und andererseits von ideologischer Dumpfheit bedrängt und eingeschränkt. Es ist so gut wie abgestorben. Man widmet sich mit Eifer den «zeitnahen» Umwälzungen. Zudem findet sich jedermann in jedem Augenblick seines Lebens in Gesellschaft, übt sich in unmißverständlicher Verständigung. Nichts trennt den konsensitiven schärfer vom sensiblen Menschen als sein Mangel an Ahnungsvermögen, *Divination* im alten Sinne.

Spielte bei einem Epochenwechsel, wie wir ihn erleben, der Intellekt überhaupt noch eine Rolle, so würde er zunächst seine Interessenzone überprüfen und sich mit Überdruß von den entleerten Diskursen des Soziozentrismus abwenden, dem er die längste Zeit die Vorherrschaft über alle menschlichen Belange gesichert hatte.

«Die Gesellschaft» war ein Spektakel des 19. und 20. Jahrhunderts. «Der Planet», vorerst nur eine dramatische Skizze, rückt nun an seine Stelle, ein neues Existential bestimmt die Handlung, ohne beim Repertoire vorangegangener Menschheitsdramen sich Anleihen verschaffen zu können. Man weiß noch wenig über das endgültige Drama zu sagen.

Wozu hat es einmal Wittgenstein und Beckett gegeben? Um uns vor der Hegemonie des Sozialen über Geist und Dasein zu schützen.

Oder: gesellschaftsbereinigte Kunst. Rothko, Hitchcock und Jean-Pierre Melville. Um uns vom Sozialen zumindest zu beurlauben.

Weshalb ist die Malerei im 20. Jahrhundert abstrakt geworden? Vielleicht auch, weil sie das Soziale, dem Figürlichen angebunden, nicht länger ertrug.

Nie sind die Verhältnisse so lückenlos verhältnismäßig, daß nicht unversehens irgendwo ein Spalt – ein Schmerz, ein Schock – sich öffnete und das Gespür für das Erste und Rohe freigäbe. Inmitten des dichten Zeitvertreibs das schiere dunkle Momentane …

Ein Werk wie die ‹Haltestelle› von Beuys sagt doch: Zu jedem beliebigen Zeitpunkt ist die Verbindung zum Grund, zur Blöße, zum Urbild möglich. Es kommt nur darauf an, sie für unerläßlich zu halten.

Man stelle sich in unseren Tagen eine ähnlich durchschlagende Epiphanie vor wie die Kastanienwurzel, die Sartre in ‹La nausée/Der Ekel› beschreibt. Das schiere Existieren tritt darin den Menschen an und träte jetzt erneut hervor durch all das wüste Soziale, das es überdeckt und relativiert. Nur in unvermittelter Offenbarung könnte er *Da!Sein* wieder spüren. Noch einmal sein Sein erfahren wie der Mann auf der Parkbank im Anblick der nackten häßlichen Wurzel. Hübsches Souvenir aus einer Zeit frei von Sozialrelevanz.

Worauf der «Reformierte», vom Sozialen Befreite überall stößt mit Blicken und Träumen, in allen Berührungen mit Menschen und Künsten, ist immer die «unerfahrbare Realität» (Max Scheler).

Ideenkitsch – weitläufiges Flachrelief aus Gedankenpolyester. Kitsch der Toleranz, Kitsch des Weltweiten, Humankitsch, Kitsch der Minderheiten und der Menschenrechte, Klima-Kitsch und Quoten-Kitsch, Kitsch von Rasse und Identität – dies alles sich vorstellen als *eine* erstarrte Paste, ausgedrückt aus einer Tube wie von Claes Oldenbourg. Dick aufgetragene, obszön vorquellende Paste aus zerquetschter Tube.

Kein Kunstwerk wird sich heute damit begnügen, «gesellschaftskritisch» zu sein. Sich gegen einen bornierten Klassenverstand, eine verderbte Weltanschauung zu wenden, so etwas begibt ästhetische Anleihen auf Ramschniveau. Der Epidemie der Ungenierten kann das Kunstwerk nur mit der Scham seines Erscheinens erwidern. Den Ansprüchen der an jeder Sache *Beteiligten* muß gefestigter denn je das inkommensurable Werk, der Herrschaft der Ungenierten das verschleierte Schöne erwidern.

Gesinnung ist dem Triebleben näher verwandt als dem Geistesleben, steht dem Lustprinzip näher als der Erkenntnis.

Wir lesen die Skeptiker nicht, weil sie mit ihren Aussagen so schön recht haben, sondern weil sie den besseren Stil schreiben und uns von der großen menschlichen Kraft der Negation überzeugen, dank derer uns das Denken von den Dingen befreit.

Intellektuelle, von der Mutter aller Revolutionen zur Welt gebracht, werden nun im Alter von über zweihundert Jahren als überlebt gelten müssen; sie werden wieder aus der Geschichte verschwinden. Wir werden noch einmal bei Vico neu beginnen. Das poetische Wissen wird gegen den erschöpften Intellekt wiedererstarken. Wir werden aufhören, der Jugend eine vorrangige Bedeutung beizumessen. Wir werden nur noch Väter kennen.

An die Stelle der äußeren Konventionen sind unzählige konsensitive Verbindlichkeiten getreten, welche das Übereinstimmen unter den verschiedensten Naturen erleichtern und schließlich ganz widerspruchsfrei machen, der einzelne wird's bei sich kaum noch bemerken.

Verflucht, *poète maudit* wird in der Kommunikationswelt nicht der, der weiterhin Tabus bricht oder irgendwo im Schlamm der Gemeinheiten wühlt, als vielmehr jener, der mit schwerer Zunge spricht und dessen Sprache für die meisten keinen *Mitteilungswert* besitzt. Schon der Schwerverständliche ist ein Ausgestoßener.

Gut möglich mithin, daß aus dem Bereich des Sekundären (also der «Gesellschaft», nicht des Staats) die demokratische Diktatur entstehen könnte mit strikten Vorgaben zur moralischen wie zur rhetorischen Korrektheit: eine Kommunikationsherrschaft, die keinerlei Abweichung von der leichten oder der gebilligten Sprache mehr duldet.

Man könnte die neuen Benimmregeln, «rassistische» Äußerungen betreffend, auch eine linksbürgerliche Form der Etikette nennen, im Sinne der guten Manieren einer ins Feministische gewendeten Erika von Papritz, jener Anstandsdame aus der Adenauer-Zeit, wären sie nicht so aggressiv, ausgrenzend und persekutorisch.

Die Liebe zur Utopie mochte das Erreichte vornehmlich in der Beziehung zum Unerreichlichen hin ordnen. Inzwischen wird das Erreichte einfach nur überboten. Mit anderen Worten: Das Unerreichliche verschwindet als ideelles und sittliches Kriterium, wenn auf einer nach oben offenen Leistungsskala das Erreichte fortschreitend höher markiert wird.

Das System, in dem freie Menschen zu allen Dingen frei sich äußern dürfen, besitzt bedauerlicherweise keine integrierte thermostatische Regelsteuerung, kann also selbst nicht verhindern, daß sein unvergleichlicher Vorteil auf die Dauer zu einem Laster deformiert, indem nun die Menschen oder User nicht mehr aus freien Stücken reden, sondern unter einen manischen Äußerungszwang geraten. Gerade der Verschämteste wird von der Lust geplagt, sich zu zeigen, im anonymen Raum unzähliger Gäste sich darzubieten. Von allen Kürleistungen des Sexus hat der Exhibitionismus weltweit den Sieg davongetragen.

Das Geheime wird also wiederum in Poesie und Kunst überleben.

Aus der Liebe, der Diplomatie, dem Wissen, dem privaten Haus ist es längst vertrieben.

Schwer zu hacken aber bleibt die dichte Metapher. Ihr Autor läuft geringe Gefahr, seines geistigen Eigentums beraubt zu werden.

Was der Romantiker gegen die beginnende Industrieepoche war, sollte der gedenkende Poet, der Fortführer gegen die amusische Intellektualität der Wissensgesellschaft sein.

Intellekt, das ist *cognitio präcox* – man versteht, noch bevor man eindringt.

Unvermeidlich und zuvörderst wird sich der Autor selbst als Kerbpfahl spüren, in den seine Zeit ihre schrecklichen Schulden schnitt. Die billige Rationalität, die Verachtung der Verzweiflung, die Herabsetzung von Größe, die verleumdete Überlieferung, das Denken ohne Dank, die Selbstherrlichkeit jeder Neuerung, die befleckte Unempfänglichkeit, der Mangel an Mangelempfinden …

Dann aber möchte er wohl ein Wechsler sein, ein Umsetzer und Wandler von Geist-Strömen. Etwa den Zynismus oder nur die kaltschnäuzige Nüchternheit möchte er wandeln in Passion und Emphase. Zynismus, der in der deutschen Gemütsgeschichte vor Brecht nicht bekannt ist, doch dann in seinem Gefolge die maßgebliche Intellektualität von Ostdeutschland beherrschte und zum Teil noch immer beherrscht. In ihm steckt ja deshalb eine enorme Kraft, weil er restlos mit sich selbst zufrieden ist. Eben diese Kraft gilt es im Handumdrehen in Demut, in Staunen, Entdecken und Bewundern zu transformieren. Ein starker kleiner Transformator müßte man sein. Das wäre der Anfang.

Fünfter Teil SPRENGSEL

Sprengsel

2019

Lesen und Schreiben

Lesen! Der Überraschungsschlag des römischen Feldherrn, der mit seinen Leuten in einer Wandelhalle in aller Ruhe las und damit die heranrückenden Feinde, Barbaren, unvorsichtig werden ließ. In letzter Minute aber sprang die Kohorte auf, die Feinde erschraken, blieben um die entscheidende Sekunde zu lang im Schrecken stekken und wurden niedergemetzelt.

Wäre Schweigen so etwas wie die Thesaurierung von Worten, dann erhielten sie am Ende der Laufzeit vielleicht ihre magische Wirkung zurück.

Mille loqui docuere artes, sed nulla tacere. Tausend Redekünste, keine des Schweigens. Der flämische Jesuit Bernardus Bauhusius. Wenn man das Ganze des schweigsamen Lesens bedenkt, welch kosmische Stille hat man durchquert!

Das sprechende Gesicht ist dem sprechenden Mund übergeordnet. Das Gesicht eines Menschen kennzeichnet nicht seine Nase, sondern seine Lektüre. Sein Gesicht wird von seiner Einbildungskraft geformt. Die «Messe des Lebens» (Kassner) zählt das Antlitz nicht zu den Merkmalen der Evolution. Sie trennt die Summe oder Systembildung aller neuronalen Beziehungen von der «Übersumme» Bewußtsein. Ihre Liturgie würdigt die Emergenz: was unbekannt auftaucht, ohne herleitbare Verbindung zu etwelcher Vorgeschichte.

Das Beste, was man tun kann: im Atem, in der Umwälzung, Metabolie, im steten Wandel der Werke zu leben. Ihre Höhe immer aufs neue zu ermessen, sich mitreißen zu lassen von gewissen Gipfelstürmereien.

Man hält sich, klammert sich an das Wichtigste, das man hat, hier eine Erzählung von Henry James, dort ein Film von Kubrick, schließlich ein Text vom alten Heidegger.

«Nie wieder werde ich solche Freunde haben!»

Man wird überholt keineswegs von neuem Stil und Avantgarde, sondern von grundsätzlich Andersgearteten, Mediasten, Netzwerkern, Enthusiasten der Kurznachricht.

Der Autor der Weile wird sich mit der Aufgabe mittelalterlicher Mönche konfrontiert sehen, die in vergeßlicher Zeit für den Transport der großen Werke der Literatur und Denkkunst zu sorgen haben. (Übrigens auf die klimafreundlichste Weise, dafür sorgt schon die *stabilitas loci* des verweilenden Mönchs.)

Man muß die Zeiten, die immer kritisch sind, von der Vorzeiten Zauber unterscheiden. Die tiefe Entrückung ins Geordnete beim Lesen von Stifters ‹Witiko›. Der Autor hat unzählig Erwähnenswertes geheim zu halten, nur um den Eindruck zu erwecken: Während wir lesen, leben wir ungut oder zu falscher Zeit. Aber wir lesen. Wir verlieren uns an eine uralte Begebenheit, einen Menschen ferner Tage, gesunden gar an einem weit entfernten anderen. Und dann wieder sind wir im Hier und Jetzt ein Auffanglager für die Verirrten und Fremdlinge zu *ihrer* Zeit.

So erreichen uns mit den Büchern über die Jahre etliche Kassiber früherer Lebensbeherrschung, die wir meist entweder übersehen oder mißdeuten.

Vorgänger und Nachfolger bilden oft ein Paar von solcher Intimität, wie sie zwischen Gleichzeitigen nicht möglich ist.

Vom Dithyrambus zur coolen Einsilbigkeit, von der Ekstase zur Skepsis, vom Psalm zur Koprolalie, von der Sentimentalität zur analytischen Logik, vom Gongorismus zum Rap – des Menschen Rede kombiniert Derivate radikaler und extremer Sprachgesten. Noch das gewöhnlichste «fuck» ist ein unscheinbarer Abkömmling vom Großen Fluch. Ebenso wie ein leises «Ich bitte dich» eine letzte Schwingung vom Gebet enthält. Wir empfangen unsere Sprache aus fernen Lagern. Die Transportwege sind verschlungen und winden sich durch zahlreiche moralische und soziologische Stilwechsel.

Lesen heißt zuerst Gefolgschaft leisten. Lesen bedeutet immer, sich irgendeiner Folgerichtigkeit zu unterwerfen, der von Aussagen oder der einer künstlerischen Notwendigkeit. Dabei gerät der Leser zunächst unter Zustimmungszwang. Man kann sich von einem Buch eigentlich erst entfremden, wenn man es aus der Hand gelegt hat. Jedenfalls liest man ein Buch nicht «kritisch» von vorn bis hinten. Entweder man liest es kursorisch oder statarisch oder es mißfällt, und man kritisiert das Beiseitegetane. Wenn ich einem Autor hingegen nach wenigen Sätzen volles Vertrauen schenke, so bin ich bereit, ihm durch dick und dünn zu folgen, und auch: mir Dinge von ihm weismachen zu lassen, die ich – zum Zeitpunkt der Lektüre – keinem anderen, und schriebe er noch so brillant und in der Sache beschlagen, abnehmen würde.

Zwei Junge, sie und er, auf einer Bank, und murmeln aus ihren

Lieblingsgedichten. Ah, die neuen, die belesenen Kinder! Aufstieg einer verschwundenen Begabung: poetische Lust der Kinder! Jedenfalls sind sie zu den Originalen zurückgekehrt. Saint-John Perse und Zwetajewa. Keine Song-Lyrik mehr mit ihrem Alltagsgebarme und ihrem Aufsässigkeitskitsch. Das große Gedicht singt selbst, und für die Neuverschworenen ist es ein unbekannter Wohlklang.

Der zu Reichtum gelangte Freigelassene Calvisius Sabinus hatte ein so schlechtes Gedächtnis, daß ihm beim Erzählen selbst der Name Odysseus nicht einfiel. Er kaufte sich also Sklaven – einen, der den Homer im Kopf hatte; einen, der den Hesiod auswendig konnte; und einen dritten für die Lyriker. Sie alle soufflierten unauffällig dem Hausherrn, wenn er sich vor seinen Gästen als gebildeter Erzähler in Szene setzte. So Seneca im 27. Brief an Lucilius.

Es gibt keine neuen Gebirge zu bezwingen – alle höchsten Gipfel sind genommen. Dafür stehen in der Tiefe des Erinnerns Rekorde noch aus.

Léon Bloy am 21. Juni 1899: «Eine treffende Bemerkung meines Verlegers ... ‹Das Fahrrad tötet das Buch›.» Dieser kuriose Verursacher der Buchkrise hätte erst heute den Höhepunkt seiner Wirksamkeit erreicht.

Hölderlin, Seher aus Sehnsucht, der von Verlust Durchglühte, im Vermissen Reichste unter den Dichtern aller Epochen, und aus Verlust entstieg ihm das Kommende. Doch was ließe sich ahnen heute? Welche große Sehnsucht könnte aus dem Ungenügen entstehen? Wie kann ein Affekt, der solche Macht besaß über den Geist, diesem auf einmal gänzlich entfallen?

Hamann nannte seinen Stil Emphasiologie, Schreibart der Leidenschaft. Sein Vater starb in den Armen seiner Hausbesorgerin Regina Schumacher, eines Bauernmädchens, das der Sohn übernahm, um vier Kinder in wilder Ehe, «in freier Gewissensehe», mit ihr zu zeugen. Dieser häusliche Ring der Leidenschaft – der Sohn, der seinen Vater über alles liebte, liebt dann das Mädchen, das dem Vater die letzten sinnlichen Freuden bescherte. Hamann sorgte für den kranken Vater und den schwachsinnigen Bruder.

Im Verhältnis zum digitalen Zeichen ist das poetische Symbol sinnlich begreifbar wie ein Gegenstand. Betastbar wie ein verhüllter Körper. Orpheus vor den Grenzen der medialen Schattenwelt singt in der Hoffnung auf das plötzlich hervorschreitende, wiedererstarkte Symbol. Er hat seine ganze Kunst auf die Wiedererweckung des Gegen-Stands gerichtet.

Das Unverwechselbare deutscher Literatur liefert das Symbol von Goethe bis Kafka.

Aber die sogenannten Traumsymbole sind es nicht, entschlüsselbare Verschlüsselungen, sie haben gar nichts vom Symbol, dem unsichtbaren Ding, zum Greifen nah und unirdisch zugleich.

Was aber Überlieferung ist, wird eine Lektion, vielleicht die wichtigste, die uns die Gehorsamen des Islam erteilen.

So bleibt dem deutschen Schriftsteller, sofern er ein Schriftsteller des Deutschen ist, nichts anderes, als sich neu zu beheimaten: Zuflucht zu den Werken zum einen, zum anderen das Erdulden ihrer Auslöschung. Palmyra, auch hier – durch die Gewalt des Vergessens. Lange Zeit wird er gezwungen sein, unschlüssig zu sprechen, heteroglott, das eine wie das andere zu sagen und zu meinen. Das Unvereinbare auszuhalten, solange Herz und Vernunft mitmachen.

Manchmal ist ihm zumut, nur bei den Ahnen noch unter Deutschen zu sein. Ja, er *ist* der letzte Deutsche. Ein Strolch, ein in heiligen Resten wühlender Stadt-, Land- und Geiststreicher. Ein Obdachloser.

Der letzte Deutsche, dessen Empfinden und Gedenken verwurzelt ist in der Literatur von Hamann bis Jünger, von Jakob Böhme bis Nietzsche, von Klopstock bis Celan. Wer davon frei ist, wie die meisten ansässigen Deutschen, die Sozial-Deutschen, die nicht weniger entwurzelt sind als die Millionen Geflohenen, die sich nun zu ihnen gesellen, der weiß nicht, daß kultureller Schmerz wehtun kann wie leiblicher. Ich bin ein Subjekt der Überlieferung, und außerhalb ihrer existiere ich nicht. Sie besteht im übrigen jenseits von Fürstenstaat, Nation, Reichsgründung, Weltkrieg und Vernichtungslager, nichts davon ist in ihr vorgegeben, weder Heil noch Unheil trägt sie in sich, um es auszutragen. Dies wird ausschließlich von Geschichte veranlaßt, niemals von Kunst und Literatur.

In keinem der erhaltenen Briefe Mozarts wird je die Französische Revolution erwähnt. James Joyce verband mit dem Zweiten Weltkrieg einzig die Sorge, daß er ihm die Wirkung von ‹Finnegans Wake› verhageln könnte.

Sich bi-kulturell verhalten. An der Bücherwand entlanggehen, bereit, ein Buch herauszugreifen, das man nicht gesucht hat, das einen aber mit dem präzisen Versprechen anlockt, in diesem Augenblick das einzig richtige, einzig augenöffnende zu sein.

Um wenig später, leicht gekrümmt, zu sitzen vor dem Bildschirm, bereit, eine aktuelle, ganz unverzichtbare Information aus dem Universum der überflüssigen herauszufischen.

Auch die Kommissionen, die mit Eifer den Schulunterricht vor

Bildschirmen propagieren, wären besser beraten, eine Theorie der Zweizeitlichkeit in ihre Pädagogik einzubeziehen, nach der ein auszubildender Mensch gleichermaßen im Hergebrachten wie im Gegenwärtigen lebt. Diese amphibische Didaktik kann nicht früh genug gefördert werden.

Schreiben, das niemandem mehr gefallen möchte, will erst recht schön sein. Das ist wie der Anachoret als Elegant, der seidene Unterwäsche trägt und jeden Tag den Anzug wechselt. Allein das Wetter ist sein Partner.

Der Stilist ist der Mann ohne Tempus, ist der Tempusscheue schlechthin. Der Schriftsteller hat das Tempus zu wählen und zu beherrschen, um einen guten Stil zu schreiben. Der Stilist schreibt nicht einen guten Stil, sondern er bezeugt unentwegt die Risse und Verwerfungen der vielschichtigen Sprache, sein Stil liest die Sprache wie ein Suchgerät.

Die meisten Denker waren auf der Park-Bank schon zufrieden eingenickt: der Systemtheoretiker, die analytische Schule, der Neurophilosoph. Nur dem Pyrrhonisten sprühte noch geistiges Leben aus den Augen, die glühten vor Feststellungseifer. Vom Enthusiasmus der Skepsis ergriffen, fehlte es ihm nah und fern nicht an Material, um – ohne den geringsten Verdacht gegen die eigene Begeisterung – sich mit allen Sinnen dem Rausch des unbegründeten Bezweifelns hinzugeben.

Die Einen und die Anderen

Die Macht der Religion geht ihrem Ende zu ... Wie oft las man die Floskel schon in Gedankenwerken der Moderne (etwa Canetti, ‹Masse und Macht›). Und dann wiederersteht die Macht der Religion noch im selben Jahrhundert, da man sie totsagte. Erhebt sich über die Zeit, nur eben an ungeahnter Stelle, und abseits der Prognose gewinnt ihre Weltherrschaft neue Bedeutung.

Religion ist die Furcht des Starken. Doch wer erträgt Furcht als geistige Disziplin und moralische Kraft?

In islamisch-theokratischen Ländern wie dem Iran sind es wenige (Gelehrte), die den meisten, den Massen, Weisung geben. Bei uns bestimmen Massen und Medien das Niveau der politischen Repräsentanten, die allesamt Ungelehrte in jeder Richtung sind, nicht zuletzt weil Parteizugehörigkeit zwangsläufig Wissen reguliert und im wesentlichen kein außerdemokratisches aus der Tiefe der Zeit zuläßt.

Primos in orbe deos fecit timor. «Die ersten Götter in der Welt schuf die Furcht», Giambattista Vico.

Der sich aufrichtende Primat empfand nichts als Entsetzen. Die Übermacht der himmlischen Weite, des nicht greifbaren und fernen Firmaments erregte seine Furcht, und die Furcht erzog ihn zum Menschen und wandelte sich in Ehrfurcht. Er begann mit seinen ersten Beschwichtigungsversuchen, um der Bedrohung durch Weite Herr zu werden, und portionierte das Göttliche zu Göttern, Halbgöttern, Helden, Riesen. Unterdessen steht er gänzlich furchtlos da im Überblicken von Grenzenlosem. Er ist längst zum Anthropozentriker geworden.

So beim Klimawandel. Mag er auch in verstärktem Maß vom umweltbelastenden Verhalten der Industrienationen beeinflußt und beschleunigt sein, das populistische Votum, die Bekenntnisbewegung bekräftigt eine Art negativer Anthropozentrik. An die Stelle der Macherhybris ist die Schuld- und Verschuldenshybris getreten, vielleicht sogar ein pseudoreligiöses Sündenbekenntnis. Und das eingedenk eines Vorgangs in erdgeschichtlichen Intervallen, die über große Zeiträume ohne jede menschliche Einwirkung den Planeten durch Vernichtungen gestalteten. Wäre es nicht eine Frage der erkenntniskritischen Bescheidung und Aufrichtigkeit, die Selbstbezichtigung von der menschlichen Allmachtsgebärde zu reinigen? Und das hieße: alles Regelbare in Angriff zu nehmen, um die schädliche Beeinflussung durch Pollutionen so gering wie möglich zu halten, und gleichzeitig auf die Argumentation der negativen Selbstherrlichkeit zu verzichten. Die Experten sollten sich weniger im Moralisieren auszeichnen als in der Verbesserung ihrer Prognostik. Auch vielleicht zugunsten einer gesinnungsfreien Erforschung der Vorgänge – und einer verbesserten oder wiedergewonnenen Einsicht in des Menschen tätig-ohnmächtige Verhältnismäßigkeit. Nur der mythische Mensch lebte einst naturgemäß, naturhörig, naturergeben im Sinne eines Gleichgewichts, das wir späten Analytiker mit dem komplexen Bewusstsein und der hochinstrumentierten Technologie, also auf dem Weg der perfekten Künstlichkeit wiedererstreben. Während aber das erste Gleichgewicht sich in der Einheit von Lernen und Ehrfurcht erhielt, hilft uns kein sakrales Gesetz, die Grenzen unserer Befugnisse einzuhalten.

Dank der Einwanderung von Entwurzelten wird endlich Schluß sein mit der Nation einschließlich einer Nationalliteratur. Schon meldet sich der üble links-deutsche Selbsthaß zu Wort und erklärt: «Deutschland wird jeden Tag weniger. Das finde ich großartig.»

Dem entgegen: Eher wird ein Syrer sich im Deutschen so gut bilden, um eines Tages Achim von Arnims ‹Kronenwächter› für sich zu entdecken, als daß ein Informations-Deutscher noch wüßte, wer Epharim der Syrer war. Zuletzt ist es eine Frage der persönlichen Wißbegierde, denn die üblichen Ausbildungsprogramme reichen nicht bis dorthin. Man darf annehmen, daß in puncto Wißbegierde der Syrer sich im Vorteil befindet.

In Zukunft wird das «geheime Deutschland» zuvörderst der Muttersprache gehören. Ohne Militanz und politischen Eifer, allein in tieferer Zugehörigkeit.

Die mutigste Szenerie, unserem erschöpften Christentum in Erinnerung gerufen, findet sich zweifellos in Torquato Tassos Drama ‹Das befreite Jerusalem›. Die sarazenische Clorinde und der christliche Tancred, in Liebe, Verkennung und tödlichem Kampf vereint, von Glaube und Leidenschaft verwirrt bis zu der provokanten Versöhnung, daß die Besiegte noch im Sterben von ihrem Bezwinger getauft wird ... Dies auf der Bühne zu schildern, und zwar so lange, bis der Liebenden Umriss zu leuchten beginnt, würde, höchste Anteilnahme vorausgesetzt, unvermeidlich die Gefahr mit sich bringen, daß am Ende die Geschilderten den hier und heute sie Schildernden hinüberzögen zu sich in die Gärten der Armida, wo er auf der Stelle seiner männlichen Erzählkräfte beraubt würde.

«Nur der Marmor vermag die Gleichgültigkeit der Götter zum Ausdruck zu bringen. Die Gestalt Jesu ist in Marmor nicht denkbar.» Teixeiras de Pascoaes in seinem Paulus-Buch.

Wenn Jesus ausgesehen hätte wie Sokrates, wäre er nie auf die Titelseite des Abendlands gekommen.

Andererseits: Jesaja schildert den Verheißenen als von Schmerzen entstellt, seine Gestalt sei häßlicher denn die anderer Leute. Ein ausgemergelter, hagerer Typ, eine lange Latte. «Er war der Allerverachtetste und Unwerteste, voller Schmerzen und Krankheit. Er war so verachtet, daß man das Angesicht vor ihm verbarg.» Und: «Er schoß auf ... wie eine Wurzel aus dürrem Erdreich. Er hatte keine Gestalt noch Schöne; wir sahen ihn, aber da war keine Gestalt, die uns gefallen hätte» (Jes. 53, 3,2).

Das Gedächtnis der Giganten

Unruhen beginnen untergründig. Demgegenüber die Indifferenz eines wohlgesättigten, leicht ermüdeten Regimes, das ein frühes Rumoren nicht mitbekommt. Eine Staatlichkeit, welcher Art auch immer, ist niemals ein Seismograph.

Nebel, Schemen, Schüsse, Stille. Leichen liegen am Flußufer, sobald sich der Nebel lichtet. Eine Soldatenstreife war vorgefahren, trieb die Einwohner aus dem Dorf an den Fluß. Nun glaub mal an deinen Gott! riefen sie, und dann fielen die Schüsse.

Man zweifelt, ob bekleidende Metaphern den nackten Gewalttaten gerecht werden. Ob diese nicht vielmehr unsere Wahrnehmung Lügen strafen. Ob nicht das Unbegreifliche des sorglosen Tötens eher im schlechten Ausdruck real wird. Zuflucht sucht im ungenauen Hinsehen, im Fehlverstehen, Unterverstehen, im Dranvorbeireden, so wie ein altes Weib vom grausamsten Ereignis ihres Lebens erzählt nur in abgegriffenen Worten. Irgendwo im Kunstlosen muß sich das *Realissimum*, das Mehr-als-Reale verbergen.

Auch ist dieser Raum, dieser eine und letzte, noch nicht geöffnet, welcher in die *Tiefe* des Entsetzens führt ... das endlos, heillos, unablösbar ist. Man hat sich ihm häufig auf Distanz genähert, bildlich, rhetorisch, sich ihm jedoch niemals ganz anheimgegeben. Das reine Entsetzen ist unabhängig von Apokalypse und Katastrophe. Es muß nicht einmal das selbst erfahrene sein. Das zur Vorstellung geläuterte vermag sogar das stärkere zu sein. Man erstarrt in dem

Moment, da die Vorstellung einen befällt: Transport Tausender in Güterzügen zu einem Vernichtungslager. In dieser Vorstellung herrscht unüberbietbares Entsetzen. Es bleibt vielleicht nicht für immer in der Geschichte transportierbar, doch wird es, wenn die Zeit vergeht, als Tiefenbild überdauern. Dem beschäftigten Gedächtnis mag es entfallen, das untergründige Gemeinsame in jedem einzelnen kann es nie vergessen. (In gewissem Sinne hielte es der Mythos, die kultische Erinnerung allgegenwärtig.)

Besser kein Foto ansehen vom Entladen, vom Transport, besser keine Zeile niedergeschriebener Erinnerung an das Lager lesen: Man muß an das Unfaßliche gefesselt bleiben, das allein die Vorstellung, das Imaginäre vermittelt.

Das Revolutionsfieber griff über die Länder aus, auch hierzulande wurden Fabriken, Schulen, Hierarchien in Klinik und Kaserne angesteckt. Die Unzufriedenheit, die jeder Mensch besitzt, brach aus ihm hervor und verband die unterschiedlichsten Gemüter im Aufstand. Eine wahre Epidemie der Aufsässigkeit breitete sich aus. Die Schüler warfen den Lehrer, die Schauspieler den Regisseur hinaus, die Sportler den Trainer, die Belegschaft stürzte den Vorstand. Alles, was die ideologische Revolution der siebziger Jahre nicht geschafft hatte, gelang der viralen und unreflektierten im Handumdrehen. Man lernte nun die Welt neu verstehen in Ausnahmesituationen, in Chaos, Not und Meuterei. Das letzte Ziel der seit langem voranschreitenden *Befreiungen* war schnell und unverhofft erreicht. Kein einzelner konnte sich gegen den eingefangenen Infekt, der den gemeinschaftlichen Trieb zur «letzten Befreiung» anstachelte, zur Wehr setzen. Und wo sie berechtigt war oder wo sie nur als zerstörerische Besessenheit sich selbst ernährte, in durchaus reformierte, allgemein zufriedenstellende Verhältnisse einbrach, das konnte nicht mehr unterschieden werden. So grassierte das Revolutionsfieber, und die intellektuell für jede Art von Befreiung anfällige Schicht erlag ihm vollständig. Auch unsereins verlor seine geliebten Bestände und sogar sein liebendes Wesen selbst, denn auch das edelste Wissen bindet an Unwissende uns, sobald sie so ansteckend voranstürmen. Alles, alles, das Beste wie das Abscheulichste geriet unterschiedslos in den Strudel der Revolution. Für die eigentlich ein neuer, eher mental-pathologischer Name erfunden werden mußte, denn sie war ein Befall, sie zeigte einen bluterbrechenden Schlund, eine Besessenheit, die jeden kritischen Gedanken tilgte. Alles stürzte, doch fielen die meisten nicht sehr tief, plumpsten nur in flachen Morast oder irrten herum zwischen den Trümmern einer hochsozialen (vormals: hochkultivierten) Gesellschaft. Es war diesmal ungerufen und unvorhergesagt über uns gekommen. Revolution läßt keinen freien Gedanken, von ihr freien, zu.

Das letzte Ziel der autokatalytisch beschleunigten Befreiungen, die unsere «gesellschaftlichen Zwänge» betreffen, ist allen unbekannt. Weder (das immer nachgebende) Gesetz noch gar Herkommen und Sitte werden ihnen je Einhalt gebieten. Doch immer werden fortgeschrittene Befreite finden, daß das Erreichte wiederum nicht ausreicht, bis eines Tages der Selbstverzehr der Freiheit einsetzt und den Aufstieg der Tyrannei von Barbaren begünstigt.

Auch die wohlbestellte Demokratie konnte die demokratische Gier nicht befriedigen. Die Gesinnungs-Minoritäten wollten der Majorität Wächter sein, sie Mores lehren.

Ich bin entschieden für Revolution, aber nur für die von Avantgarden. Hundert Millionen Twitternde mögen unter sich bleiben. Man wird ja noch ein Desperado der Digitalgesellschaft sein dürfen.

Elitär? Was soll das sein? Inzwischen käme es zum Schutz des Guten auf ein offensives Exkludieren an. Nur Befugten wird Zutritt gewährt. Die vielen verdünnen das Gut, die wenigen erhalten es.

Die Köpfe, die in der Öffentlichkeit den Ton angeben, vermögen es aufgrund eines Mangels an stiftenden, anfangenden, aufbrechenden Gedanken. Sie sind Konventionsvirtuosen, die auf intelligente und bloß intelligente Weise breitgetretenen Quark unablässig breiter treten. Kein Neuerer, kein Umstürzler, nicht einmal ein diabolischer Durcheinanderwerfer in Sicht! Dafür jede Menge denkfaule «Querdenker» ... Vielleicht liegt es am suggestiven Normendruck einer engen, introvertierten Öffentlichkeit. Ob sie sich über Gentechnik oder Gendertum auslassen: Es sind immer die gleichen Debattiermasken, die da sprechen, kleine konsensitive Gesinnungs-Roboter. Diskursstrolche. Ungläubige.

«Was jeder weiß, ist es nicht wert, gewußt zu werden.» Es klingt nach der Maxime eines französischen Moralisten, ist aber der Wahlspruch eines technischen Analysten an der Börse.

Oft staunen wir, wie etwas Ungekonntes zu seiner Zeit derart beherrschend wurde, nur weil die Problemlage forderte, ihr am sinnfälligsten mit gedanklich Dürftigem zu entsprechen.

Schwer vorstellbar, daß je eine Epoche wiederkäme, die einer früheren einen höheren Rang als sich selbst einräumte. Die etwa sagen könnte: Die Alten wußten es noch, wir wissen es nicht mehr ...

Erinnerung und Gedenken werden bald zur großen Vergangenheit menschlicher Fähigkeiten zählen. Verführerisch werden sie scheinen, wie heute verführt Kommunikation.

Das 20. Jahrhundert hat in der Kunst zwei Grundformen des persönlichen Erinnerns hervorgebracht: Proust und Krapp. Die Fülle und die unüberwindbar selbe Stelle.

Im 21. wird das Erinnern erhebliche Verluste durch Entlastungen erleiden. Die kolossalen technischen Gedächtnisse werden wie die Riesen vom Berge bei Pirandello sein, die dort den Künstler überwältigen und vernichten wollen. In abgewandelter Form hieße das: Die Riesen mit ihren allesbewahrenden Kapazitäten wollen der Erinnerung das Subjekt rauben. Uns bleibt nur das Vergessen, wenn die eiskalten Clouds und digitalen Archive einfach alles behalten. Das Digitalium sammelt vergessend. Es unterhält unzählige Verbindungen auf Kosten von Verbundenheit. Zwar wird nichts bewahrt, dafür aber alles aufbewahrt.

Der Erinnernde wird also nicht nur, wie es immer war, ein Stehenbleibender, Verharrender sein, er wird als Phänotyp verschwinden.

Es genügen fünf Generationen Vergessen, und die große Literatur aller Zeiten ist restlos aus dem Gedächtnis der Menschen getilgt. Erst sehr viel später, wenn die Neuen Mönche in herrenlosen Clouds auf verschlüsselte Archive stoßen, in denen sie etwas Interessantes vermuten, werden große Werke wieder «ausgegraben» und neu ediert für den Klosterbestand. Dann kommt es allein auf den Fleiß und die Begabung der Neuen Mönche an. Neben unzähligen Korruptelen, Schwarzstellen oder Unfällen des Verstehens, neben ebensovielen falschen Ausbesserungen, Vermutungen, Konjekturen werden aus den Abgründen der universalen Vergessenheit mühevoll die alten Werke wiederhergestellt.

Ich möchte fest daran glauben, daß die panmediale Herrschaft eines Tages zusammenbricht wie jede übermäßige Herrschaft vor ihr. Aber die Zweifel folgen dem Glauben auf dem Fuß: Wie, wenn diese Gegenwart den Durchbruch ins Jenseits des Wandels, ins Nicht-enden-Wollende geschafft hätte? Das letzte Ziel dieser Herrschaft ist Stasis. Nichts ändere sich mehr.

Man wird sich einem digitalen Peloros, einem Ungeheuer an Geist unterwerfen, einer Hypostase der allgewaltigen *Kommunikation*, einem herkunftslosen Tyrannen, einem emergenten Phantom, einer *von allen* gezeugten leiblosen Bestie. Und dieser Unkenntliche und Unberührbare wird seine Gewalt ganz aus Abwesenheit schöpfen. ER, endlich der Eine und Ganze, der aus der Opulenz der Zerstücklungen hervorging.

Der Diktator hatte große Angst vor Haftgiften, so daß erst sich desinfizieren lassen mußte, wer einen warmen Händedruck vom Mörder erhalten wollte.

In diesem mißtrauischsten aller Regime mußte man komplizierte Staatsformulare ausfüllen, um einen Antrag auf Freundschaft zu stellen. Man konnte nicht einfach mit jemandem Freundschaft schließen, die Staatsbürokratie mußte es zuvor genehmigt haben.

Nur ein kleiner Schnaufer, den ein Schüler von sich gibt, wenn er der großen Geschichte vom Untergang lauscht, von den gewaltigen ideellen Schmerzen der Altvorderen hört, die im Wettstreit Verblendung und Furor hinterließen, ein kleiner Schnaufer: Vor achtzig Jahren! 1939. Vergreisung der «jüngsten Vergangenheit». Manchmal entdecken wir auf einer Hauswand ein paar Haarrisse, letzte Äderchen des Blitzes, der einst Europa vernichtete.

«Es ist ein hoher Zustand der Menschheit möglich, wo das

Europa der Völker eine dunkle Vergessenheit ist, wo Europa aber noch in dreißig sehr alten, nie veralteten Büchern *lebt.*»

Nietzsche, Aphrs. 125 in ‹Der Wanderer und sein Schatten›

Wollt ihr das totale Engineering?

Today God has become one of ‹Time's› favorite cover boys.
ERIC DAVIS, ‹TechGnosis›

Unvorstellbar das Zeitalter, das je auf das digitale folgte? Unvorstellbar vielleicht. Doch es wird eines geben, und es wird einen anderen Titel tragen. Ein interessanter Science-fiction-Roman wäre sein Gegenteil: Seine Zukunftsvision spielte unter Menschen, die jegliches Interesse an Zukunft verloren haben.

«Information und Kommunikation», ein abgeschlossenes Kapitel. Hin und wieder in ihrer geläuterten Sphäre werden sie sich zu «Forschungszwecken» die Zeugnisse einer biederen Allmachtsphantasie aus den Tagen der Spättechnologie ansehen, bestaunen und mit einem frostigen Lächeln verabscheuen.

Auch Ideen und Innovationen verdanken sich einer erschöpfbaren Geistesressource. Möglicherweise besitzen auch die technischen Neuerungen Endlichkeit, was ihre Meister nicht davon abhält, das Reservoir unter dem Druck des Markts in immer kurzeren Abständen zu plündern ...

Die kopernikanische Wende, als die man die endgültige Entschlüsselung des Humangenoms begrüßte, stieß schon auf kein Weltbild mehr, das sie hätte umstürzen können. Auch diese einschneidende Neuerung nimmt die menschliche Zivilisation hin wie die zahllosen anderen Neuerungen, die ihr inzwischen nicht mehr zugemutet werden, sondern die sie beständig erwartet und in sich vorformt.

Nun interessiert unsereinen das Erschließbare am Menschen grundsätzlich weniger als das Unerschließbare. Es ist noch immer in unverminderter Fülle vorhanden auf dieser Welt und wird auch durch die raffiniertesten Entschlüsselungstechniken nicht aus ihr vertrieben werden.

In einer Wissensgesellschaft kann es den Anti-Typ, der auf die schädlichen Folgen des Wissensfortschritts verweist, nicht geben, wie ihn der Intellektuelle in der Industriegesellschaft vorstellte. Hier würde der Außenseiter oder Widersacher schnell als ein Zukurzgekommener angesehen, einer, dem mitzuwissen mißlang. Gegen das Können hilft kein Könnensverweigern. Sondern einzig die novalis-schlegelsche Divination, das große freie und poetische Abirren im Wissentlichen selbst. Nichts anderes meinte der Physiker (und C. G. Jung-Patient) Wolfgang Pauli, wenn er sagte: Das symbolische Bild, das engrammatische, geht der Formulierung von Naturgesetzen voraus.

Sowenig wie der gesammelte Tagesverstand ohne das Lose und das Lösen des Traums «kreativ» werden kann, so wenig wird das Überprüfbare ohne die Existenz des Unüberprüfbaren Gewicht erlangen.

Das hermetische Wissen befindet sich im Spinnpunkt, in der unerforschlichen Gewebemitte all der sechstausend heute ausgeübten Fachdisziplinen.

Der Wettlauf der Verbesserungen und Erleichterungen, die fast täglich auf irgendeinem technischen oder organisatorischen Gebiet erzielt werden, entspringt einem kohärenten selbstbezüglichen Könnensdrang, der weitgehend immun ist gegenüber unsachgemäßen Fragestellungen, auch denen der Ethik und Moral.

Das Gute ist: Stets neues Unwissen bringt mit sich der Fortschritt des Wissens.

Der Wissenswille hebt sich sogar über den Menschen hinweg und wird als noetische Ekstase ohne ihn durchs Weltall irren.

Davon schwärmen jedenfalls die sogenannten Extropisten, die ausschließlich den menschlichen Geist vergöttern und ihn in die Maschine retten wollen, damit er dem verrotteten Planeten in letzter Minute entkommt, *theology of the ejector seat*. Diese Neo-Teilhardisten auf dem Weg zum Punkt Omega, der Galaxie des gesammelten menschlichen Bewußtseins, sind durchaus Körperverächter von echtem manichäischem Schrot und Korn.

Im Zuge der Debatten über den Klimawandel kam auch die Vorstellung vom Geo-Engineering wieder auf. Eine dichte Schicht von Schwefelpartikeln in der Stratosphäre würde zur Reflexion des Sonnenlichts beitragen und einen abkühlenden Effekt haben. Desgleichen eine Injektion von Aluminium-Nanopartikeln, von Helium-Ballons in die Stratosphäre transportiert. Auch das Weißen großer Teile der Erdoberfläche – von den Hausdächern bis zu weiten Wüstenflächen – wurde als eine Reflexionsmöglichkeit erwogen. Aber da die Nebenwirkungen der meisten Maßnahmen auf das Weltklima schwer absehbar sind, blieb es bis jetzt beim Ideenproduzieren.

Die grenzüberschreitenden Experimente der Gentechnologie wurden nur so lange für verwerflich gehalten, als ihnen der entscheidende Vorstoß ins Machbare nicht gelang. Fällt die Züchtung endlich befriedigend aus, berauscht der Erfolg so sehr, daß die Scheu gegenüber dem Klonen von Menschen endgültig überwunden wird. Ein sogenannter Wissenschaftler erklärte vor einiger Zeit: Der Mensch habe inzwischen den Status Gottes erreicht, und folglich sei es von jetzt an seine moralische Pflicht, sich wie Gott zu verhalten.

Nun, Gott gegenüber bleiben wir fürs erste die kleinen Tüftler, die sich selber nicht mehr ermessen, und auch wo sie sich vermessen, werden sie vor IHM nur immer kleiner.

Fortschritte im Religiösen kann man so wenig machen wie das Unendliche vermehren.

Wie weit wird das Bewußtsein des Menschen sich noch erweitern? fragte sich C. G. Jung in seinen späten Jahren. Und die Frage wiederholt sich mit jedem neu eröffneten Wissensreich. Bald wird jeder sich seines Genoms bewußt sein. Jeder seiner Generabilität: Was von mir gebe ich in die Zeugung, was unterdrücke ich.

Wollt ihr das totale Engineering?

Kein Demagoge, kein Potentat, der so fragen könnte, auch das Volk sich selber nicht. Nur Gottes eigener Donner könnte es brüllen.

Wenn ich nur wüßte, welches die größten Irrtümer meiner Epoche sind!

Wissen und Vermuten

Ein alter Mann läßt seine Lieblingsideen Revue passieren. Was er so alles dachte bei sich! Nannte sich mal: der Fulgurist. Des Unvorhersehbaren Wart. Was für'n Titel!

Mild streifen ihn die alten Ideen, wie sie davonziehen. Ehrgeizige Bestimmungsversuche. Irgendein kurzarmiger Universitätsdozent in Milwaukee macht sich gerade lustig über ihn.

Der Fulgurist. Die Erfahrung des jähen Sprungs, des abrupten Wechsels, des Aussetzens von Entwicklung, die Emergenz, die Gegenkraft zur Metamorphose, das adverse Ereignis, das Unwahrscheinliche.

Nichts von den großen Weltveränderungen fand in den vielen Zukunftsentwürfen des 20. Jahrhunderts Berücksichtigung: keine Antibabypille, nicht die Vergreisung der Bevölkerung, keine deutsche Wiedervereinigung, keine digitale Revolution. Das Wichtigste kam unvorhergesehen.

Zukunft, das Bevorstehende, ist nur selten die Erfüllung dessen, was scheinbar sich seit langem anbahnt. Die Geschichtsschreibung der Herleitungen ist inzwischen eine fragwürdige Methode. Man möge sich einmal versuchen an einer Geschichtsschreibung der Emergenzen und In-Konsequenzen. Möge das Disruptive anstelle des Sich-Entwickelnden entdecken, jenes Geschehen in der Geschichte, das ohne Konsequenz, Vorlauf und Vorbereitung «ausbricht».

Der Fulgurist – der keinen Tropfen Kontinuität mehr zu sich nimmt – wird Zukunft nicht mehr so nennen. Für ihn wird das Niedagewesene geboren aus einer Zelle der ewigen Wiederkehr. Er weiß, daß «Nichts Neues unter der Sonne» nur absolut klingt, es aber nicht ist. Daß plötzliches Auftauchen von Neuem ebenso unter der Sonne geschieht.

Als Fulgurist glaubt er unbeirrt an den Blitz, der den scheinbar unumstößlichen Gegebenheiten, den Plänen und den Fortschreibungen irgendwann dazwischenfährt, das heilig Unvorhersehbare. Darin erhielt sich zweifellos eine Verbindung zum Mythos. Aber Wiederkehr des Mythos? Mythische Gestalten sind Urbilder aus vorgeschichtlicher Zeit. Sie mögen in verdeckten Figurationen durchscheinen, durchschlagen bis in unseren verspielten Alltag, Varianten gibt's in Pop und Comic, aber ihr Personal ist komplett, sie sind grundsätzlich nicht erneuer- oder ergänzbar. Urbilder sind fortgesetztes Geleit.

Ruhmgestalten von heute sind hingegen Hervorbringungen der Friedensliebe und der damit einhergehenden Unterhaltungsbedürfnisse. Mit einem härteren Schicksal, wie Mythen es vorsehen, stehen sie nicht in Verbindung, da auch weniger ihre «Taten» ihren Ruhm begründen als vielmehr ihre Begabung, als die Auserwählten der Gewöhnlichkeit zu erscheinen. Wo Herolde zu Heroen wurden, hat dies «Reich» seine höchste Macht entfaltet – und damit vielleicht auch seine historische Kuriosität ausgewiesen.

Ockhams Rasiermesser, angewandt auf die eidetische Welt: Nicht ohne Notwendigkeit ist der Bestand an Bildern zu vermehren. Man soll nicht über die Arche- und Grundbilder (die Symbole!) hinaus die Welt illustrieren. Welch eine Reinigung verspräche das! *Entia non sunt multiplicanda praeter necessitatem*. Vom Seienden nicht mehr als nötig.

Das Unerreichbare nimmt mit den Jahren stetig zu. Manches gut Verstandene wandelt sich in Undeutbares oder sogar Unzugängliches, so daß du begriffsstutzig stehenbleibst vor einer geschlossenen Tür, die du zeitlebens offenstehend fandest. Langsames Schwinden von Entdecktem, langsames Auftauchen von Verborgenem. Natürlicher Stoffwechsel des Bewußtseins.

Intelligent sind die Maschinen. Der Mensch könnte darauf verzichten, es zu sein. Es gibt reichere Geistesgaben.

Es gibt Ideen, von denen kein Denken heil zurückkehrt.

Die Dinge raten den Menschen: Werdet nicht wie wir (*sicut materia*)! Gehöret nie zu uns! ... Helle, schöne Dinge sind es, die auch mal eine Lippe riskieren ...

Die Selbstentäußerung (Kenosis) des Menschen – auf seine Menschlichkeit verzichtend, begibt er sich unter die Dinge, um sie von ihrer Dinglichkeit zu erlösen. Um ihretwillen ist «er, der reich war, arm geworden» (2 Kor. 8,9).

Spätestens mit dem Internet der Dinge beginnt die Exklusion: Die Dinge bleiben unter sich.

Tröstlich aber: Im Sturz von allem fallen der wispernde Mensch und der ihn repetierende Automat hinab zum selben Grubenlicht. Denn nichts fällt aus dem Rahmen des Fallens.

Wir leben längst in der getürktesten aller möglichen Welten. Doch fehlt es an Fortschritten hin zu einer steuerbaren Innenwelt. Die Dimensionen der Erlebenszeit würden neu bemessen, sobald Entrückungen mnemochemisch oder neurotechnisch aktivierbar würden.

Dann ließe sich auf die plumpen äußeren Masken der «Immersion» verzichten.

Die Begeisterung der Kognition für sich selbst. Nicht etwas erkennen, sondern nur das Erkennen erkennen (Aristoteles: Erkenntnis, die sich selbst erkennt – *kai estin hê noêsis noêseôs noêsis*).

Der Wissende lächelt beim Erkennen.
Der Weise lächelt über sein Erkennen.

Mit etwas *Einfühlung* in die technische Vorkehrung der Rückkoppelungsschleife empfände sich das Subjekt unter Umständen als Verstärker eines kulturellen Regelkreises, dem zufolge die ältesten Fragen die neueste Neugier stimulierten sowie neueste Neugier das Fragen ältester Fragen.

Heimkehr in einen Kosmos der Vermutungen; als ob kein Wissen wär als das vermutende.

Menschen, die am Boden hocken, wie Blake sie sah, Gesichter auf die Knie gestützt, angezogene Knie, auf denen der große schwere Kopf ruht. Die wahre Gestalt des Erdhockers Mensch, einem Wurzelstock gleich, ein Wurzelsepp. Oder auch eine Wurzen, Kleinstdarsteller der Schöpfungsgeschichte, der nur im ersten und im letzten Akt einen kurzen Auftritt hat.

Leipsana (bei Aristoteles die Überreste aus früherer Zeit) – Überbleibsel, Überlebsel, Zurückgelassenes, Übriggelassenes. Das Schlüsselwort. *Zerstreuung* ist ein Wort aus der Geschichte des Babylonischen Turms. Gott setzte dem Bau ein Ende und *zerstreute* unter den Menschen die eine Sprache.

Und nachdem alle Sprache in die Zerstreuung überging, feiner als in alle Winde zerstreut, doch aufwärts wirbelnd, *divertissement universel*, zerstreuen neue Vorstellungen alte Vorstellungen. Zerstreuungen, in denen man vergeblich den Umriß einer Individualität hinterlassen will, jedoch sie nur der noch größeren Zerstreuung hinzugibt. Denn auch das Eine, das einer sucht, ist Zerstreuung. Und am Ende hat jeder, der sucht, immer nur Zerstreuung gesucht. Infolge dieser mörderischen Gewißheit: hier zu sein, immer nur hier!, wird er sich schließlich auch mit dem Absoluten zerstreuen.

(Netz-)Gemeinschaft und Gesellschaft

Mit beispiellosem ökonomischem Aufschwung überdeckten die Deutschen ihre Weigerung, das Unfaßbare zu würdigen. Das Unfaßbare der Wiedervereinigung wurde verdrängt und zerkleinert in tausend Verdrießlichkeiten sozialer und behördlicher Natur. Doch damit schaffte man den Wiederaufbau. Nach ähnlichem Muster wurde schon das Unfaßliche der Hitler-Verbrechen sich ferngehalten und unverzüglich in wirtschaftlichen Erfolg umgemünzt. Auch die Unfähigkeit zum Pathos trägt Züge des Inhumanen. Wir werden unserer kuriosen emotionalen Defizite wegen in der Welt nicht geliebt.

Zuweilen war mir, als wäre ich ganz allein mit der *Wiedervereinigung;* das hohe Wort hätte allein mich mit seinem mystischen Sinn berührt, so daß ich davon deutscher wurde, als es die Zeitgeschichte erlaubt. Damit habe ich mich vor meinen intelligenten Landsleuten ebenso lächerlich gemacht, wie sie umgekehrt mir als armselig unbegabt für das Ereignis erscheinen.

Die Unaffizierbaren, Unbetroffenen zogen in breiter Schar dahin. Rundgesicht einer Professorin für Kulturwissenschaft, schwarzes flachlockiges Haar, auseinanderstehende schmale ausdruckslose Augen, jemand, der lustlos lebt und lustlos seinen Dienst versieht, keinen wissenschaftlichen Ehrgeiz mehr verspürt, wahrscheinlich ein Mensch, der nie von einem Gedicht unterwandert wurde.

Die Unaffizierbaren, die sich vor Kunst weder fürchten noch beugen. Die sie überhaupt nicht bemerken, nicht zur Kenntnis nehmen. Die ästhetisch vollkommen unansprechbar sind. Diese Art von «Ausfallquote» ...

«Wie ist die Dichtung von ihren Unterdrückern zu befreien?» fragt Maurice Blanchot einmal.

Hier richten sich Aufstand und Kampf gegen rechts und links gleichermaßen. Die wahren Verhinderer einer besseren Welt sind die Amusischen, die Unberührten, die «Unteilnehmenden» (Hölderlin), die Apologeten der Banalität.

Das Gute besitzt weniger Anziehung als das Böse. Hier ist Aufklärung vergebliche Liebesmühe. Kenntnisse in Dämonologie wären hingegen von Vorteil. Es ließe sich unter Umständen ein Gegenzauber finden.

Wir haben es mit der in der Geschichte der Bundesrepublik bisher einmaligen Situation zu tun, daß den «Herrschenden» von links keine Kritik, sondern nur Mitläuferschaft geboten wird. Es handelt sich um die breiteste Majorität, die bei uns je das Sagen hatte (wenn wir von der Mentalität breiter Volksmassen einmal absehen), eine beinah grenzenlose linke Mitte, die schärfer als früher jeden ausgrenzen möchte, der nicht einstimmt. Dem Populistischen und Populären lief immer zuwider der höhere Reflexionsgrad linker Kritik. Das Niveau, das sie einst beherrschte, doch seit langem geräumt hat, sollte nun für die Kritik von rechts verpflichtend sein. Im Gegensatz zur Linken, die noch für ihre verbrecherischen Radikalisierungen offene oder geheime Sympathien bei führenden Intellektuellen fand, gibt es für den traditionalen Rechten einen kategorischen Gegner von Anfang an, nämlich den Rechtsradikalen.

Bei allem Fehl und Tadel im Einzelfall: Es gibt ein Siebengestirn der geistigen Rechten – Jünger, Benn, Schmitt, Borchardt, Heidegger, George, Hofmannsthal –, das über der ersten Hälfte des vergangenen Jahrhunderts aufging und überlegen strahlte, bis heute nicht nachlassend, entgegen dem Klischee, der Geist und das Gute stünden notwendig links.

Während der Künstler sich von alters her als desintegriert verstand, vermittelt ihm die gegenwärtige Propaganda von Integration – zur Bewältigung der Zuwanderung – den Eindruck, daß die Gemeinde der Uneingemeindeten sich immer stärker, das Gemeinwesen selbst hingegen immer schwindender ausnimmt.

Nun langweilt es ihn, von diesem Gebilde, das nur dank der vielen soziologischen Lehrstühle noch «Gesellschaft» genannt wird, etwas anderes wahrzunehmen als deren Substitution durch vielfältige kurzlebige «Bewegungen» und Netz-Aktionen und durch einen medialen Untergrund von «falscher Gesellschaft» (in die man dort schnell gerät). Dies Gebilde braucht zum Überleben ein genuines Durcheinander.

Man kann sich einen Fanatiker der Demokratie, einen Zeloten ihrer «Werte», nur als einen Verrückten vorstellen. Jemand, der nahe ihrem Ende aufträte, scheinbar die Sache glänzend verteidigend, in Wahrheit aber seine Geisteskrankheit, die den Zerfall des Systems widerspiegelt, exzentrisch auslebend. Dabei meinte er gar nicht die Sache selbst, sondern wäre wie alle Wahnsinnigen der Besessene einer vorgeschobenen Angelegenheit.

Demokratie wird nicht gestärkt durch präsidiale Ermahnungen, man möge sich zu ihr bekennen und sie gegen ihre Feinde verteidigen. Die Demokratie stärkt allein ihre Anfechtung. Sie ist das bestmögliche System zur Überwindung ihrer Infragestellung. Ihrem elementaren Funktionieren sind Störung und Gefährdung zuträglicher als Bestätigung und Bekenntnisproklamation.

Eine gefestigte Demokratie wahrt das Geheimnis ihres Funktionierens. Dazu trägt bei, daß ihre Repräsentanten tief unter dem Niveau des komplexen Gesamtwerks ihre Reden führen. Wenn man ihnen lange genug zuhört, gelangt man zu der Überzeugung, diese Dürftigkeit müsse sein, damit nicht etwas Anspruchsvolles, etwa ein Reflex vom Bewußtsein des demokratischen Gesamtwerks dessen Funktionieren störe – nicht ganz fern dem Anmutsproblem im Kleistschen ‹Marionettentheater›.

Donoso Cortés sei zum Schluß ein Verächter der Menschengeschichte wie Goya gewesen.

«Für ihn ist die Weltgeschichte nur das taumelnde Dahintreiben eines Schiffs mit einer Mannschaft betrunkener Matrosen, die gröhlen und tanzen, bis Gott das Schiff ins Meer stößt, damit wieder Schweigen herrscht» (Carl Schmitt).

Die Universal-Metapher ist manchmal ein Befreiungsschlag, den der Affekt gegen das enge Gehege des Komplexen ausführt. (Siehe das Bedenken des «Klimas», worin der kritische Zeit-Genosse bisher ungeübt.)

Im Hintergrund lauert der schreckliche Vereinfacher, der antritt, Komplexität zu kappen, frei wuchernde Differenzierungen zu stoppen, sich aus der Enge der Für und Wider, der Wenn und Aber, den Schlingen widersprüchlicher Bewertungen zu befreien. Er wird also dem Komplexen eines Tages wieder und wieder einmal nur für kurze Zeit *dazwischenfahren*. Wird die Beladenen und die Überladenen von der Unnötigkeit ihrer Last überzeugen und davon, wie schwindelerregend die undurchsichtigen Verhältnisse für jeden einzelnen geworden seien. Ob es nun *der* schreckliche Vereinfacher in Person sein wird oder der panhaft-panische Schrecken, der jähe Einbruch des Schrecklichen-Einfachen selbst – es wird sich der Zeitpunkt finden, und das Geschehen wird die Konzepte «ausdifferenzierter» Selbstvergewisserung verhöhnen.

Konservativ sich zu nennen ist allzu leicht geworden, undurchdacht geschieht es. Oft nur eine beschwingte Ausrede. Im Gegensatz zu der flammenden (Borchardtschen) Überzeugung einer *restitutio in integrum et novum* ist konservativ heute eher ein Ausdruck von Zufriedenheit und entbehrt der Utopie von der schöpferischen Wiederherstellung.

Erwein von Aretin, Rilkes Astronom, unbeugsamer Monarchist, von Hitler zwölf Jahre eingesperrt, schließlich nach 1945 von den Amerikanern als verdächtiger Junker behandelt, an jeder Entschädigung vorbeigeschoben, starb 1952 an den Folgen einer verschleppten Nierenentzündung, die er sich in Dachau zugezogen hatte.

Jedesmal mit größter Scham muß man sich sagen: Was hat man im Vergleich für ein fettes Leben geführt! Ethisch fast belanglos. Kaum je gezwungen, tapfer und unbeugsam zu sein. Kein Erbe der moralischen Stärke, lediglich der unentwegte kritische Zeitgenosse, ein Ausbeuter der Freiheit ohne jedes Risiko. Der Moralist heute muß insofern ein Rückwärtsgewandter sein, als er zwangsläufig der Stärke jener Letzten gedenkt, die einst heroisch dulden mußten und untergingen.

Von Männern, die einen kriegerischen Auftrag erfüllen, berichtet uns meist das blanke Unverständnis. Die Reportagen sind dann pazifistische Schmähungen. Menschen, die den Tod verachten, werden in unserer Gesellschaft verachtet. Ein TV-Bild einst von Bagdad im Nebel: der schöne Gang einer Frau mit Halstuch auf einer Brücke über den Tigris. Ganz allein ging sie da, schritt aufrecht ihren Weg, und Autos fuhren an ihr wie geduckte Evakuierte vorbei. Man spürte den Sog, den ein letztes Bild des freien Menschen besitzt – die Sogwelle der Zerstörung schon heraufrufend. Sie sah aus wie eine unerschrockene Stewardeß, die nach dem Absturz ihres Flugzeugs sehr weit gehen will zu ebner Erde, bevor sie wieder in Flugdienste tritt.

Der Leviathan unserer Tage wäre die totalitäre Unverborgenheit – oder eben Öffentlichkeit, die alles beherrscht, gängelt, sich genehm macht und angleicht, verzehrt und wieder ausspeit. Nichts bei sich behält, nichts lernt und niemals bereut, welche Deformationen und Zerstörungen sie auch mit sich bringt.

Jemandes Privatheit existiert nur, wenn sie Millionen zugänglich ist und mit ihnen geteilt wird. Nicht anders, könnte man einwenden, verhält es sich im Fall der Madame Bovary. Auch hier inspiziert die (damals noch existierende) Masse von Lesehungrigen jeden Winkel der Intimität. Allerdings in der distanzierenden Gestalt eines Kunstwerks. Von Geschmack und Stil zu reden bei der netz-geteilten Privatheit erübrigt sich. Was bis dato für niedrig galt, behauptet jetzt seinen Maßstab bildenden Rang.

Wir finden nur zu uns selbst, wenn wir uns mitteilen, möglichst unter Millionen. Wir tauchen aus den Tiefen der Übereinstimmung herauf und besitzen sodann ein übereinstimmendes Wesen.

Keiner sagt etwas, das nicht ebenso alle sagen könnten.

Schaden nimmt dabei die Begabung, dagegen zu sein. Kaum nennenswerten intellektuellen Widerstand erregt die immer herrschsüchtiger werdende politisch-moralische Korrektheit. Dabei scheint es zuweilen, als provozierte sie weniger den stillen Andersdenkenden von nebenan, sondern betriebe vielmehr die Propaganda der Liberalität, bevor sie der Einschränkung durch den sittlichen Gegner aus der anderen Glaubenswelt zum Opfer fällt. Als gäbe es tatsächlich keine andere Identität zu stärken, keine andere Rüstung zu putzen als unsere «Werte», die unpersönliche Bekenntnisse an der politischen Oberfläche sind, verglichen mit religiösen, und bereits ihr lautes Ausrufen schreckte ihre Verächter ab.

Toleranz und Diversität werden verordnet wie vormals die patriotische Gesinnung. Das Gleiche und das Gleichen steht überall wie auf Bannern gegen die natürliche Anlage der Diskriminierung, die das Kind noch besitzt und die erst in ungeordnet-rangloser Gesellschaft schwer beherrschbar wird. Zu echter Toleranz kommt man jedoch niemals durch Indoktrination von Toleranz, sondern ganz von selbst mit den Jahren, und zwar gerade indem das Treiben der Allgemeinheit nicht mehr das höchste Interesse erfordert. Zumal man in bestimmten zeitlichen Intervallen das Gutgemeinte unter Suchtzwang von Ideologie und Gesinnung geraten und sich grotesk verbiegen sah.

«Wer sie (die Welt) für begrenzt hält, postuliert, daß an weit entfernten Orten die Gänge und die Treppen und Sechsecke auf unfaßliche Art aufhören, was absurd ist» (Borges, ‹Die Bibliothek von Babel›).

Was absurd ist, dem widerspricht der uralt kindliche Traum vom mit Brettern zugenagelten Abbruch des weltlichen Wegs. Die Gänge, die Treppen sind nicht unendlich, sie brechen plötzlich ab; dort bleibt stehen der Mensch und steht ratlos vorm Ende wie der Ochs vorm Scheunentor. «Er hat meinen Weg verzäunt, daß ich nicht kann hinübergehen, und hat Finsternis auf meinen Steig gestellt» (Hiob).

Drucknachweise

Literatur

‹Der Aufstand gegen die sekundäre Welt. Bemerkungen zu einer Ästhetik der Anwesenheit›: in George Steiner, ‹Von realer Gegenwart›, München 1991, und in Botho Strauß, ‹Der Aufstand gegen die sekundäre Welt›, München und Wien 1999, 2004 und 2012.

‹Die Distanz ertragen. Über Rudolf Borchardt›: zuerst in der FAZ vom 23. Mai 1987 (gekürzt), dann in Rudolf Borchardt, ‹Gespräch über die Formen und Platons *Lysis*›, Stuttgart 1987, und in Botho Strauß, ‹Der Aufstand gegen die sekundäre Welt›, München und Wien 1999, 2004 und 2012.

‹Die Erde – ein Kopf. Dankrede zum Georg-Büchner-Preis›: zuerst in DIE ZEIT, 27. Oktober 1989 (gekürzt), dann in Deutsche Akademie für Sprache und Dichtung, ‹Jahrbuch 1989›, Darmstadt 1990, in Botho Strauß, ‹Der Aufstand gegen die sekundäre Welt›, München und Wien 1999, 2004 und 2012, und in ders., ‹Der Gebärdensammler. Texte zum Theater›, herausgegeben von Thomas Oberender, Frankfurt 1999. Verlesen wurde die Rede in Darmstadt von Hanser-Verleger Michael Krüger.

Es wurde mit Unterstützung des ZEIT-Feuilletons dazu aufgerufen, Jahnns Romantrilogie zu lesen und die Lektüre zu kommentieren. Über hundert Einsendungen wurden schließlich aus dem Preisgeld prämiert.

‹Spengler persönlich›: in der FAZ vom 19. August 2007 und in Botho Strauß, ‹Der Aufstand gegen die sekundäre Welt›, München und Wien 2012.

‹Die Entgegenkommende. Zu *Die Löwin* von Konrad Weiss›: zuerst gelesen vom Autor in der WDR-3-Reihe ‹Gegen den Kanon›, danach in DIE ZEIT,

18. Juni 2003, und in Botho Strauß, ‹Der Aufstand gegen die sekundäre Welt›, München und Wien 2004 und 2012.

‹*Gedachtes* von Heidegger›: in der FAZ vom 19. September 2008 und in Botho Strauß, ‹Der Aufstand gegen die sekundäre Welt›, München und Wien 2012.

‹Der Bibliothekar in der weiblichen Hauptrolle. Rede zum Lessing-Preis›, in DIE ZEIT, 6. September 2001 (gekürzt), und in Botho Strauß, ‹Der Aufstand gegen die sekundäre Welt›, München und Wien 2004 und 2012.
Die Rede wurde von Thomas Oberender in Hamburg verlesen.

Theater

‹Das Maß der Wörtlichkeit. Über Peter Stein›: in der FAZ vom 27. September 1997 und in Botho Strauß, ‹Der Aufstand gegen die sekundäre Welt›, München und Wien 1999, 2004 und 2012.

‹Der Geheime. Über Dieter Sturm› (Dramaturg an der Berliner Schaubühne von 1970 bis 1995): in DIE ZEIT, 23. Mai 1986, und in Botho Strauß, ‹Versuch, ästhetische und politische Ereignisse zusammenzudenken. Texte zum Theater 1967 bis 1986›, Frankfurt 1987, und in ders., ‹Der Gebärdensammler. Texte zum Theater›, herausgegeben von Thomas Oberender, Frankfurt 1999.

‹Für ein Theater der Schauspieler. Über Luc Bondy›: in C. Bernd Sucher, ›Luc Bondy. Erfinder, Spieler, Liebhaber›, Salzburg 2002.

‹Warten auf ein Klopfen der Wiederkunft. Über Bruno Ganz, Otto Sander, Karl Ernst Herrmann und Ingmar Bergman›:

- Über Bruno Ganz: in DER SPIEGEL, 20. Mai 1996 (anläßlich der Verleihung des Iffland-Rings an Bruno Ganz), und in Botho Strauß, ‹Der Gebärdensammler. Texte zum Theater›, herausgegeben von Thomas Oberender, Frankfurt 1999, beide Male unter dem Titel ‹Der Fürstreiter›. Außerdem in veränderter Form vorgetragen von Jens Harzer bei der Beerdigung des Schauspielers am 20. März 2019 in Zürich.

- Über Otto Sander: in ‹Theater heute›, November-Heft, Berlin 2013.
- Über Karl Ernst Herrmann: gesprochen von Edith Clever am 2. Juni 2018 am Grab des Bühnenbildners auf dem Dorotheenstädtischen Friedhof in Berlin.
- Über Ingmar Bergman: in der SZ vom 31. Juli 2007.

‹Was macht ihr denn da? Über Jutta Lampe und das Theater›: in der FAZ vom 17. Mai 2010 (gekürzt) und in Botho Strauß, ‹Der Aufstand gegen die sekundäre Welt›, München und Wien 2012.

‹Die Wiederholbarkeit des Lebens. Erinnerung an den Schauspieler Peter Lühr›: in Theater heute, ‹Jahrbuch›, Zürich 1988, und in Botho Strauß, ‹Der Gebärdensammler. Texte zum Theater›, herausgegeben von Thomas Oberender, Frankfurt 1999.

‹Rudolf Noelte – ein bürgerlicher Fundamentalist. Gekürzte Fassung eines Gesprächs mit Amadeus Gerlach›: in der ‹Frankfurter Rundschau› vom 24. Februar 1996 und (ungekürzt unter dem Titel ‹Inszenierte Erinnerung›) in ‹Inszenierungen in Moll. Der Regisseur Rudolf Noelte›, herausgegeben von Amadeus Gerlach, Berlin 1996. Außerdem auch in Botho Strauß, ‹Der Gebärdensammler. Texte zum Theater›, herausgegeben von Thomas Oberender, Frankfurt 1999.

Bilder

‹*Descent*. Christopher Orr, schottischer Maler, geboren 1967›: in ‹Monopol. Magazin für Kunst und Leben›, Oktober 2007 (unter dem Titel ‹Alles, was wir können, ist schauen›).

‹Übermalte Fotos. Über Gerhard Richter›: in DER SPIEGEL, 21. Juli 2008, und in Botho Strauß, ‹Der Aufstand gegen die sekundäre Welt›, München und Wien 2012.

‹Kritik der Zweitrangigkeit. Govaert Flincks Gemälde *Susanna und die beiden Alten*›: in der FAZ vom 19. März 2013.

‹Vor der Sprache. Odd Nerdrum oder Der Paniklauf der Paare›: zuerst in DER SPIEGEL, 4. März 2002 (gekürzt, unter dem Titel ‹Paare im Paniklauf›), und in Gerd Lindner, ‹Odd Nerdrum: Prophet der Malerei›, Bad Frankenhausen/Kyffhäuser 2011.

‹Non-finito, Ausgespartes, leere Stellen. Matisse-Reflexionen›: für diese Ausgabe vom Autor gekürzt, vollständig in Botho Strauß, Henri Matisse, ‹Reflexionen/Estampes›, Münster 2018.

Zeitgeschehen

‹Anschwellender Bocksgesang›: zuerst in DER SPIEGEL, 8. Februar 1993 (gekürzt), dann in ‹Der Pfahl. Jahrbuch aus dem Niemandsland zwischen Kunst und Wissenschaft› Band VII, München 1993, und in Ulrich Schacht und Heimo Schwilk, ‹Die selbstbewußte Nation. Anschwellender Bocksgesang und weitere Beiträge zu einer deutschen Debatte›, Frankfurt 1994. Leicht überarbeitet zuletzt in Botho Strauß, ‹Der Aufstand gegen die sekundäre Welt›, München und Wien 1999, 2004 und 2012.

‹Postscriptum›: zuerst in DER SPIEGEL, 18. April 1994, als Antwort auf Vorwürfe, unter anderem von Ignatz Bubis.

‹Der Konflikt›: in DER SPIEGEL, 13. Februar 2006.

‹Herrschen und nicht beherrschen. Zur Rhetorik der Krise›: in der FAZ vom 23. August 2011 (unter dem Titel ‹Uns fehlt ein Wort, ein einzig Wort. Politik des nicht Beherrschbaren›) und in Botho Strauß, ‹Der Aufstand gegen die sekundäre Welt›, München und Wien 2012.

‹Abschied vom Außenseiter. Von den meisten und den wenigen›: in DER SPIEGEL, 29. Juli 2013 (unter dem Titel ‹Der Plurimi-Faktor. Anmerkungen zum Außenseiter›), und in Teilen auch in Botho Strauß, ‹Lichter des Toren. Der Idiot und seine Zeit›, München 2013.

‹Reform der Intelligenz›: in DIE ZEIT, 30. März 2017.

Sprengsel: geschrieben für dieses Buch, Hamburg 2020.